Het geheim

Van Lee Child zijn verschenen:

DE JACK REACHER-THRILLERS
1 *Jachtveld*
2 *Lokaas*
3 *Tegendraads*
4 *De bezoeker*
5 *Brandpunt*
6 *Buitenwacht*
7 *Spervuur*
8 *De vijand*
9 *Voltreffer*
10 *Bloedgeld*
11 *De rekening*
12 *Niets te verliezen*
13 *Sluipschutter*
14 *61 uur*
15 *Tegenspel*
16 *De affaire*
17 *Achtervolging*
18 *Ga nooit terug*
19 *Persoonlijk*
20 *Daag me uit*
21 *Onder de radar*
22 *Nachthandel*
23 *Verleden tijd*
24 *Blauwe maan*
25 *De wachtpost* (met Andrew Child)
26 *Liever dood dan levend* (met Andrew Child)
27 *Geen plan B* (met Andrew Child)
28 *Het geheim* (met Andrew Child)
29 *In de val* (met Andrew Child)

DE JACK REACHER-VERHALEN
Op doorreis (bundel)

Geen paniek en andere verhalen
De held (non-fictie)

Lee Child en Andrew Child

Het geheim

Vertaald door Ans van der Graaff

LUITINGH-SIJTHOFF

Eerste druk, oktober 2023
Vierde druk, oktober 2024

© 2023 Lee Child en Andrew Child
All Rights Reserved
© 2023, 2024 Nederlandse vertaling
Uitgeverij Luitingh-Sijthoff bv, Amsterdam
Alle rechten voorbehouden
Oorspronkelijke titel *The Secret*
Vertaling Ans van der Graaff
Omslagontwerp Richard Ogle / tw
Omslagbewerking dps Design & Prepress Studio
Omslagbeeld figuur js Collaborations
Omslagbeeld Pentagon Getty Images
Opmaak binnenwerk Crius Group, Hulshout

isbn 978 90 210 5131 4
isbn 978 90 210 3806 3 (e-book)
isbn 978 90 210 4336 4 (luisterboek)
nur 332

www.leechild.com
www.lsuitgeverij.nl
www.boekenwereld.com

Uitgeverij Luitingh-Sijthoff vindt het belangrijk om op milieuvriendelijke en verantwoorde wijze met natuurlijke bronnen om te gaan. Bij de productie van dit boek is daarom gebruikgemaakt van papier waarvan het zeker is dat dit niet tot bosvernietiging heeft geleid.

Voor Larry, met dank

1

Keith Bridgeman was alleen in zijn kamer toen hij zijn ogen dichtdeed. De ochtendmedicijnen waren uitgedeeld. De lunch was gebracht, opgegeten en weggeruimd. Bezoekers voor andere patiënten waren al pratend door de gang gelopen op weg naar familie of vrienden. Een schoonmaker had geveegd, gedweild en het afval van die dag meegenomen. En nu was er eindelijk rust neergedaald op de afdeling.

Bridgeman lag nu een maand in het ziekenhuis. Lang genoeg om aan de ritmes en routines gewend te raken. Hij wist dat het tijd was voor de middagrust. Een periode waarin er niet in hem werd geprikt en hij niet werd aangespoord om op te staan, rond te lopen en de benen te strekken. Hij zou minstens drie uur niet worden lastiggevallen. Dus hij kon gaan lezen. Televisiekijken. Muziek luisteren. Uit het raam staren naar het strookje van het meer dat tussen twee wolkenkrabbers door zichtbaar was.

Of hij kon een tukje doen.

Bridgeman was tweeënzestig. Hij was er slecht aan toe. Dat was duidelijk. Over de oorzaak kon je discussiëren – het soort werk waaraan hij zijn leven had gewijd, de stress waaraan hij had blootgestaan, de hoeveelheid sigaretten en alcohol die hij tot zich had genomen – maar het effect viel niet te ontkennen. Een zo zwaar hartinfarct dat niemand had gedacht dat hij het zou overleven.

Dergelijke sombere verwachtingen logenstraffen is behoorlijk vermoeiend. Hij koos voor het tukje.

Daar koos hij tegenwoordig altijd voor.

Bridgeman werd een uur later al wakker. Hij was niet meer alleen. Er waren twee andere mensen bij hem in de kamer. Allebei vrouwen. Ongeveer eind twintig. Ze waren even lang. Even slank. De ene vrouw stond links van zijn bed, het dichtst bij de deur. De andere bevond zich op gelijke hoogte rechts van het bed, het dichtst bij het raam. Ze stonden volkomen roerloos en zwijgend naar hem te kijken. Hun donkere haar was glad en strak naar achteren getrokken. Hun gezichten waren zo uitdrukkingsloos als die van etalagepoppen en hun huid glom in het felle kunstlicht alsof die uit plastic was gegoten.

De vrouwen droegen witte jassen over operatiekleding. De jassen hadden de juiste lengte. Ze bevatten de noodzakelijke zakken, kenmerken en labels. De operatiekleding had de juiste kleur blauw. Maar de vrouwen waren geen dokters. Dat wist Bridgeman zeker. Zijn zesde zintuig vertelde hem dat ze hier niet hoorden te zijn. Dat ze narigheid betekenden. Hij bekeek hen om beurten. Ze hadden niets in hun handen. Er zaten geen bobbels onder hun kleren. Geen teken van schietwapens of messen. Geen medische instrumenten die ze als wapen zouden kunnen gebruiken. En toch beviel het Bridgeman niet. Hij verkeerde in gevaar. Dat wist hij. Hij voelde het net zo duidelijk als een gazelle die door een stel leeuwen in het nauw is gedreven.

Bridgeman keek naar zijn linkerbeen. De bel lag waar de verpleegkundige hem had achtergelaten, op het laken tussen zijn dijbeen en het bedhek. Zijn hand schoot erheen... een snelle, vloeiende beweging. Maar de vrouw was sneller. Ze graaide de bel weg en liet hem vallen, zodat hij net boven de grond aan het snoer bleef bungelen, ver buiten Bridgemans bereik.

Bridgeman voelde zijn hart trillen in zijn borstkas. Hij hoorde een elektronische *piep*. Die kwam van een apparaat dat op een standaard naast het bed stond. Het had een scherm met een getal midden op de bovenste helft, en twee piekende lijnen die over de onderste helft zigzagden. De bovenste lijn stond voor zijn hartritme. Die piekte hevig en de afstand tussen de pieken werd steeds kleiner, alsof ze elkaar achtervolgden. Het getal bovenaan gaf het aantal hartslagen per minuut aan. Dat steeg. Snel. Het gepiep werd luider. Veelvuldiger. Toen klonk het geluid continu. Aanhoudend. Onmogelijk te negeren. Het getal steeg niet meer, maar begon te knipperen. Het begon te dalen, en bleef dalen tot het op oo stond. De lijnen vlakten af. Eerst aan de linkerkant van het scherm en daarna over de hele breedte, tot beide lijnen volkomen horizontaal waren. Het display bleef hetzelfde. Levenloos. Afgezien van het wanhopige elektronische gekrijs.

Het gaf aan dat zijn hart er definitief mee was gestopt.

Dat duurde maar heel even.

Toen het alarm begon te piepen, had de tweede vrouw Bridgemans rechterpols gepakt. Ze had een rechthoekig blauw klemmetje van het topje van zijn wijsvinger getrokken en op de hare gezet. Het scherm flitste twee keer. Toen stopte het alarm. De hartslag versnelde. De twee lijnen piekten weer van links naar rechts. Geen van de waarden kwam overeen met die van Bridgeman. De vrouw was jonger, fitter, gezonder. Maar de waarden lagen dicht genoeg bij de zijne. Ze waren niet te hoog. Niet te laag. Niets waardoor het alarm weer zou kunnen afgaan.

Bridgeman drukte beide handen tegen zijn borst. Er parelde zweet op zijn voorhoofd en schedel. Zijn huid voelde klam aan. Hij ademde moeizaam.

De vrouw met het klemmetje op haar vinger ging op de bezoekersstoel bij het raam zitten. De vrouw links van het bed wachtte even, keek Bridgeman toen aan en zei: 'Onze excuses. Het was niet onze bedoeling u te laten schrikken. We zijn hier niet om u iets aan te doen. We moeten alleen even met u praten.'

Bridgeman zei niets.

'We hebben twee vragen. Dat is alles. Beantwoord ze naar waarheid en u ziet ons nooit meer. Dat beloof ik.'

Bridgeman reageerde niet.

De vrouw zag hem langs haar heen naar de deur kijken. Ze schudde haar hoofd. 'Als u hoopt dat iemand u te hulp zal komen, hebt u pech. Die klemmetjes glijden vaak van de vinger af. En wat doen mensen dan? Ze zetten ze er meteen weer op. Iedereen op de verpleegsterspost die het alarm heeft gehoord, zal denken dat dit nu ook het geval is. Eerste vraag, oké?'

Bridgeman had een droge mond. Hij deed zijn best om met zijn tong zijn lippen te bevochtigen en ademde toen diep in. Niet om vragen te beantwoorden, maar om op de ouderwetse manier om hulp te roepen.

De vrouw had hem door. Ze legde een vinger tegen haar lippen en haalde iets uit haar jaszak. Een foto. Ze stak hem Bridgeman toe. Er stond een gehandschoende hand op die een uitgave van de *Tribune* naast een raam hield. Bridgeman kon de datum op de krant lezen. Dinsdag, 7 april 1992. Het was de krant van die dag. Toen zag hij twee personen achter het raam op de foto. Een vrouw en een kind. Een meisje. Hoewel ze met hun rug naar de camera stonden, twijfelde Bridgeman er geen seconde aan wie het waren. Of waar ze zich bevonden. Het waren zijn dochter en kleindochter. In het huis in Evanston, dat hij na het overlijden van zijn vrouw voor hen had gekocht.

De vrouw pakte Bridgemans pols en controleerde zijn hartslag. Die was snel en zwak. Ze zei: 'Kom, kom. Rustig maar. Denk aan uw gezin. We willen hen geen kwaad doen. En u ook niet. U moet alleen wel begrijpen hoe ernstig deze situatie is. We hebben slechts twee vragen, maar die zijn heel belangrijk. Hoe eerder u die beantwoordt, hoe eerder wij hier weg zijn. Klaar?'

Bridgeman knikte en liet zich weer in het kussen zakken.

'Eerste vraag. U hebt overmorgen een afspraak met een journaliste. Waar is de informatie die u van plan bent haar te geven?'

'Hoe weten jullie...'

'Verspil onze tijd niet. Beantwoord de vraag.'

'Oké, luister. Er is geen informatie. We gaan alleen een praatje maken.'

'Geen enkele betrouwbare journalist zal een klokkenluider geloven zonder keihard bewijs.'

'Klokkenluider? Daar heeft het helemaal niets mee te maken. Ze is verslaggeefster van een lokaal weekkrantje in Akron, Ohio. Daar ben ik geboren. Het artikel gaat over mijn hartinfarct. Mijn herstel. Volgens de artsen is het een wonder. De mensen thuis willen daarover lezen. Ze zeggen dat ik een inspirerend voorbeeld voor anderen ben.'

'Hartinfarct? Daar blijft u bij? Terwijl er een veel groter verhaal speelt?'

'Welk groter verhaal?'

De vrouw boog zich naar hem toe. 'Keith, we weten wat je hebt gedaan. Alles wat je hebt gedaan. Drieëntwintig jaar geleden. December 1969.'

'December '69? Hoe weten jullie...? Wie zijn jullie?'

'Over wie we zijn, hebben we het straks nog wel. Nu moet je ons vertellen wat voor informatie je aan die verslaggeefster uit Akron gaat geven.'

'Helemaal géén informatie. Ik ga haar over mijn herstel vertellen. Dat is alles. Ik zal nooit met iemand over december '69 praten. Over waarom we daar waren. Wat we er deden en wat er is gebeurd. Met niemand. Dat heb ik gezworen en ik hou me aan mijn woord. Zelfs mijn vrouw heeft het nooit geweten.'

'Dus er liggen geen documenten of aantekeningen in deze kamer verborgen?'

'Natuurlijk niet.'

'Dan vind je het vast niet erg als ik even rondkijk.'

De vrouw wachtte niet op zijn antwoord. Ze begon met de smalle kast naast het bed. Ze opende de deur en rommelde tussen Bridgemans reservepyjama's, boeken en tijdschriften. Daarna doorzocht ze een leren tas op de vloer bij de deur. Er zat een stel kleren in. Verder niets. Vervolgens controleerde ze de badkamer. Ook daar niets bijzonders. Ze liep naar het midden van de kamer en zette haar handen in haar zij. 'Nog maar één plek waar ik moet kijken. Het bed.'

Bridgeman verroerde zich niet.

'Doe het voor je dochter. En je kleindochter. Vooruit. Ik ben zo klaar.'

Bridgeman voelde zijn hartslag weer versnellen. Hij kneep even zijn ogen dicht, ademde in en deed zijn best te ontspannen. Toen duwde hij het laken van zich af, zwaaide zijn benen over de rand van het bed en zette zijn voeten op de grond. Hij keek de vrouw op de stoel aan. 'Mag ik in elk geval gaan zitten? Ik ben een stuk ouder dan jij. Ik sta al met één been in het graf.'

De vrouw stak de vinger met het klemmetje omhoog. 'Sorry. De kabel is te kort, dus ik kan nergens anders heen. Als je wilt zitten, doe je dat maar op de vensterbank.'

Bridgeman draaide zich om, keek naar de vensterbank en overwoog erop te gaan zitten. Maar het was al erg genoeg dat hij moest doen wat de andere vrouw hem opdroeg, dus hij besloot er gewoon tegenaan te leunen. Hij keek toe terwijl de vrouw het bed doorzocht. Weer vond ze niets.

'Geloof je me nu?' zei Bridgeman.

De vrouw haalde een vel papier uit haar zak en gaf het hem. Er stond een rijtje namen op. Zes stuks, geschreven in een beverig, klein handschrift. Een van de namen was die van Bridgeman. Hij herkende ook de andere vijf. Varinder Singh. Geoffrey Brown. Michael Rymer. Charlie Adam. Neville Pritchard. Onder de laatste naam stond een vraagteken.

De vrouw zei: 'Er ontbreekt een naam. Van wie?'

Bridgemans hart raasde niet meer. Het leek nu gevuld met slijk. Alsof het de kracht niet had om het bloed door zijn aderen te pompen. Hij kon de vraag niet beantwoorden. Dat zou betekenen dat hij zijn eed brak. Hij had gezworen nooit ook maar een enkel detail te onthullen. Net als de anderen, drieëntwintig jaar geleden, toen duidelijk werd wat ze hadden gedaan. En de ontbrekende naam was van de onbetrouwbaarste persoon van de groep. Het was voor iedereen beter als die niet terugkwam op de lijst.

De vrouw gaf Bridgeman nog een foto. Weer een opname van zijn dochter en kleindochter, deze keer terwijl ze overstaken op een zebrapad. De foto was gemaakt vanuit een auto.

Bridgeman probeerde uit alle macht zijn ademhaling onder controle te krijgen. De vrouw wilde alleen maar een naam. Wat voor kwaad kon het als hij haar die gaf? Veel, wist hij.

'Een bonusvraag,' zei de vrouw. 'Wat gebeurt er morgen? Of

overmorgen? Is de bestuurder dronken? Doet zijn rem het niet?'
'Buck,' zei Bridgeman. 'De ontbrekende naam. Owen Buck.'
De vrouw schudde haar hoofd. 'Buck is dood. Hij is een maand geleden aan kanker overleden. Vlak nadat hij dat lijstje schreef. Dus zijn naam zoeken we in ieder geval niet. Hij zei dat er een achtste naam was. Hij wist niet welke, maar hij was ervan overtuigd dat een van jullie het wel wist.'

Bridgeman gaf geen antwoord. Hij deed zijn best om wijs te worden uit de informatie. Bucks geweten moest hem parten hebben gespeeld. Hij zat altijd te mompelen dat hij iets stoms zou doen. Maar dat verklaarde niet waarom hij deze vrouw had verteld dat er nóg een naam was. Misschien was hij niet goed meer bij zijn verstand geweest. Misschien hadden de kankermedicijnen zijn hersenen aangetast.

'Stel dat de bestuurder niet oplet?' zei de vrouw. 'Dat hij achter het stuur in slaap is gevallen?'

'Het zou kunnen dat er nog een naam is.' Bridgeman kneep zijn ogen dicht. 'Het is mogelijk dat een van de anderen ervan weet. Maar ik niet. Ik geloof niet dat er nog een naam is.'

De vrouw zei: 'Misschien zal er genoeg over zijn van uw kleindochter om te begraven. Misschien ook niet.'

Bridgeman hapte naar lucht. 'Doe het niet. Alsjeblieft. Ik weet het echt niet. Ik zweer het. Ik heb jullie Bucks naam gegeven. Ik wist niet dat hij dood was. Ik lag hier. Niemand heeft het me verteld. En als ik wist dat er nog een andere naam was, zou ik jullie die geven. Maar ik weet verder niets. Dus ik kan jullie niets vertellen.'

'Dat kun je wel. Je hoeft het niet te zeggen. Je kunt hetzelfde doen als Buck. Schrijf het op. Hij heeft me zes namen gegeven. Ik heb er van jou nog maar één nodig.'

Ze haalde een pen uit haar jaszak en stak hem die toe. Bridgeman keek er even naar, pakte hem toen aan en schreef 'Owen Buck' bovenaan de lijst.

'Dat is de enige naam die ik weet. Ik zweer het,' zei hij.

'Heb je ooit een doodskist voor een kind gezien, Keith?' vroeg de vrouw. 'Want als dat niet zo is, kun jij je volgens mij met geen mogelijkheid voorstellen hoe klein zo'n kist eruitziet. Vooral naast de kist van een normaal formaat, waarin je dochter ligt.'

Bridgemans knieën begonnen te knikken. Hij zag eruit alsof hij elk moment onderuit kon gaan.

De stem van de vrouw werd milder. 'Toe nou. Eén naam. En je redt twee levens. Waar wacht je nog op?'

Bridgeman zakte in elkaar. 'Buck had het mis. Er ís geen andere naam. Niet dat ik weet. Ik heb daar drie jaar gezeten. Ik heb nooit gehoord dat er nog iemand anders aan boord is gekomen.'

De vrouw keek Bridgeman tien lange seconden aan en haalde toen haar schouders op. Ze pakte de pen en het vel papier van hem aan en stopte ze terug in haar zak. 'Volgens mij zijn we hier klaar.' Ze stak haar hand uit en voelde aan Bridgemans voorhoofd. 'Wacht even. Dat voelt niet best. Ik zal het raam voor je opendoen. Van een beetje frisse lucht zul je opknappen. Ik wil je zo niet achterlaten.'

'Dat kan niet,' zei Bridgeman. 'De ramen in dit ziekenhuis kunnen niet open.'

'Dit raam wel.' De vrouw boog zich langs Bridgeman naar voren, duwde tegen de hendel en het raam zwaaide wijd open. Toen haalde ze onder de kraag van haar operatiehemd een kettinkje tevoorschijn en trok dat over haar hoofd. De sleutel van het raam hing eraan. 'Hier.' Ze liet het kettinkje in de borstzak van zijn pyjamasje vallen. 'Een cadeautje. Zodat je ons niet vergeet, want je zult ons nooit meer zien. Zoals beloofd. Maar nog één ding voordat we gaan. Je vroeg ons wie we waren.' De vrouw ging wat rechter staan. 'Mijn naam is Roberta Sanson.'

De vrouw met het klemmetje op haar vinger stond op van de stoel. 'En ik ben haar zus. Veronica Sanson. Onze vader heette Morgan Sanson. Het is belangrijk dat je dat weet.'

Morgan Sanson. De naam was een echo uit het verleden. Een onwelkome echo. Vier lettergrepen die hij had gehoopt nooit meer te zullen horen. Het duurde een fractie van een seconde voor het belang ervan tot hem doordrong, toen zette Bridgeman zich tegen de muur af. Hij probeerde langs Roberta Sanson te rennen, maar hij maakte geen schijn van kans. Hij was te zwak. De ruimte was te beperkt. En de zussen waren te gemotiveerd. Roberta stapte opzij en versperde hem de weg. Toen pakte ze hem met beide handen bij zijn schouders en duwde hem achteruit tegen de vensterbank. Ze keek of hij midden voor het open raam stond. Veronica bukte en pakte zijn benen vast, net boven de enkels. Ze kwam overeind en Roberta duwde. Bridgeman trapte, kronkelde en sloeg om zich heen.

Roberta en Veronica duwden nog een keer. Nog twee keer, om er zeker van te zijn dat er geen ruimte bleef voor vergissingen. De rest lieten ze over aan de zwaartekracht.

2

Jack Reacher was nooit eerder op legerbasis Rock Island Arsenal in Illinois geweest, maar hij was de tweede rechercheur van de militaire politie die er in veertien dagen tijd naartoe werd gestuurd. Het eerste bezoek was in reactie op een melding over ontbrekende M16's, die onjuist bleek te zijn. Reacher was als laatste bij de eenheid gekomen, na zijn degradatie van majoor tot kapitein, dus kreeg hij een minder interessante zaak toegewezen. Geknoei met inventaris.

De sergeant die de klacht had ingediend wachtte Reacher bij de hoofdingang op. Ze scheelden misschien tien jaar en waren ongeveer even lang, pakweg een meter vijfennegentig. Maar terwijl Reacher zwaar en breed was, had de oudere man weinig vlees op zijn botten, een bleke huid en een erg smal gezicht. Hij kon niet meer dan tachtig kilo wegen. Ruim vijfentwintig minder dan Reacher. Zijn uniform slobberde om zijn schouders, waardoor Reacher zich afvroeg of de man wel helemaal gezond was.

Nadat ze de gebruikelijke beleefdheden hadden uitgewisseld, ging de sergeant hem voor naar schietbaan E, vlak bij de westelijke grens van de basis. Hij deed de zware stalen deur achter hen op slot en liep naar een plank aan de muur ertegenover. Daar lagen zes M16's op, netjes naast elkaar, de mondingen van hen af gericht, de kolven naar rechts. De wapens waren niet nieuw. Ze hadden al een hele tijd dienst gedaan. Dat was duidelijk. Maar ze waren goed onderhouden. Onlangs nog schoongemaakt. Niet verwaarloosd of beschadigd. Er waren geen duidelijke signalen of zichtbare tekenen dat er iets mis mee was.

Reacher pakte het tweede wapen van links op. Hij controleerde of de kamer leeg was, inspecteerde het wapen op defecten en schoof er toen een magazijn in. Hij liep naar de andere kant van de schietbaan. Koos voor semiautomatisch. Haalde adem en hield zijn adem in. Wachtte tot na de volgende hartslag en haalde de trekker over. Honderd meter verderop explodeerde de rode ster op de helm van het doelwit. Reacher liet het wapen zakken en keek naar de sergeant. Het gezicht van de man verried niets. Geen verbazing. Geen teleurstelling. Reacher schoot nog vijf keer. Snel achter elkaar. Scherpe knallen werden door de muren weerkaatst. Lege patroonhulzen kletterden op de cementvloer. Er was een nette 'T' in de borst van het doelwit geschoten. Schieten volgens het boekje. Niets duidde op problemen met het wapen. En nog steeds geen reactie van de sergeant.

Reacher wees naar het magazijn. 'Hoeveel?'

De sergeant antwoordde: 'Zestien.'

'Vietnam?'

'Drie detacheringen. Niet één keer geweigerd. Als het niet kapot is...'

Reacher schoof de vuurregelaar in verticale stand. Volautomatisch. Het wapen was een oud model, van vóór er een drieschots burst-stand was. Hij richtte midden op het lijf van het doelwit en oefende meer druk uit op de trekker. Het groene plastic lijf had aan flarden geweest moeten zijn. De tien resterende kogels hadden er in minder dan een seconde doorheen moeten gaan. Maar er gebeurde niets. Omdat de trekker niet in beweging te krijgen was. Reacher schakelde terug naar semiautomatisch en richtte op het gezicht van het doelwit. De ruwe contouren van wat de neus moest voorstellen scheurden door de inslag in tweeën. Reacher schakelde opnieuw naar volautomatisch. Weer gebeurde er niets. Er was geen twijfel mogelijk. In die stand deed de trekker helemaal niets.

'Zijn ze allemaal zo?' vroeg hij.

De sergeant knikte. 'Allemaal. De hele kist.'

Reacher liep terug naar de plank en legde het wapen neer. Hij haalde het magazijn eruit, controleerde of de kamer leeg was, duwde de borgpennen eruit, haalde de onder- en bovenkast uit elkaar en controleerde de binnenkant ervan. Toen zei hij: 'De afmetingen van de ligplaats van de trekker kloppen niet. Er past geen secundaire tuimelaar in en er zijn maar twee gaatjes voor de pennen van het trekkermechanisme. Dat zouden er drie moeten zijn.'

'Correct,' zei de sergeant.

'Dit is geen militair product. Iemand heeft het origineel verruild voor een civiele versie. Dus werkt het wapen alleen semiautomatisch.'

'Ik zie geen andere verklaring.'

'Waar komen deze vandaan?'

De sergeant haalde zijn schouders op. 'Administratieve fout. Ze hadden moeten worden opgestuurd voor vernietiging, maar er zijn twee kratten verwisseld en deze is per ongeluk hier terechtgekomen.'

Reacher keek naar de wapens op de plank. 'Zouden deze worden gezien als zijnde aan het eind van hun levensduur?'

De sergeant haalde weer zijn schouders op. 'Dat zou ik niet denken. Als u het mij vraagt is de conditie acceptabel voor wapens die gewoonlijk in reserve zouden worden gehouden. Er viel niets ongewoons op toen de krat werd geopend. Pas toen er werd gemeld dat ze weigerden. Toen heb ik de eerste uit elkaar gehaald en ik zag het probleem meteen. Net als u.'

'Wie beslist welke wapens worden vernietigd?'

'Een speciaal team. Het is een specifieke en tijdelijke procedure. Hij loopt tot dusver een jaar. Een gevolg van Desert Storm. De oorlog was een prima gelegenheid voor eenheden om zich opnieuw uit te rusten. Goederen die als gevolg daarvan als overtollig worden aangemerkt, komen terug uit de Golf en worden hierheen gestuurd ter evaluatie. Vuurwapens zijn onze verantwoordelijkheid. We testen ze en geven ze een categorie. Groen: volledig bruikbaar, te behouden. Oranje: enigszins bruikbaar, te verkopen of toe te wijzen aan civiele programma's voor wapenveiligheid. Dat geldt uiteraard niet voor volautomatische wapens. En Rood: niet bruikbaar, te vernietigen.'

'Dus je kreeg een Rode krat toegestuurd terwijl je een Groene had moeten krijgen?'

'Correct.'

Reacher zweeg even. Het was een plausibel verhaal. Het leger had niet één type uitrustingsstuk dat niet ooit naar de verkeerde plek was gestuurd. En gewoonlijk was dat volkomen onschuldig. Zoals de sergeant zei, een administratieve fout. Maar Reacher vroeg zich af of er een groter verband kon zijn. Of het iets te maken kon hebben met de recente melding van gestolen M16's. Iemand kon goede wapens classificeren als 'onbruikbaar', de kratten vullen met het juiste gewicht aan wat er toevallig aan rommel voorhanden was, die naar de persmachine of de verbrandingsoven sturen en vervolgens de wapens op de zwarte markt verkopen. Officieel zouden de wapens niet meer bestaan. Het was een goed uitvoerbare methode. Een achterdeurtje dat iemand op slot zou moeten doen. Maar zo was het hier niet gegaan. Reacher had het verslag onder ogen gekregen. De inspectie was niet aangekondigd. Een echte *shock-and-awe*-operatie bij het krieken van de dag. Grondig was de operatie ook geweest. Elke wapenkrat op de basis was opengemaakt. Ze bevatten allemaal het juiste aantal wapens. Er ontbrak zelfs geen zakmes.

Althans geen compléét zakmes...

Reacher vroeg: 'Wanneer zijn deze wapens per abuis hier afgeleverd?'

De sergeant keek de andere kant op terwijl hij terugrekende en zei toen: 'Vijftien dagen geleden. En ik weet wat u nu gaat vragen. Het antwoord zal u niet bevallen.'

'Wat ga ik dan vragen?'

'Of je kunt nagaan van welke eenheid deze wapens in de Golf zijn geweest. Voordat ze terug werden gestuurd.'

'Waarom zou ik dat willen weten?'

'Zodat u kunt uitzoeken wie de onderkast van de wapens steelt. Iemand steelt ze, nietwaar? En verkoopt ze. Zodat een stelletje criminelen of wie dan ook hun AR15's volautomatisch kunnen maken. De Golf is de perfecte plek om onderdelen te verwisselen.

Officieel kunnen ze elke paperclip terugvinden. Maar in werkelijkheid? Verschillende eenheden hebben verschillende systemen. Sommige zijn overgestapt op computers. De meeste gebruiken nog papier. Papier raakt kwijt. Het wordt nat. Het scheurt. Cijfers worden verkeerd genoteerd. Sommige mensen hebben een onleesbaar handschrift. Lang verhaal kort, u zou meer kans maken om bikini's te verkopen op een bijeenkomst voor mormonen dan dat u ontdekt waar die krat vandaan komt.'

'Denk je niet dat er een toekomst voor me is weggelegd als verkoper van zwemkleding?'

De sergeant knipperde met zijn ogen. 'Sir?'

'Laat maar. Het interesseert me niet wie die wapens in de Golf in bezit heeft gehad. Want dat is niet de plek waar de onderdelen zijn gestolen.'

Door het open raam hoorden Roberta en Veronica Sanson de klap beneden op straat. Ze hoorden gegil boven het achtergrondlawaai van het verkeer uit. Toen ging het alarm van de hartmonitor bij het hoofdeinde van het bed weer af. De lijnen waren opnieuw horizontaal. Op het display stond oo. Geen hartactiviteit. Alleen had het apparaat deze keer gelijk. In elk geval wat Keith Bridgeman betrof.

Roberta ging linksaf de gang in en naar de centrale liften in het ziekenhuis. Veronica ging rechtsaf en liep naar de trap die de nooduitgang vormde. Roberta was eerder beneden dan haar zus. Ze slenterde door de ontvangsthal, langs de kantine en de winkel die ballonnen en bloemen verkocht en daarna door de hoofdingang naar buiten. Ze liep een huizenblok naar het westen en dook toen een telefooncel in, trok een paar latex handschoenen aan en belde American Airlines. Ze vroeg naar informatie over hun routes en vertrektijden. Daarna belde ze United. En vervolgens TWA. Ze overwoog de opties. Daarna gooide ze de handschoenen in een vuilnisbak en ging op weg naar de openbare parkeerplaats midden in het volgende blok.

De sergeant ging hem voor naar een opslagruimte die was aangebouwd tegen de zijkant van een groot, laag gebouw bijna midden op de basis. Het was harder gaan waaien terwijl ze op de schietbaan waren, waardoor het hem moeite kostte de zware metalen deur helemaal open te trekken en toen Reacher naar binnen was gestapt moest de man zich erg inspannen om de deur weer te sluiten zonder omver te worden geblazen. Eindelijk lukte het hem en kon hij de deur op slot doen. De opslagruimte was vierkant, vijfenhalf bij vijfenhalf. De vloer bestond uit kaal beton. Het plafond ook. Dat werd gestut door metalen draagbalken die met een of ander gebobbeld brandvertragend materiaal waren behandeld en over de hele lengte hingen tl-buizen in beschermende korven. Er was een telefoon aan de muur gemonteerd en tegen alle muren stonden stalen stellingkasten die grijs waren geschilderd. Op elke stellingkast zat een gedrukt label – Inname, Groen, Oranje, Rood – en aan de rechterstaander hing een klembord met een bundeltje papieren. Er waren geen ramen en er hing een doordringende geur van olie en oplosmiddelen.

Op de planken stonden kratten met wapens. Korte bovenaan, lange onderaan. Er stonden veertien kratten in de Rood-kast. Reacher trok er een van de lange kratten uit, zette hem op de vloer en brak hem open. Hij haalde er een M16 uit. Dit geweer was in een veel slechtere staat dan het wapen dat hij zojuist had afgevuurd. Dat was duidelijk. Hij demonteerde het wapen, controleerde de onderkast en schudde zijn hoofd.

'Dit geweer is origineel,' zei hij.

De sergeant opende nog een krat en bekeek een van de geweren. Ook dat was behoorlijk gehavend. Hij zei: 'Dit idem dito.'

Op elke krat stond een nummer op de zijkant gedrukt. Reacher pakte het klembord van Rood van de haak en sloeg het laatste blad om. Daarop stond dat de krat die hij had geopend was afgetekend door iemand met de initialen UE. De krat die de sergeant had gekozen, was afgetekend door DS. Reacher zag maar één andere set initialen: LH. Hij pakte een krat met een daarmee corresponderend nummer, haalde de onderkast uit een van de geweren die erin zaten en hield het onderdeel omhoog zodat de sergeant het kon zien.

'Jackpot,' zei de sergeant.

Reacher zei: 'Deze is afgetekend door LH. Wie is LH?'

'Sergeant Hall. Heeft de leiding over het inspectieteam.'

'Sergeant Hall is een vrouw.'

'Ja. Sergeant Lisa Hall. Hoe...'

'En UE en DS zijn mannen?'

'Ja. Maar...'

'Zitten er geen andere vrouwen in het team?'

'Nee. Maar ik snap...'

Reacher stak zijn hand op. 'Vijftien dagen geleden heb je per abuis een Rode krat ontvangen. Veertien dagen geleden kregen we een melding dat er M16's van deze basis waren gestolen. We hebben het gecontroleerd. Het was niet waar.'

'Ik heb over die blikseminval gehoord. Ik zie het verband niet.'

'De melding was anoniem, maar de stem was die van een vrouw. Ik heb het dossier gelezen.'

'Ik snap nog steeds...'

'Sergeant Hall realiseerde zich dat er een Rode krat ontbrak, een dag nadat die verkeerd verwerkt was. Ze wist dat de krat naar haar terug te leiden was, dus kwam ze met een valse beschuldiging. Een ernstige. Gestolen wapens. De rechercheurs waren er als de kippen bij, precies zoals ze had verwacht. Ze openden alle kratten, inclusief die van haar. Ze zochten naar M16's. Complete. Die vonden ze, dus sloten ze de zaak. Geen misdrijf vastgesteld. Mocht de verwisseling van de onderdelen aan het licht komen, dan was Hall al gezuiverd van de verdenking van diefstal. Ze hoopte dat een rechercheur dezelfde conclusie zou trekken als jij. Dat de wapens waarmee geknoeid was zo uit de Golf waren gearriveerd.'

'Nee, ik ken Lisa Hall. Zoiets zou ze nooit doen,' zei de sergeant.

'We zullen zien. Waar is ze vandaag?'

'Dat weet ik niet, sir.'

'Zoek het dan uit.'

'Sir.' De sergeant slofte naar de telefoon aan de muur. Er dwarrelden kleine stofwolkjes op rond zijn voeten. Hij koos het nummer langzaam, stelde zijn vraag en zei toen hij klaar was: 'Ze heeft vandaag geen dienst, sir.'

Reacher zei: 'Oké. Waar is haar kwartier?'

Veronica wachtte op de derde verdieping van de parkeergarage op haar zus Roberta. Ze stond tegen de zijkant van een klein busje geleund. Dat hadden ze bij aankomst in de stad, twee dagen geleden, gestolen op de parkeerplaats voor langparkeerders op vliegveld O'Hare. Roberta knikte als groet en opende het achterportier van het busje. Om beurten hielden ze de wacht terwijl de ander tussen de voor- en achterbank neerhurkte en zich omkleedde. De ziekenhuiskleding ging uit en ze trokken jeans en sneakers, shirts en jacks aan. Allemaal simpele, anonieme kledingstukken. Toen ze zich allebei hadden verkleed omhelsden de zussen elkaar, pakten hun eenvoudige canvas tassen uit de kleine laadbak van het busje, veegden al hun vingerafdrukken weg en liepen toen naar verschillende uitgangen. Roberta ging in westelijke richting. Ze haastte zich door groepen toeristen en winkelend publiek, langs brede winkelpuien, koffietentjes en kantoren, tot ze bij station Clark/Lake van de verhoogde metrolijn was. Veronica liep in zuidelijke richting naar station Roosevelt, waar de Oranje Lijn weer boven de grond kwam.

Reacher mocht de sergeant van de wapenkamer op Rock Island wel. Hij vermoedde dat de man redelijk pienter was. Redelijk door de wol geverfd. Redelijk in staat om het soort problemen te voorzien dat hij zou krijgen als Hall erachter kwam dat ze onder verdenking stond. Maar Reacher was een voorzichtig mens. Hij had lang geleden al geleerd dat het gevaarlijk kon zijn om iemand te overschatten. Dat trouw aan de eigen eenheid zwaarder kon wegen dan achting voor een vreemde. Vooral als die vreemde iemand van de MP is. Dus zorgde hij ervoor dat de sergeant zich ten volle bewust was van de consequenties als hij in de verleiding mocht komen wat telefoontjes te plegen. Reacher liet daarbij geen enkele ruimte voor twijfel. Daarna vorderde hij een auto uit het wagenpark van de basis en ging op weg naar Halls adres.

Hall woonde in het laatste van een rijtje huizen langs een rivier, pakweg zes kilometer van de hoofdingang van het Arsenal. Het was een keurig, klein huis. Efficiënt in het gebruik, dacht Reacher. Geen ornamenten die onderhouden moesten worden. Geen tuin die veel onderhoud vroeg. Er kwam niemand naar de deur toen Reacher aanklopte. Niemand te zien door de ramen, zowel voor als achter niet. Alleen wat eenvoudig meubilair, neergezet als op een foto uit een catalogus met goedkope spullen. Er was niets persoonlijks te zien. Geen foto's. Geen decoratie. Geen snuisterijen waarmee mensen hun eigen stempel op een huis willen drukken. Reacher snapte dat. Afgezien van zijn vier jaar op West Point was hij zijn hele leven van de ene naar de andere basis verhuisd. Zes maanden hier. Zes maanden daar. Verschillende landen. Verschillende continenten. Nooit ergens lang genoeg om zich thuis te gaan voelen. Eerst als kind, omdat zijn vader officier in de marine was geweest. Daarna als volwassene en zelf officier. Misschien had Hall dezelfde ervaring. Misschien anticipeerde ze op de volgende overplaatsing en wilde ze geen moeite verspillen aan een plek waarvan ze wist dat ze er gauw weer weg zou zijn. Of misschien had ze een andere reden om voorbereid te zijn op een gehaast vertrek.

Reacher liep terug naar de geleende auto en ging zitten wachten. Hij maakte zich er niet druk om hoelang het zou kunnen duren. Hij was een geduldig man. Hij hoefde nergens anders heen. En hij was van nature gemaakt voor twee bestaanswijzen. Onmiddellijke, explosieve actie of bijna-catatonische rust. Hij had alleen moeite met wat daar tussenin zat. Met het uitzitten van zinloze besprekingen, inspecties en briefings die zo'n groot deel vormden van het leven van een officier in het leger.

3

De telefoon ging om negen uur 's avonds Eastern Standard Time. Waar het telefoontje vandaan kwam, was het acht uur 's avonds Central Standard Time. En dat was precies op tijd.
Er werd meteen opgenomen.
De man die had gebeld zei: 'Er is er weer een dood. Keith Bridgeman. Zwaar stomp trauma als gevolg van een val uit het raam van zijn kamer in het ziekenhuis. United Medical, Chicago. Elfde verdieping. Hij was herstellende van een hartinfarct. Nog niet helemaal buiten gevaar, maar de verwachting was dat hij het zou halen. Het ging prima met hem toen de verpleegkundigen een paar uur eerder hun ronde deden. Geen bezoekers, telefoontjes of contact van buitenaf bekend. Volgens de politie is de kans op zelfmoord óf een ongeluk fiftyfifty. Hij moet zelf het raam hebben opengedaan – de sleutel zat nog in zijn borstzak – maar er lag geen briefje. Dat was het voor nu. Meer om 0800.'
'Begrepen.' De man die had opgenomen hing op.

Officieel bestond de telefoonlijn die ze hadden gebruikt niet. De lijn was een van de spookcircuits van het Pentagon. Daar waren er honderden van in het gebouw. Misschien wel duizenden. Ze genereerden geen belgegevens – inkomend noch uitgaand. Het gesprek dat net was beëindigd, zou nooit getraceerd kunnen worden. Het zou nooit in verband gebracht kunnen worden met het volgende telefoontje via dezelfde lijn, maar toch liep de man van het Pentagon naar een ander kantoor. Oude gewoonten zijn moeilijk uit te roeien. Hij pakte een andere telefoon en belde uit zijn hoofd een nummer. Een nummer dat nergens was opgeschreven. Niet genoteerd. Niet officieel in gebruik.

Het telefoontje van de man van het Pentagon werd aangenomen in de werkkamer van een huis zes kilometer verderop, in Georgetown DC. Door Charles Stamoran, de minister van Defensie van de Verenigde Staten van Amerika.

De man van het Pentagon herhaalde wat hem een minuut eerder was verteld. Woord voor woord. Op neutrale toon. Geen samenvatting. Geen aanpassingen. Precies zoals Stamoran het wilde hebben.

'Begrepen,' zei Stamoran toen de man van het Pentagon was uitgesproken. 'Wacht heel even.'

Stamoran legde de hoorn op het gehavende leren bureaublad, liep naar het raam en keek door een kier van de gesloten gordijnen. Hij tuurde over het gazon, naar de vijver en de muur erachter, stelde zich de sensoren, struikeldraden en verborgen camera's voor en dacht na over wat hij net had gehoord. Hij kreeg voortdurend briefings, over allerlei zaken. Dat hoorde bij zijn werk. Eén verslag dat hij regelmatig kreeg was een lijst van belangrijke sterfgevallen. Buitenlandse leiders. Militaire sleutelfiguren, zowel vriend als vijand. Verdachten van terrorisme. Feitelijk iedereen die de geopolitieke status quo kon verstoren. Droge kost, over het algemeen. Maar een voordeel van zijn werk was dat hij er wat extra namen voor zichzelf aan toe kon voegen. Niets officieels. Gewoon mensen in wie hij persoonlijk geïnteresseerd was. Een van die mensen heette Owen Buck. Hij was vier weken geleden aan kanker overleden. Daar was niets verdachts aan. Op zich. Toen stierf er nog iemand van zijn lijstje. Varinder Singh. Geëlektrocuteerd in bad. Er lag een cassettespeler bij hem in het water. De stekker zat nog in het stopcontact. Fiftyfifty: zelfmoord of een ongeluk, had de politie gezegd. En nu was Keith Bridgeman dood. Ook iemand van zijn lijstje. Ook fiftyfifty. Niet het soort toeval waarvan Stamoran zou zeggen dat er geen luchtje aan zat. Dat stond verdomme wel vast.

Stamoran liep terug naar zijn bureau en pakte de hoorn op. 'Ik ga je drie namen geven. Geoff Brown. Michael Rymer. Charlie Adam. Ze staan al op mijn lijstje. Ik wil dat ze onder observatie worden geplaatst, dag en nacht, zeven dagen per week, met onmiddellijke ingang. Stuur onze beste mensen. Als iemand hen een beetje raar aankijkt, wil ik dat die in een cel zit voor hij met zijn ogen kan knipperen. Eenzame opsluiting. Niemand mag erbij tot ik iemand heb gestuurd om hem te ondervragen.'

'Heimelijke observatie, sir? Of mogen de bewakers contact leggen? Bekendmaken wat ze daar doen?'

'Heimelijk. Geen enkel contact. Dit zijn mannen van de CIA. Als ze in de smiezen krijgen dat we reden hebben om hen in de gaten te houden, verdwijnen ze nog sneller dan een politicus die gevraagd wordt zich aan zijn belofte te houden.'

'Begrepen.'

'En ik heb een vierde naam. Neville Pritchard. Staat ook op mijn lijstje. Ik wil hem in verzekerde bewaring. De veiligste, meest afgelegen plek die er bestaat. Nu. Vannacht. Geen uitstel.'

Stamoran legde de hoorn op de haak en liep terug naar het raam. Drie mannen waren dood. Drie zouden in de gaten worden gehouden. Eentje werd in de ijskast gezet. Dan bleef er nog één naam over. Die stond niet op het lijstje. Stamoran kende hem natuurlijk. Net als Pritchard. Maar verder niemand. Stamoran moest zorgen dat dat zo bleef. Het geheim dat hij al drieëntwintig jaar verborg hing ervan af.

Stamoran richtte zijn aandacht op Pritchard. Probeerde zich zijn gezicht voor de geest te halen. Dat was niet eenvoudig na al die jaren. Over 's mans temperament kon hij zich meer herinneren. Hij zou niet blij zijn dat hij uit bed werd gesleurd en ergens ver weg in een safehouse werd gestopt. Helemaal niet blij. Maar dat was dan jammer. Als je tot een spelletje Russisch roulette gedwongen wordt, is er geen tijd om je druk te maken over de gevoelens van andere mensen. Je kunt maar één ding doen. Ervoor zorgen dat de kogel die je dood zou kunnen worden uit het wapen wordt gehaald.

Sergeant Hall verscheen iets over halfnegen 's avonds. Ze parkeerde haar auto, een kleine, schone, Amerikaanse sedan, vlak voor het huis en liep het pad op naar haar deur. Ze was ruim een vijfenzestig en droeg burgerkleding. Jeans, witte sneakers en een sweatshirt van de Baltimore Orioles. Haar blonde haar zat in een paardenstaart en ze bewoog zich soepel en vol zelfvertrouwen, als een atlete. Ze had geen haast, keek niet of ze in de gaten werd gehouden.

Reacher was tevreden. Daaruit bleek dat de sergeant van de wapenkamer naar hem had geluisterd. Hij gaf haar een paar minuten de tijd om naar binnen te gaan en liep toen het pad op.

Hall deed meteen open. Ze leek verbaasd – maar niet bezorgd – dat er zo'n grote kerel in camouflagekleding bij haar op de stoep stond. 'Kan ik iets voor u doen, kapitein?' vroeg ze.

Reacher liet haar zijn identiteitsbewijs van het leger zien en stak toen zijn portemonnee terug in zijn zak. 'Ik heb een minuutje van je tijd nodig. We moeten het even over de zaak van de verdwenen wapens hebben.'

Hall vertrok geen spier. 'Er zijn geen wapens verdwenen. De MP heeft de hele basis doorzocht en het bevestigd.'

'De wapens zijn niet verdwenen. Maar iets anders wel.'

Hall wendde haar blik af. Ze krabde aan haar gezicht en streek een pluk haar achter haar oor. 'Ik weet...'

Reacher zei: 'Het gaat om de administratie. Er ontbreken een paar bladzijden. Iemand heeft het verprutst. Ik moet het in orde maken voor onze bevelvoerend officier erachter komt. Ik heb maar een paar details nodig en ik hoorde dat ik daarvoor bij jou moest zijn.'

'Administratie?' Hall knipperde met haar ogen. Twee keer... 'O, oké. Tuurlijk. Wat... wacht. U hebt geen aktetas of klembord bij u.'

'Niet nodig.' Reacher tikte tegen zijn slaap. 'Ik onthoud wel wat je zegt. Daarna bel ik naar mijn basis en geef ik de informatie aan de juiste persoon door. Hij moet zelf het formulier invullen. Anders klopt het handschrift niet.'

Hall reageerde niet.

'Het zal niet lang duren,' zei Reacher. 'En het is nogal spoedeisend...'

'O. Oké. Wat wilt u weten?'

'Vind je het goed als ik binnenkom? Het is een lange dag geweest. Ik zou wel een glaasje water kunnen gebruiken terwijl we praten.'

Hall wachtte even. Ze bekeek Reacher van top tot teen. Hij was meer dan een kop groter dan zij. Waarschijnlijk twee keer zo zwaar. Maar hij was een MP en MP's vinden het niet leuk als hun iets wordt geweigerd. Daar komt niets goeds van. Dus na een momentje knikte ze en gebaarde ze hem met haar mee te komen. In de gang hingen ingelijste foto's aan de muren. Drie aan weerskanten. Foto's van dieren en vogels, en natuurfoto's. Hall wees naar de deur rechts, en liep zelf door naar de keuken. Reacher stapte op haar aanwijzing de woonkamer in. Om te voorkomen dat hij zijn hoofd stootte aan de lamp die aan het plafond hing bleef hij net naast het midden op Hall staan wachten. Ze kwam even later de kamer in met twee glazen water. Ze zette er een op een bijzettafeltje naast een bank en ging toen op het puntje van een bijpassende leunstoel zitten.

'Zo,' zei Hall. 'Vertel.'

Reacher ging midden op de bank zitten, nam een slok water en zei: 'De wapens die terugkomen uit de Golf. Degene die als overtollig worden geclassificeerd. Jij bent verantwoordelijk voor het testen van die wapens. Beslis jij welke worden behouden en welke weg kunnen?'

'Daar is mijn team verantwoordelijk voor. Ik niet alleen. Maar geen van die wapens ontbreekt. De MP's hebben gezocht en...'

'Wie beslist wie welke kratten test?'

Hall zweeg even en zei toen: 'Dat gebeurt willekeurig. Er komt geen methode aan te pas.'

'Wie beslist er?' vroeg Reacher.

'Ik, denk ik. Vanuit het oogpunt van registratie.'

'Ik denk dat je wel een methode hebt. En die heeft niets met registratie te maken. Je zorgt ervoor dat de wapens die jij zelf gaat testen in goede conditie zijn. En ouder. Wapens die volautomatisch kunnen schieten.'

'Waarom zou ik?'

'Waar haal je de onderkasten met civiele specificaties vandaan?'

'Civiele specificaties? U zit ernaast. Wij hebben niets met civiele wapens te maken.'

'Onderkasten met een volautomatische stand zijn veel geld waard,' zei Reacher. 'Ze kunnen een AR15, die elke idioot gewoon kan kopen, veranderen in een wapen van militaire klasse. Dus jij verwisselt ze, verkoopt ze en stuurt dan de compleet lijkende wapens op voor vernietiging. Niemand die erachter komt. Of erachter zou móéten komen. Maar toen hoorde je dat er op de basis een krat wapens waarmee is gerommeld was zoekgeraakt. Een administratieve blunder. Dat kon een groot probleem worden. Je moest jezelf indekken. Dus deed je een valse melding. Je zei dat er M16's gestolen waren. Dat was niet zo, dus wist je dat iedereen op Rock Island boven verdenking zou staan. Jij ook. Mocht het gerommel met de wapens dan aan het licht komen, dan zou de verdenking waarschijnlijk op mensen hogerop in de keten vallen, op de oorspronkelijke eigenaren in de Golf. Die nooit zouden worden gevonden omdat allerlei systemen niet op elkaar aansluiten.'

Hall sprong overeind. 'Wapens waarmee gerommeld is? Ik weet niet wat...'

'Ga zitten.' Reachers stem was zo luid dat ze bijna onderuit ging.

Hall ging zitten. Ze zag er klein en verslagen uit toen ze in de stoel naar achteren schoof.

'Je zit in een kuil,' zei Reacher. 'Dus weet je wat je nu moet doen?'

Hall schudde haar hoofd. Een kleine, nerveuze beweging.

'Ophouden met graven. Je maakt het alleen maar erger voor jezelf. Dit is het moment om eerlijk te zijn. Vertel me alles, nu meteen, geen geouwehoer meer, dan zal ik zien wat ik kan doen om je te helpen. Misschien kan ik de schade een beetje beperken.

Maar alleen als jij ophoudt met dat gekloot.'

Hall sloeg haar handen voor haar gezicht en maakte zichzelf nog kleiner. Toen ze even later haar handen liet zakken, rolde er een traan over haar wang. 'Oké.' Ze snufte. 'Ik beken niets. Ik was het niet. Maar ik weet wel het een en ander. Dat zal ik u vertellen. Dan kunt u een goede beurt maken bij uw bevelvoerend officier. Maar ik wil me eerst even opfrissen in de badkamer. Ik zal het snel doen. Ik moet alles even op een rijtje zetten.'

'Prima,' zei Reacher. 'Maar gebruik wel de badkamer boven.'

Hall kwam overeind uit de stoel en schuifelde naar de deur.

Reacher hoorde lichte, snelle voetstappen op de trap. Hij hoorde de deur van Halls slaapkamer dichtslaan en een paar tellen later die van haar badkamer, aan de andere kant.

Sergeant Hall wist dat Reacher de deuren gehoord zou hebben. Ze wílde dat hij ze hoorde. Dat was zelfs noodzakelijk, om het echt te maken. Maar ze hoopte van ganser harte dat hij het volgende geluid dat ze maakte niet hoorde. Het zachte onvermijdelijke piepje toen ze haar badkamerraam opende.

Susan Kasluga stond in de keuken te wachten tot het water kookte toen Charles Stamoran haar vond. Het was een brede rechthoekige ruimte met een kookeiland in het midden. De werkbladen waren effen wit, hoogglans. De kastjes waren ook wit, met gladde fronten zonder versieringen. De spatwanden bestonden uit platen roestvrij staal en de paar apparaten die zichtbaar waren, waren in logische groepen gerangschikt. Kasluga had elk detail zelf gespecificeerd en was verrukt geweest toen een journalist ooit had geschreven dat het wel een laboratorium leek.

Stamoran zei: 'Heb je even, Susie? We moeten praten.'

Kasluga sloeg haar armen over elkaar. 'Als het maar niet over mijn thee gaat.' Ze klonk fel, maar er speelde een glimlach rond haar ogen.

Ze waren bijna twintig jaar samen en op een maand na zeventien jaar getrouwd. Ze waren geen doorsnee stel. Zij was tien jaar jonger. Vijftien centimeter langer. Ze had een wilde bos rood haar tot op haar middel als ze het niet voor haar werk had opgestoken – passend bij een pak of, tegenwoordig minder vaak, een labjas. Ze had hoge jukbeenderen en heldergroene ogen. Wanneer ze een kamer binnenkwam, merkten mensen dat op. Daar konden ze niets aan doen. Ze konden het niet laten naar haar te staren, ook al was ze de vijftig inmiddels gepasseerd. Lichamelijk was Stamoran het tegenovergestelde van haar. Over de zestig, klein, compact, een gezicht dat je gemakkelijk vergat, zijn haar – of wat ervan over was – saai kort. Hij kon tijdens een feest, receptie of diner naast haar staan of zitten en toch moesten de mensen de volgende dag de persfoto's bekijken om te kunnen zeggen of hij er eigenlijk wel bij was geweest. Ze werkten in verschillende werelden. Ze hadden verschillende interesses. Verschillende hobby's. Een verschillende smaak op het gebied van eten, boeken en films. Maar wat intellect en slinksheid betrof pasten ze perfect bij elkaar.

'Dit heeft niet te maken met je... drankje.' Stamoran glimlachte ook, maar zonder warmte. Hij was heel precies. Een betweter, zelfs. Hij kon het niet uitstaan dat ze een zootje stinkende kruiden in heet water thee noemde, want er kwam helemaal geen thee aan te pas. Hij had een hekel aan onzorgvuldigheid en vond dat zij als wetenschappelijk onderzoeker beter zou moeten weten. Het was een van de weinige dingen aan haar die hem stoorden, zelfs na twintig jaar nog. 'Ik heb nieuws. Geen goed nieuws. Drie mensen die bij Mason Chemical werkten toen jij daar ook was, zijn overleden. Alle drie de afgelopen maand.' Hij zweeg even. 'Owen Buck. Varinder Singh. Keith Bridgeman.'

De waterketel produceerde een eerste zwak begin van een fluitje, maar Kasluga wachtte niet tot het luider werd. Ze pakte de ketel op en schonk het hete water in haar mok. Ze wist dat ze geen 100 graden nodig had voor dit soort 'thee'. En ze had er geen moeite mee om te switchen tussen precisie op het werk en spreektaal thuis. Ze werd soms gek van de kleingeestige starheid van haar man.

'De namen klinken bekend,' zei ze. 'Ze waren in '69 in India, klopt dat? Ze maakten deel uit van een speciaal ontwikkelingsteam. Ze werkten afgezonderd van de rest. Een of ander geheim project. Die lui moeten inmiddels behoorlijk op leeftijd zijn. Wat is er gebeurd? Zijn ze van ouderdom gestorven?'

'Buck wel, aan kanker. Van de anderen is het nog niet zo duidelijk. De politie zegt fiftyfifty voor zelfmoord of een ongeluk.'

'Allebei?'

Stamoran knikte.

'Onwaarschijnlijk dat ze allebei kort na elkaar een fataal ongeluk hebben gekregen,' zei Kasluga. 'Dus zelfmoord? Serieus?'

'Nee, ik denk dat iemand anders er de hand in heeft gehad.'

'Je bedoelt dat ze zijn vermoord?'

Opnieuw knikte Stamoran.

Kasluga schudde haar hoofd. 'Waarom zou iemand een stel gepensioneerde wetenschappers willen vermoorden? Dat slaat nergens op.'

'Susan, er zijn een paar dingen die je moet weten over wat er in '69 gaande was. Dingen die ik je nooit eerder heb verteld, om redenen die je zo duidelijk zullen worden. Maar nu moet ik je wel inlichten, omdat ik denk dat je in gevaar bent.'

'In gevaar? Ik? Ik had niets te maken met wat die kerels daar deden.'

'Dat weet ik.'

'Het waren de jaren zestig, in godsnaam. Het was sowieso al moeilijk voor een vrouw om een onderzoeksfunctie te krijgen. Ook al was ik intelligenter dan om het even welke man die de tien jaar ervoor bij Mason Chemical had gesolliciteerd. Waarschijnlijk zelfs de twintig jaar ervoor. En dat ik elke man die daar al werkte de loef afstak toen ze me eindelijk hadden aangenomen. Die klootzakken lieten me niet eens in de buurt komen van dingen die zelfs maar een beetje interessant waren.'

'Daarom heb je die baan in India aangenomen. Ik weet het. En dat was een goede zet.'

'Dat was het niet. Ik dacht dat ik ver weg van het hoofdkwartier van het bedrijf meer vrijheid zou hebben, maar dat was niet zo. Ik stond nog steeds aan de zijlijn. Alleen zat ik daar vast in miljoenen-graden-hitte, zonder voorzieningen en zonder dat ik iets omhanden had. In elk geval niet tot de pleuris uitbrak. Toen wilden ze een mooi gezicht om voor de camera's te zetten tot de opschudding was overgewaaid. Mooi en naïef. In één dag tijd veranderde ik van ongewenste parasiet in snoepje van de maand. Opeens konden ze geen genoeg van me krijgen. En tjonge, wat heb ik daar voor moeten boeten zodra ze me niet meer nodig hadden.'

'Ze maakten misbruik van je. Gebruikten je als pr-spreekbuis. Dat is duidelijk. Maar dat is niet waarom ik me zorgen maak.'

'Wat is dan het probleem? Een paar kerels met wie ik meer dan twintig jaar geleden feitelijk niets te maken had, zijn misschien vermoord. Als er iemand over zijn schouder moet kijken, zijn het toch zeker de andere leden van dat team? Misschien moet je met hen praten. Wellicht koestert er iemand een wrok. Misschien een van de overgebleven wetenschappers.'

'Dat denk ik niet. Dit is het werk van een buitenstaander. En ik onderneem de noodzakelijke stappen. Voor de overgebleven leden zal... gezorgd worden.'

'Denk je echt dat iemand achter de rest van het team aan zal gaan? Achter allemaal? Waarom? Wat hebben ze gedaan?'

Stamoran antwoordde niet.

Kasluga keek hem woedend aan. 'En waarom maakt iemand zich daar nu, na al die tijd, druk over?'

Stamoran dacht even na en zei toen: 'Er zaten zeven mensen in dat team. Op het oog allemaal echte wetenschappers. Maar dat was niet het enige wat ze waren. Twee waren er in dienst van het leger. Vijf van de CIA. Hun kwalificaties als burger waren een dekmantel.'

Kasluga tilde haar mok op en zette hem toen terug op het aanrecht. 'Je houdt me voor de gek. Wemelde het op de plek waar ik werkte van de soldaten en spionnen? Hoelang weet je dat al?'

'Dat doet er niet toe,' zei Stamoran.

'En óf het ertoe doet. Waarom heb je het me nooit eerder verteld?'

'Die informatie was alleen voor wie het per se moest weten. Daar hoorde jij niet bij. Nu wel.'

Kasluga haalde haar schouders op. 'Dat verklaart dat stiekeme sfeertje, neem ik aan. Waar werkten ze aan?'

Stamoran schudde zijn hoofd. 'Ook dat doet er niet toe. Er zijn nu maar twee dingen van belang. Ten eerste denk ik dat er wel degelijk iemand het hele team om zeep probeert te helpen. Twee sterfgevallen kort na elkaar onder verdachte omstandigheden, dat is al te toevallig. Ten tweede waren er feitelijk geen zeven mensen bij betrokken. Het waren er acht. Er was nog iemand anders bij dat project betrokken, indirect, maar in belangrijke mate.'

Kasluga stak haar hand uit naar haar mok, maar trok hem toen weer terug en drukte hem tegen de buitenkant van haar bovenbeen. 'Een achtste persoon? Weet je dat zeker?'

Stamoran knikte. 'Heel zeker.'

Kasluga haalde even diep adem. 'Weet je wie het is?'

Stamoran knikte weer. 'Ja.'

Kasluga legde haar handen op het aanrecht en leunde er met haar volle gewicht op. Haar stem was nauwelijks meer dan een fluistering toen ze zei: 'Charles? Als je me iets te vertellen hebt, doe dat dan.'

'Oké.' Stamoran zweeg nog even. 'Die achtste persoon? Dat ben ik.'

4

Reacher hoorde niet alleen dat Hall het badkamerraam opende. Hij zag het ook.

Zodra haar slaapkamerdeur dichtviel sprong hij op van de bank en liep stilletjes de gang in. Hij deed de voordeur open en liet hem open om geen geluid te maken. Vervolgens ging hij snel via de voorkant van het huis naar de linkerhoek. Vanaf daar kon hij in de ruit van zijn geleende auto de zijkant van het huis in de gaten houden. Hij wachtte. Even later verscheen Halls hoofd uit het raampje. Ze keek naar beide kanten en reikte toen naar de regenpijp die net naast het raam liep. Pakte hem eerst met één hand beet. Toen met de andere. Ze wurmde zich achterstevoren naar buiten tot ze op de vensterbank zat, met haar gezicht naar de muur. Trok haar rechtervoet op zodat ze erop hurkte en deed hetzelfde met haar linkervoet. Ze zette zich schrap, duwde zich af en plaatste haar rechtervoet aan de andere kant van de regenpijp. Toen liet ze zich hand over hand zakken, haar schoenzolen plat tegen de muur, bijna horizontaal hangend alsof ze abseilde aan een hard stalen koord.

Reacher liet haar tot halverwege afdalen voor hij in actie kwam. Hij stapte om de hoek van het huis en liep naar haar toe.

Ze zag hem meteen en probeerde weer naar boven te klimmen. Terug door het raam te duiken. Maar voor ze daar zelfs maar in de buurt kwam, stak Reacher zijn hand uit en pakte haar riem vast.

'Wil je rustig, langzaam en veilig naar beneden komen?' vroeg hij. 'Of het risico lopen dat je op je hoofd valt?'

Hall klom naar beneden. Zodra haar voeten de grond raakten, ging ze met haar rug tegen de muur staan.

Reacher deed een stap naar haar toe en zei: 'We mogen wel aannemen dat de biechtfase van dit gesprek achter de rug is, nietwaar?'

'Klootzak. Wat gebeurt er nu?'

'Dat hangt van jou af.'

'Wat wilt u?'

'Heb jij de onderkasten van de M16's gestolen?'

'Dat lijkt me duidelijk.'

'Hoeveel?'

'Achtenveertig.'

'Hoor je dat?'

Hall keek naar links en naar rechts. 'Nee. Wat?'

'Dat is het geluid van de deur die je zojuist voor jezelf hebt dichtgegooid.'

'Wacht. Zesennegentig.'

'Heb je ze verkocht?'

'Ik heb ze niet als souvenir meegenomen.'

'Aan wie heb je ze verkocht?'

Hall schudde haar hoofd en zuchtte. 'Zeg eens eerlijk. Hoe groot zijn mijn problemen?'

'Als ik ernaar moet raden? Groot.'

'Kan ik iets doen om de vooruitzichten wat te verbeteren?' Hall maakte zich los van de muur en keek Reacher aan. 'Iets wat je nodig hebt? Een mogelijkheid om de uitkomst wat zonniger te maken?'

'Misschien,' zei Reacher.

'Ho even.' Kasluga deed een stap achteruit, weg van het aanrecht. Ze stak haar rechterhand op, als een agent die het verkeer tegenhoudt. 'Was jij in '69 in de fabriek van Mason in India aanwezig? Tegelijk met mij? Dat bestaat niet. Dat had ik geweten. Ik zou je gezien hebben.'

Stamoran schudde zijn hoofd. 'Ik zeg niet dat ik in India was.

Ik was in de VS gestationeerd. In Langley. Ik had de leiding over het programma waar die zeven kerels bij Mason Chemical aan werkten. En over vijf soortgelijke projecten in andere landen.'

Kasluga zette haar handen in haar zij. 'Had jij de leiding? Dus heb ik het aan jou te danken dat ik in zo'n lastige positie werd geplaatst?'

'Nee, daar was mijn nummer twee, de voorman ter plaatse, verantwoordelijk voor. Hij had toestemming in geval van nood zelfstandig te handelen. En dit was allemaal lang voordat jij en ik elkaar leerden kennen. Voordat ik zelfs maar van je bestaan op de hoogte was.'

'Wie was die man? Je nummer twee?'

'Dat doet er niet toe.'

Kasluga graaide een koksmes uit het messenblok naast het fornuis. 'Als je nog één keer zegt dat iets waarnaar ik je vraag "er niet toe doet", steek ik je neer. Schiet op! Het was Pritchard, zeker? Neville Pritchard? Hij was je nummer twee. Hij is de man over wie we het hebben.'

Stamoran antwoordde niet.

Kasluga legde het mes naast haar mok. 'Pritchard bracht verslag aan jou uit. Dus hij kent je naam?'

Stamoran knikte.

'Verder nog iemand?'

'Alleen hij. Iedereen had maar een klein deel van alle informatie. Voor de veiligheid.'

'Dus hij zou je naam kunnen noemen. Als degene die zijn teamgenoten vermoordt hem te pakken krijgt bij zijn zoektocht naar de namen van alle betrokkenen.'

'Theoretisch gezien wel, ja.'

'Dan zou die moordenaar dus ook achter jou aan kunnen komen? O, nee, Charles, dat bevalt me niet. Dat bevalt me helemaal niet.' Kasluga liep naar Stamorans kant van het kookeiland en legde haar hand op zijn arm.

Stamoran zei: 'Ik loop geen gevaar. Maar ik maak me wel zorgen om jou.'

'Waarom? Ik had niets met dat team te maken. Ik werd alleen gebruikt als spreekbuis. Dat heb je zelf gezegd. En wat ik deed is bepaald niet geheim. Pritchard heeft geen enkele reden om met de vinger naar mij te wijzen. En de andere overlevenden ook niet.'

'Je ziet het grotere geheel niet, Susie. Singh was een oude man, die alleen woonde. Bridgeman lag in het ziekenhuis, halfdood na een hartinfarct. Het was gemakkelijk om hen te pakken te krijgen. Maar mij? Na de president ben ik de best beschermde man ter wereld.'

'Dus je denkt dat die kerel achter mij aan zal komen om jou te pakken te krijgen?'

'Dat zou ik doen als ik in zijn schoenen stond.'

'Dat is niet erg aardig.' Kasluga liet Stamorans arm los.

Stamoran haalde zijn schouders op.

Kasluga liep terug naar de andere kant van het eiland. 'Kun je niets doen? Die kerel oppakken voordat hij nog iemand anders vermoordt? Voordat hij over jouw betrokkenheid hoort?'

'Het is onder controle.'

'Onder controle? Wat wil dat zeggen? Wat doe je eigenlijk precies?'

'Dat doet er... Het volstaat te zeggen dat die kerel niet lang meer op vrije voeten zal zijn.'

'Is het veilig om de anderen er niet bij te betrekken terwijl hij jacht op hen maakt? Kun je ze niet ergens opsluiten waar ze veilig zullen zijn?'

Stamoran zei niets.

'Is dat een nee?'

'Ik kan de details niet met je bespreken. Dat weet je. En je weet ook dat ik er niet de man naar ben om dingen aan het toeval over te laten. Dus ik wil je vragen iets voor me te doen.'

'Natuurlijk. Wat?'

'Blijf hier. In huis.'

'Wanneer?'

'Morgen. En de dag erna. Twee dagen. Ga niet naar kantoor. Ga nergens heen zolang die kerel niet achter de tralies zit.'

'Dat kun je niet menen.'
'Ik meen het wel degelijk.'
'Dat is het stomste wat je ooit van me hebt gevraagd. Ik heb morgen de hele dag vergaderingen gepland staan. En overmorgen ook. In de top 500 van bedrijven staan er afgezien van mij maar drie vrouwen aan het hoofd van een firma. Tegen 496 mannen. Dat weet je. Dus wat denk je dat al die mannen zullen zeggen als ik niet kom opdagen? Ze is grillig. Onbetrouwbaar. Niet tegen haar baan opgewassen. Zwak. Ze zouden de messen al aan het slijpen zijn voordat de zon goed en wel op was.'

'Wat zouden de mensen over je kwaliteiten zeggen als je geëlektrocuteerd werd? Dat is wat Singh is overkomen. Of als je uit een raam op de elfde verdieping "viel"? Zoals Bridgeman. Susie, denk er even over na. Je kunt geen CEO meer zijn als je dood bent.'

'Godverdomme!' Kasluga pakte haar mok en smeet hem in de spoelbak. De mok brak en er spetterden talloze druppeltjes groenig bruin vocht tegen de roestvrijstalen spatwand. 'Ik ga sporten. We hebben het hier later nog wel over.'

Roberta en Veronica Sanson troffen elkaar weer op vliegveld Hilton in New Orleans, zoals gepland. Ze waren met verschillende vluchten en vanaf verschillende luchthavens gearriveerd. Ze reisden met valse ID's. Ze namen twintig minuten na elkaar de shuttlebus. Het enige onverwachte detail bestond eruit dat Roberta eerder bij het hotel was dan haar zus. Volgens het vluchtschema zou ze een kwartier na haar zus aankomen, maar de bagagejongens van Midway Airlines werkten die dag erg langzaam. Ze veroorzaakten allerlei vertragingen. Toch was dat maar een kleine hobbel. Roberta dacht niet dat het om ingrijpende aanpassingen vroeg, dus ze ging gewoon verder met haar volgende taak. Ze bestelde een glas ijsthee in de bar op de begane grond van het hotel, nam het mee naar buiten, naar een terras achter een schattig wit hekje, en hield de balie van de parkeerservice aan de rand van het trottoir in de gaten.

Toen Veronica arriveerde ging ze meteen naar de parkeerservice. Ze liep ontspannen op de jongen achter de balie af en zei: 'Goeienavond. Hoe gaat het vandaag met je?'

De parkeerhulp haalde zijn schouders op. 'Prima, denk ik. Komt u uw auto ophalen?'

Veronica schudde haar hoofd. 'Ik niet. Ik kan niet rijden. Ik ga net inchecken. Maar het gaat me hierom: ik heb gehoord dat je hier in de stad geweldig kunt feesten en ik ben maar één nacht hier. Ik wil mijn tijd niet verspillen in een of andere saaie tent. Dus ik vroeg me af of jij hier in de buurt woont.'

'Geboren en getogen.'

'Ik hoopte al dat je dat zou zeggen. Hoe heet je?'

'Riccardo.'

'Aangenaam kennis te maken, Riccardo. Ik ben Stephanie. En nu komt mijn vraag. Als er een goede vriendin bij je langs zou komen die zich uitstekend weet te amuseren, maar haar tijd niet wil verknoeien, waar zou je haar dan mee naartoe nemen?'

'Enrico's. Een blok verder dan Bourbon Street. Ontzettend leuk, maar ook echt klasse. Daar kan het niet fout gaan.'

'En als die vriendin nou wil dat het... fout gaat?'

Riccardo glimlachte. 'In dat geval, The Vault. Daar kun je in allerlei problemen verzeild raken.'

Veronica glimlachte ook. 'Zo te horen spreek je uit ervaring.'

'Misschien. Maar we kennen elkaar nog maar net. Misschien moet ik een beroep doen op mijn zwijgrecht.'

'Of misschien moeten we elkaar daar later ontmoeten, dan kun jij me wegwijs maken. Aangezien ik hier niet bekend ben en jij zo... ervaren bent.'

Riccardo's glimlach werd breder. 'Zeker. Dat zouden we kunnen doen. Ik ben hier om elf uur klaar.'

'Uitstekend. Zie ik je dan daar rond middernacht?'

'Je kunt op me rekenen.'

Veronica voelde de ogen van de parkeerhulp op haar billen terwijl ze naar de ingang van het hotel liep. Ze draaide haar haar achter op haar hoofd in een strakke knot, liep naar de receptie en boekte een kamer. Voor één nacht. Ze betaalde contant. Het identiteitsbewijs dat ze gebruikte, stond op naam van Cailin Delaney. Ze tekende alle formulieren die de receptionist haar overhandigde, nam het wisselgeld en haar kamersleutel in ontvangst en ging weer naar buiten. Ze liep door een opening in het hekje rondom het terras van de bar en bleef naast een lege tafel staan. Ze keek om zich heen alsof ze iemand zocht. Ze boog zich naar voren en legde drie vingertoppen op de tafelrand. Ze keek niet naar Roberta. Ze wist dat haar zus haar zag. Even later boog ze haar ringvinger, zodat er nog twee vingers zichtbaar waren en vervolgens strekte ze haar hand zodat alle vier de vingers de tafel raakten. Ze bleef nog even staan, haalde toen haar schouders op alsof degene die ze had gehoopt te treffen niet was komen opdagen, liep naar binnen en ging naar kamer 324.

Buiten bleef Roberta de parkeerservice in de gaten houden. Ze liet een zwarte cabriolet komen en gaan. Drie Amerikaanse sedans. Een jeep. Daarna dronk ze het laatste beetje van haar thee en stond op. Er was een MPV naast het trottoir gestopt. Het passagiersportier ging open en er stapte een vrouw uit. Ze was duidelijk stijf van de lange rit en zag er moe en geïrriteerd uit. Roberta vermoedde dat ze halverwege de dertig was, en ze droeg een witte korte broek, een roze blouse en sandalen. Op de blouse zat een grote ovale vlek. Haar haar zag eruit alsof het al dagen geen borstel had gezien. Ze strekte haar rug, kreunde, draaide zich toen om en schoof het achterportier open. Er kwamen vier kinderen uit. De oudste was een jaar of twaalf, de jongste hooguit zes. Het waren allemaal jongens en ze begonnen meteen te rennen, schreeuwen en duwen. Ze gingen heftiger tekeer dan sommige roedels wilde honden die Roberta om een karkas had zien vechten. De moeder dreef de jongens hoofdschuddend en met gespreide armen naar het hotel. Er verscheen een man aan de achterkant van de auto. Waarschijnlijk de vader. Hij opende de kofferbak en begon een heel arsenaal koffers in verschillende felle kleuren uit te laden.

De parkeerhulp hielp hem ze op een bagagekarretje te stapelen. Daarna gaf hij de vader een kaartje en liep om naar het portier aan de bestuurderskant.

De vader leek geen haast te hebben om zijn gezin achterna te gaan. Hij stopte het kaartje van de parkeerservice in de kontzak van zijn flodderige korte broek en probeerde het karretje met één hand voort te duwen. Het was een halfslachtige poging. Het karretje bewoog nauwelijks. Het reed zo langzaam dat Roberta haar pas moest vertragen. Ze draaide zich iets weg, haalde een notitieboekje uit haar tas en deed alsof ze onder het lopen iets controleerde wat erin geschreven stond. Alsof ze niet besefte dat ze op een botsing afstevende. Ze liep tegen de man op. Haar knie streek langs de binnenkant van zijn dijbeen. Ze gaf een gil en liet haar boekje vallen. Het kwam pal voor zijn voeten terecht. Hij liet het karretje los, stapte opzij en nam even de tijd om zich te herstellen. Toen bukte hij, raapte het boekje op en gaf het terug aan Roberta.

Die zei: 'Heel erg bedankt. Wat vriendelijk van u. En het spijt me dat ik zo onhandig was.'

De man grinnikte en streek de voorkant van zijn gekreukte shirt glad. 'Maak u er maar niet druk over. Dat was het spannendste wat ik de hele week heb meegemaakt.'

Dat zeg je nu, dacht Roberta. Wacht maar tot je je MPV terug probeert te krijgen.

5

Er stonden twee auto's langs een weg ten zuiden van Annapolis, Maryland, tussen Back Creek en de Atlantische Oceaan. Ze stonden vlak achter elkaar, direct na een krappe bocht, in het donker. Niet de veiligste plek om te parkeren, maar de bestuurders hadden geen keus. De weg was smal en omzoomd met bomen die al in het blad stonden. Dat beperkte het zicht op de oude, vredige huizen die aan weerskanten verspreid stonden. Zacht licht twinkelde vaag door de stokoude struiken die de ruimte tussen de boomstammen grotendeels opvulden, wat het nog moeilijker maakte de woningen te observeren.

De voorste auto was onbemand. In de tweede zaten twee mannen. Ze hadden gedeeltelijk zicht op een van de huizen. Ze hadden verrekijkers, een camera met een lange lens en een paar portofoons bij zich. Een van de mannen zat in een logboek te schrijven. Hij had een brandende zaklamp in zijn ene hand. Zijn vingers schermden een deel van de lens af, waardoor het meeste licht werd tegengehouden en het beetje dat toch nog ontsnapte zachtroze kleurde. Met de goedkope balpen in zijn andere hand noteerde hij de tijd, de plaats, zijn eerste observaties. Dingen die hij later nodig zou hebben voor het verslag dat hij moest schrijven. Hij was net klaar met zijn notities toen zijn portofoon tot leven kwam. Het was een van de mannen uit de andere auto. Ze waren naar de achterkant van het huis gelopen en verkenden de boel nu te voet.

De stem op de radio zei: 'Pritchard is er. Identiteit bevestigd. Ik zag hem door het keukenraam. Hij stond af te wassen. Over.'

De man met de pen vroeg: 'Is hij alleen? Over.'

'Ja. Er is niemand bij hem. En hij heeft maar één bord en één wijnglas afgewassen.'

'Is hij nog in de keuken?'

'Nee. Hij is naar boven gegaan. Het licht beneden is uit. Het badkamerlicht ging aan. Wacht. Het is net uitgegaan. Nu brandt de lamp in zijn slaapkamer.'

'Gaat hij naar bed?'

'Daar ziet het wel naar uit. Wacht. De lamp in de slaapkamer is nu ook uit. Pakken we hem nu? Of wachten we tot hij slaapt?'

De man met de pen dacht even na. Hij deed dit niet voor het eerst. Het was makkelijker als zijn doelwitten suf en meegaand waren. Hij wist maar al te goed wat er kon gebeuren als dat niet het geval was. Pritchard had op z'n minst één glas wijn gedronken, dat was een goed begin. Dan duurde het gemiddeld drie kwartier tot een uur tot iemand diep in slaap was. De ervaring leerde dan ook dat ze anderhalf uur moesten wachten. Om er zeker van te zijn dat Pritchard onder zeil was. Daarna zouden ze zo geruisloos mogelijk de sloten openen en zijn slaapkamer binnengaan. Negen van de tien keer was het doelwit al in de boeien geslagen voordat hij zijn ogen open had. Maar deze operatie was anders. De orders kwamen helemaal van de top. Wat inhield dat het resultaat onder de microscoop zou liggen. Zijn aandeel ook. En de instructies bevatten het woord 'onmiddellijk'. Zelfs als de arrestatie vlekkeloos verliep, zou een vertraging daar afbreuk aan doen. En als er iets misging zou dat geweten worden aan zijn beslissing om te wachten. Daar maakte hij zich geen illusies over.

De man met de pen drukte op de zendknop en vroeg: 'Uitgangen aan de achterkant?'

De stem over de portofoon zei: 'Zeven, zoals verwacht. Drie ramen op de eerste verdieping. Twee ramen en een deur op de begane grond. Een deur aan de achterkant van de garage.'

'Oké. Stel je op. Hou alles in de gaten voor het geval hij probeert te vluchten. Wij gaan over anderhalve minuut door de voordeur.'

Charles Stamoran zat in zijn werkkamer de verslagen van die dag te herlezen toen zijn vrouw binnenkwam. Ze droeg een witte badjas, dichtgeknoopt, en haar haar was nog nat van het douchen. Ze was blootsvoets en haar huid gloeide van de recente warmte en damp. Ze rook naar diverse soorten shampoo, conditioner en lotion. Stamoran vond de combinatie een beetje overweldigend, al had hij dat nooit tegen haar gezegd. Hij zei: 'En?'

Kasluga liep de kamer door, ging op de poef voor de leunstoel van haar man zitten en legde haar hand op zijn knie. 'Charles, het spijt me van daarstraks.'

Stamoran reageerde niet.

'Twee dagen,' zei ze.

Stamoran fronste. Hij had er een hekel aan als zijn vrouw een zin niet afmaakte en hij er bij haar op moest aandringen de rest van de informatie te geven. Hij probeerde daar weerstand aan te bieden, maar zoals gewoonlijk lukte hem dat niet. 'Wat bedoel je met twee dagen?' vroeg hij.

'Ik zal me gedeisd houden, zoals je vroeg. Hier blijven. Niet naar kantoor gaan. Je de tijd geven om die kerel te pakken.'

'Waarom twee dagen? Waarom een bepaalde tijd? Waarom zou je niet onderduiken tot hij vastzit?'

Kasluga haalde haar schouders op. 'Je zei zelf twee dagen. En ik heb een manier gevonden om van een afwezigheid van twee dagen een voordeel te maken. Als ik langer wegblijf werkt het niet.'

'Twee dagen was gewoon een redelijk uitgangspunt. Geen maximale duur. En wat werkt er dan niet?'

Kasluga boog zich dichter naar hem toe en ging zachter praten, alsof ze bang was dat iemand haar zou horen. 'Ik werk al een poosje ergens aan. Een overname. Een grote. Revolutionair. Ik heb het onder de radar gehouden zodat ik in het bedrijfsleven geen gezichtsverlies lijd als het niet doorgaat. Ik wilde wachten tot de inkt was opgedroogd en het dan op mijn conto schrijven als een fait accompli. Maar ik heb zojuist wat telefoontjes gepleegd. Het ziet ernaar uit dat we safe zitten. De advocaten hebben de laatste obstakels uit de weg geruimd en zweren dat de papieren binnen achtenveertig uur getekend zullen worden. Dus heb ik wat mensen iets in het oor gefluisterd. Een paar geruchten rondgestrooid. Gedaan alsof de deal op sterven na dood is. Een hoop van die klootzakken van mannen zal er een stijve van krijgen en denken dat ik publiekelijk ten onder zal gaan. En als het resultaat dan toch een triomf is, zal het lijken alsof ik ben weggebleven om persoonlijk in te grijpen. Dan ben ik de grote held. Maar als ik nog langer wegblijf, zal het lijken alsof ik er niets mee te maken had. En dat moeten we niet hebben.'

Twee dagen, dacht Stamoran. Misschien genoeg voor een arrestatie. Misschien niet. Hij had het niet meer in de hand. De resterende doelwitten werden in de gaten gehouden. De vallen waren gezet. De man die de wetenschappers uit '69 een voor een vermoordde, zou wellicht binnen achtenveertig uur weer proberen toe te slaan. Of niet. Stamoran had geen idee wat er achter diens plan stak. Maar hij maakte zich niet al te veel zorgen omdat Susan er op één belangrijk punt naast zat. De arrestatie was niet de hoofdzaak. Het ging er bovenal om dat Pritchard van het speelbord werd gehaald. Stamoran keek op zijn horloge. Het team dat hij had gestuurd, zou al bij Pritchards huis moeten zijn.

Stamoran keek zijn vrouw aan, knikte en zei: 'Twee dagen is genoeg.'

De man met de pen in de auto in Annapolis heette Paul Birch. Hij stopte zijn pen weg, pakte zijn wapen en keek naar zijn partner Simon Stainrod. Birch knikte. Stainrod trok aan de hendel om de kofferbak te openen en de twee mannen stapten uit. Stainrod haalde een tactische stormram – een zware metalen cilinder van 23 cm doorsnee en 46 cm lengte met twee beweegbare grepen op de middellijn – uit de kofferbak en ze staken naast elkaar de weg over, Birch een meter voor Stainrod en twee meter opzij van hem. Ze negeerden de poort en stapten over het lage muurtje. Liepen parallel aan het pad, iedereen aan een kant, door de bloembedden, waar ze voetafdrukken achterlieten in de vochtige aarde en de struikjes die er groeiden vertrapten. Ze bereikten het huis en stapten de veranda op. Stainrod zwaaide de stormram naar achteren en toen naar voren, hard, op taillehoogte, parallel aan de grond, en met steeds hogere snelheid. Hij raakte de deur net naast het sleutelgat van een zwaar uitziend slot. Het hout versplinterde. De schroeven werden uit de scharnieren gerukt. Het kozijn scheurde los van de muur en de deur vloog de gang in als een versufte bokser die knock-out is geslagen. Daarna viel de deur om en gleed door tot de bovenkant stil kwam te liggen tegen de voet van een grote staande klok. Stainrod liet de stormram vallen, trok zijn wapen en nam positie in tegen de muur bij de vernielde deuropening. Birch stormde langs hem heen. Hij liet een spoor van modderige voetafdrukken achter op de restanten van de deur, in de gang en op de trap. Hij wist waar de slaapkamer was. Hij wist waar alle kamers waren. Hij had gefaxte kopieën van de bouwtekeningen in zijn geheugen geprent voordat hij die avond uit het Pentagon was vertrokken. Hij vond de juiste deur. Hield zijn zaklamp parallel aan de loop van zijn wapen. Trapte de deur open. Stapte naar binnen. En richtte zijn wapen op het hoofdeinde van het bed.

Betalen voor een nacht in een hotel op het vliegveld en de kamer maar een paar uur gebruiken, was niet strikt noodzakelijk. Geldverspilling. Iets waar Roberta en Veronica Sanson een maand geleden zelfs niet over gepeinsd zouden hebben. Maar gezien de omstandigheden vonden ze het wel te rechtvaardigen. Het bood duidelijk enkele voordelen. Ze konden tijd met elkaar doorbrengen zonder dat iemand hen samen zag. Ze konden een maaltijd op de kamer laten bezorgen en daar eten zonder het risico te lopen dat andere restaurantgasten zich een van hen herinnerden. En ze zouden weldra – misschien al binnen een paar dagen – rijk zijn, dus het kostenaspect speelde eigenlijk geen rol meer.

Hoe rijk ze zouden zijn, stond nog niet vast. Maar toen de detective van Owen Buck hen had gevonden en ze zijn betrouwbaarheid hadden geverifieerd, en Buck had geprobeerd zijn slechte geweten te sussen door te onthullen wat er in '69 in India was gebeurd, had hij er geen twijfel over laten bestaan. Er was een hoop geld. Zoals zij het zagen kwam dat hun toe. Ze hadden er recht op. Ze zouden het zich toe-eigenen. En het was een passende schadeloosstelling voor het onrecht dat hun volgens Buck was aangedaan.

Het duurde even voor het tot Birch doordrong, maar het bed was leeg. Hij controleerde alle hoeken van de kamer. De badkamer. Onder het bed. In de kast. En vond niemand. Hij keek in de andere kamers op de bovenverdieping. Er waren nog twee slaapkamers en nog een badkamer, maar Pritchard was nergens te bekennen en niets wat erop wees dat hier nog iemand anders woonde. Dus ging Birch terug naar beneden. Hij bleef in de gang staan en wierp een blik op Stainrod. Die schudde zijn hoofd. Birch liep door en doorzocht de woonkamer. De eetkamer. De keuken. Een kleine bijkeuken. En tot slot de garage.

Nergens een spoor van Pritchard.

Birch keerde terug naar de gang en gebruikte zijn portofoon om de twee mannen op te roepen die de achterkant van het huis in de gaten hielden. 'Iets gezien?' vroeg hij.

Het antwoord was luid en duidelijk. 'Nada.'

'Zeker weten?'

'Honderd procent.'

'Oké. Een van jullie komt naar binnen en helpt me zoeken. Pritchard moet zich verstopt hebben. Hij moet ergens een schuilplaats hebben. In de kruipruimte. Op zolder. In een holle muur. Ergens. En hij moet daar nog steeds zitten. Zijn bed is niet beslapen. Zijn kast zit vol kleren. Ik heb er ook een stel koffers in zien staan. Zijn auto staat in de garage. En we weten dat hij niet lopend is vertrokken. Dus we moeten hem vinden. Onmiddellijk.'

De zussen aten, praatten en keken tv. Ze douchten om beurten en waren om halftwaalf 's avonds klaar om het hotel te verlaten. Dat gaf hun een marge van een halfuur voor het geval Riccardo later klaar was. Veronica vertrok als eerste. Ze liep de trap af, slenterde door de verlaten lobby, stak de weg over naar de halte van de shuttlebus en wachtte tien minuten op een rit naar de vertrekhal van het vliegveld. Daarna liep ze meteen door naar de aankomsthal en naar de zone waar passagiers konden worden opgehaald.

Roberta bleef vijf minuten langer in de kamer en liep toen naar buiten, naar de balie van de parkeerservice. Ze glimlachte naar de nieuwe jongen en gaf hem het gestolen kaartje.

De jongen kwam een kwartier later terug met de MPV. Roberta gaf hem een gemiddelde fooi – niet zo buitensporig veel dat het indruk zou maken, niet al te weinig – en kroop achter het stuur. Ze reed bij het hotel weg en volgde de borden naar het vliegveld en daarna naar de aankomsthal. Ze stopte aan het uiteinde van de ophaalzone en Veronica kwam meteen achter een pilaar vandaan. Een tel later zat ze naast haar zus. Een minuut daarna reed Roberta snel naar de stad. Ze volgde een route naar een adres dat ze uit haar hoofd had geleerd voordat ze in Chicago waren gearriveerd.

6

De telefoon ging om negen uur 's ochtends Eastern Standard Time. Op de plek waar het telefoontje vandaan kwam was het acht uur 's ochtends Central Standard Time. Precies op tijd.

De man die opnam, luisterde zwijgend, hing toen op, wisselde naar een interne lijn en belde het nummer van een kantoor dat zich een verdieping hoger en dichter bij het midden van het gebouw bevond.

Stamoran nam meteen op. 'Is het gebeurd?' vroeg hij.

'Neville Pritchard zit niet in hechtenis,' antwoordde de man. 'Ik herhaal: niet. Hij was geïdentificeerd, was alleen thuis, maar in de korte tijd tussen de bevestiging daarvan en de inval door het team is hij verdwenen. Hoe hij aan zijn gevangenneming is ontsnapt, is onduidelijk. Zijn huidige verblijfplaats is niet bekend. Volgens de telefoongegevens is hij voor de inval niet gebeld. Er zijn geen andere signalen opgemerkt. Er wordt dus van uitgegaan dat hij alleen handelt. Pogingen hem te lokaliseren gaan nog door en hebben de hoogste prioriteit.'

Stamoran legde de hoorn neer, leunde achterover in zijn stoel, deed zijn ogen dicht en vloekte in stilte. Hij had sluipschutters moeten sturen in plaats van kindermeisjes. Vooral geen kindermeisjes die zichzelf in de kaart hadden laten kijken tijdens een simpele arrestatieklus. Want dat was blijkbaar het geval geweest. Een andere verklaring was er niet. Pritchard was alleen geweest. Er had niemand contact met hem opgenomen. Dat bleek duidelijk uit het verslag.

Stamoran ademde diep en langzaam in. Hij probeerde de situatie rationeel te bekijken. Het nieuws was niet geweldig. Ze hadden Pritchard niet. Maar het nieuws was ook niet heel slecht. Er was geen reden om aan te nemen dat Pritchard door iemand anders gevangengenomen was. Hij was er gewoon vandoor. Dus degene die achter de wetenschappers uit '69 aan zat, had hem ook niet te pakken gekregen. Het geheim was veilig. Voorlopig.

Hij opende zijn ogen en pakte de telefoon. 'Ik wil dat het team van vannacht beseft dat ze één kans hebben om het goed te maken. Ik wil dat er twee extra eenheden op worden gezet. De beste die we hebben. Pritchard moet gevonden worden. Bij voorkeur gisteren. En wanneer hij is gevonden en weer probeert te vluchten, wil ik dat hij wordt tegengehouden. Met alle noodzakelijke middelen.'

Sergeant Hall was al op haar post op Rock Island Arsenal. Er wachtte haar een drukke ochtend. Er zou een vrachtwagen binnenkomen van luchtmachtbasis Little Rock, Arkansas. Er kwam administratie bij kijken, en sjouwwerk. Het was een procedure waarmee Hall vertrouwd was. Ze had die het afgelopen jaar minstens zeventig keer doorlopen. Ze wist precies wat ze kon verwachten, dus stond ze al paraat bij de wachtpost bij de hoofdingang van de basis toen de tweeënhalve ton zware M35, bijgenaamd de 'Deuce and a Half', die er afgeragd en versleten uitzag door de verbleekte woestijnzandcamouflage, kwam aanrijden.

Hall wachtte tot de poort achter de vrachtwagen dichtklikte, stapte toen in haar Humvee en reed voorop naar de opslagruimte die Reacher de vorige dag had bezocht. Het was een door de regels vereiste stap, geen noodzaak. De sergeant die de vrachtwagen bestuurde, had de route met zijn ogen dicht kunnen rijden, maar er werd geëist dat hij een escorte had zolang hij op de basis was. Hij vond het niet erg. En Hall ook niet. Het was een regeling die voor hen beiden prima werkte.

Hall reed langzaam tot aan de voorkant van het gebouw en parkeerde toen op ruime afstand van de stalen deur van de opslagruimte. Ze liep erheen, haalde hem van het slot en wachtte tot de vrachtwagen knarsend tot stilstand kwam. Ze keek toe terwijl de chauffeur eruit sprong. Hij heette Chapellier, maar voor haar was hij 'Aap', vanwege zijn korte lijf, lange armen en sjokkende manier van lopen. Hij rolde het canvas zeil aan de achterkant van de vrachtwagen op en opende de metalen kooi die met bouten aan de bodem van de laadbak was vastgeklonken. Daarna laadden ze samen de uit de Golf teruggestuurde kratten met wapens uit en zetten ze op de Inname-planken in de opslagruimte. Ze werkten gestaag en efficiënt door en toen de vrachtwagen leeg was, vulden ze die meteen weer met de kratten van de Rood-planken. De kratten met de wapens die Halls team had aangemerkt voor vernietiging.

Toen de laatste krat was weggeruimd en de lijsten waren bijgewerkt en ondertekend, de deuren van de opslagruimte en de kooi in de vrachtwagen weer op slot zaten, stapte Hall weer in haar Humvee. Haar voorhoofd jeukte en ze voelde een druppel zweet over haar onderrug lopen. Ze verschoof iets op haar stoel en keek in de spiegel terwijl Chapellier in de vrachtwagen klom. Ze had hem kunnen laten keren op de smalle weg, maar koos ervoor door te rijden in de richting waarin ze al stonden, om de opslagruimte heen en vanaf de andere kant terug naar het wachthuisje. Zo deed ze het altijd. Niemand die toekeek – persoonlijk of op een scherm via het netwerk van beveiligingscamera's van de basis – zou zelfs maar een beetje verbaasd zijn.

De route die Hall had gekozen was iets langer dan de route die ze op weg naar binnen hadden gevolgd. Ze moesten ervoor door een soort tunnel die was ontstaan toen een reeks leslokalen bij gebrek aan ruimte op de basis over de weg heen was uitgebreid. Het overdekte gedeelte was meer dan vijftig meter lang. Over de hele lengte hingen camera's. Er was geen centimeter die aan observatie ontsnapte.

Er was althans geen centimeter die aan observatie ontsnapte toen de camera's werden geïnstalleerd. Maar twee van de camera's waren verplaatst. Heel geleidelijk, in tien weken tijd. De twee het dichtst bij het midden, aan weerskanten van een nis die werd gevormd door een nooduitgang, die een handige markering vormde. Ze waren verplaatst door sergeant Hall, ver genoeg om een dode hoek van zeven meter te creëren. Dat was genoeg ruimte om een M35-vrachtwagen stil te zetten met voor en achter twaalf centimeter speelruimte.

Hall hield de nis in de gaten, zorgde ervoor dat er naast haar ruimte genoeg was voor de vrachtwagen, stopte en stapte uit. Ze liep naar de achterkant van de Humvee en haalde er een krat uit. Van kunststof. Olijfgroen, maar niet van het leger. Ze droeg hem de ruimte tussen de wagens in. Wachtte tot Chapellier zijn portier opende en tilde de krat toen hoger op zodat hij die in zijn cabine kon trekken. De man zette de krat op zijn knieën en maakte het deksel los. Hij keek erin. Haalde er een metalen voorwerp uit. Een onderkast van een M16. Hij controleerde de gaten en maten. Glimlachte, gooide hem terug in de krat en deed het deksel er weer op. Hij zette de krat op de vloer van de cabine, naast de versnellingspook en gaf Hall een identieke krat aan die voor de bijrijdersstoel stond. Ze klemde hem tegen de bovenste tree en controleerde de inhoud. Die bestond uit een bundeltje bankbiljetten, die ze zoals altijd telde en nog een voorraadje wapenonderdelen. Civiele specificaties.

Ze keek op en vroeg: 'Heb je nog meer nodig? Nu al?'

Chapellier fronste. 'Is dat een probleem?' Toen hoorde hij iets, achter hem en aan de andere kant. Geknars van metaal. Eenvoudige scharnieren waar na een lang verblijf in de woestijn geen olie meer tussen zat. Hij draaide zich om op zijn stoel en zag het bijrijdersportier opengaan. Er verscheen een hoofd. En een bovenlichaam. Ze hoorden bij een man die hij niet kende. Een reusachtige, brede man met een woeste blik in zijn ogen en een wapen in zijn hand.

'Probleem?' zei Reacher, die zich verder de cabine in boog. 'Zo zou je het wel kunnen stellen. Als je een man van understatements bent.'

De nacht van Roberta en Veronica Sanson was anders verlopen dan gepland.

Hij was goed begonnen. Ze hadden de rit van vliegveld New Orleans naar het huis van Geoff Brown zonder incidenten afgelegd. Maar toen ze vaart minderden, op zoek naar een geschikte plek om te stoppen en de wacht te houden, zagen ze een andere auto langs de weg geparkeerd staan. Een Ford Crown Victoria. Blauw. Goedkope uitvoering. Een extra antenne op het dak. Nog eentje op de kofferbak. En twee mannen erin. Geen van beiden maakte aanstalten om uit te stappen. Dit was geen afgeschreven rechercheursauto die nu dienstdeed als taxi. De auto was met opzet op die plek neergezet. De mannen in de auto zaten te wachten, volkomen ontspannen en stil, alsof ze wisten dat ze daar nog wel een poos zouden zitten. Alsof ze dat gewend waren.

Roberta dacht wel dat ze een keer langs konden rijden. Ze moesten op z'n minst een idee krijgen van waar ze mee te maken hadden, en bovendien was in dezelfde richting doorrijden minder verdacht dan abrupt omdraaien en dan ervandoor gaan. Browns huis stond zo'n vijftien meter van de weg af. De aangelegde tuin eromheen hield het midden tussen landelijk en wild, alsof de eigenaar de boel ooit goed had bijgehouden, maar de afgelopen jaren alles een beetje had laten versloffen. De natuur kreeg de overhand, dat was duidelijk. Het huis zelf was lang en laag. Het had een diepe veranda langs de hele voorkant en het witte schilderwerk was netjes en fris. Brown hield zijn huis in elk geval wel goed bij.

Veronica wees naar het huis en zei: 'Ramen.'

Alle gordijnen waren dicht. Misschien tegen de warmte, die zou toenemen zodra de zon opkwam. Misschien voor de privacy. Maar hoe dan ook, het betekende dat er niemand naar binnen kon kijken. Niet vanuit een van de aangrenzende huizen. Niet vanuit een op straat geparkeerde auto. En niet door iemand die over het terrein sloop.

Roberta knikte. 'Hier kunnen we wel iets mee.'

Roberta had een lage, gestage snelheid aangehouden tot ze het volgende kruispunt bereikte, waar ze linksaf ging en terugreed naar de zuidoostkant van de stad. Ze herinnerde zich dat ze daar een soort verlaten fabriekshal had gezien. Het zag ernaar uit dat die eerdaags zou worden gesloopt. Er was een hek omheen gezet en er stond een handvol tijdelijke kantoorgebouwtjes bij elkaar. In de buurt waren geen auto's geparkeerd. Er brandde geen licht. Niets wees erop dat het een bedrijf was waar 24 uur werd doorgewerkt. Maar er was voldoende gelegenheid om hun gestolen MPV te verbergen tot de ochtend aanbrak.

Ze sliepen om beurten en toen Veronica voor de tweede keer wakker werd, stootte ze haar zus aan. 'Die kerels die Browns huis in de gaten houden? Dat zou kunnen betekenen dat hij degene is die we zoeken. Hij zou de naam kunnen hebben die we nodig hebben.'

Roberta schudde haar hoofd. 'Buck zei dat iemand op zijn lijstje de naam kende. Die beveiliging betekent niets. Alleen dat iemand de link heeft gelegd. Dat is alles. Als voormalige CIA-agenten ineens het loodje leggen, dan valt dat geheid iemand in Langley op. Ze houden vast alle overlevenden van '69 in de gaten.'

'Je zult wel gelijk hebben.'

'Dat weet je.' Roberta kroop weer achter het stuur en startte de motor. 'Kom op. Ik verga van de honger. We hebben ontbijt nodig. En we gaan boodschappen doen. En daarna moet jij een telefoontje plegen.'

Reacher klom in de cabine van de vrachtwagen en ging op de stoel aan de rechterkant zitten. Hij zei: 'Oké. We kunnen dit op twee manieren spelen.'

Sergeant Chapellier bleef even met beide handen aan het stuur zitten. Toen dook hij naar links. Hij greep Hall bij de voorkant van haar tuniek vast en trok haar omhoog en de cabine in. Hij bleef trekken tot ze op zijn schoot lag. Hij zei: 'Nee. Er is maar één manier. Eruit, jij.'

Hall kronkelde en sloeg. Ze draaide zich op haar rug, stak

haar handen omhoog en probeerde Chapelliers ogen in hun kas te drukken. Reacher verroerde zich niet.

Chapellier hield Halls beide armen met één hand in bedwang en bracht zijn andere hand omhoog naar haar keel. Hij draaide zich naar Reacher en zei: 'Stap uit. Nu.'

'Stap uit? Is dat alles?' zei Reacher.

'Stap uit of ik breek haar nek.'

Reacher keek op het naamplaatje van de man. 'Je bent niet een van 's werelds snelste denkers, is het wel, Chapellier? Ze heeft je al verraden. Ik heb haar niet meer nodig. Als je haar nek breekt, pak ik je op voor moord. Veel gemakkelijker dan een eind maken aan om het even welk handeltje je hebt opgezet.'

Chapellier klemde zijn vingers strakker om Halls keel. Ze wist haar armen los te krijgen en pakte met beide handen zijn pols vast. Ze probeerde uit alle macht die van haar keel te trekken, maar ze kon niet voldoende kracht uitoefenen. Haar benen bungelden uit het open portier en haar gewicht trok haar strakker in Chapelliers greep. Bovendien lag ze als een gek te schoppen en te kronkelen. Dat was een instinctieve reactie. Ze kon er niets tegen doen, maar het maakte haar probleem alleen maar erger.

Reacher stak zijn linkerhand uit en draaide de contactsleutel om, zodat de motor ratelend afsloeg. Hij wachtte tot de laatste rauwe echo was weggestorven en zei toen: 'Eerst laat je haar los. Dan vertel je me aan wie je die wapenonderdelen verkoopt. Of we stappen uit en je vertelt me wat ik weten wil nadat ik een paar lichaamsdelen van je heb gebroken.'

Chapellier bleef drie tellen stil zitten, daarna trok hij Hall omhoog tot ze zat. Toen gaf hij met zijn rechterhand een duw tegen haar rug waardoor ze de vrachtwagen uit vloog, en dook vervolgens met gestrekte armen op Reacher af. Hij probeerde Reachers wapen te pakken. Reacher boog naar links en hief zijn elleboog. Chapellier knalde er met zijn gezicht keihard tegenaan. Reacher verspilde geen tijd aan het beoordelen van de schade. In plaats daarvan duwde hij zijn portier open en stapte uit. Hij stopte zijn wapen in de holster. Daarna stak hij zijn arm in de cabine, pakte

Chapellier bij zijn rechterarm en trok hem naar zich toe. Helemaal tot aan het portier. Hij ging door tot Chapellier van de rand van de stoel gleed, van de metalen treden stuiterde en op de grond smakte. Reacher draaide hem op zijn rug, zette zijn voet op zijn nek en draaide aan zijn arm tot Chapelliers schouder, elleboog en pols op het punt stonden te breken.

'Het is einde verhaal, Chapellier. Geef je over,' zei Reacher.

Chapellier jammerde en er verscheen een bloederige luchtbel onder zijn neus. Zijn stem klonk geforceerd en schor. 'Val dood.'

Reacher bleef spanning uitoefenen op Chapelliers arm en zei: 'Vertel eens, heb je deze plek gekozen omdat a, er een hoop camera's op gericht staan? Of b, omdat niemand kan zien wat hier gebeurt?'

Chapellier gromde en wist een zwak 'klootzak' uit te brengen.

'Ik heb nog iets voor je om over na te denken,' zei Reacher. 'Die wapenonderdelen zijn eigendom van het Amerikaanse leger. Die zou geen enkele burger ooit in handen moeten krijgen. Dus ik wil degene aan wie je ze verkoopt achter de tralies hebben. Daar heb ik jouw hulp bij nodig. Als je meewerkt, zal ik je geen pijn doen, want dan heb ik je ongedeerd nodig. Of in elk geval redelijk ongedeerd. Maar als je niet meewerkt, kan ik je net zo erg toetakelen als ik wil. "Verwondingen opgelopen tijdens verzet tegen arrestatie." Mijn woord tegen het jouwe. En sergeant Hall kun je ook vergeten als getuige à décharge.'

Veronica Sanson haalde een dossiermap uit haar tas, controleerde een nummer en viste een kwartje uit haar zak. Ze droeg leren handschoenen, waardoor het lastiger was dan normaal om het muntje te pakken. Eindelijk lukte het haar. Ze gooide het in de gleuf vóór op de telefoon, koos het nummer en wachtte. De telefoon ging tien keer over voordat er werd opgenomen

'Ja?' Het was een mannenstem, zacht en enigszins kortademig.

'Dr. Brown? Geoffrey Brown?' zei Veronica.

'Met wie spreek ik?'

'Meneer, u spreekt met special agent Holbeck van het Federal

Bureau of Investigation. Ik heb slecht nieuws voor u, vrees ik. En ik heb uw hulp nodig bij een zeer dringende zaak.'

Het duurde even voordat Brown antwoordde. 'Ga door.'

'Meneer, het spijt me het u te moeten vertellen, maar twee van uw voormalige collega's zijn dood.'

'Van Owen Buck weet ik het. Kanker, nietwaar? Wie nog meer?'

'Dr. Buck is een natuurlijke dood gestorven, zoals u al zegt, maar ik bel u over twee anderen. Varinder Singh en Keith Bridgeman.'

'Bridgeman en Singh? Dood? Wanneer? Hoe?'

'Dr. Singh is geëlektrocuteerd. Dr. Bridgeman is uit een raam gevallen. Berichten in de pers suggereren dat hun beider dood een ongeluk kan zijn geweest. Die berichten zijn onjuist.'

'Was er sprake van opzet? Weet u het zeker?'

'Honderd procent. Anders zou de FBI er niet bij betrokken zijn.'

'Wie heeft hen vermoord?'

'Dat is iets waar ik uw hulp bij nodig heb. Onze tekenaars hebben een gelijkend portret van de eventuele dader gemaakt. Ik wil dat u daar even naar kijkt en me vertelt of u die persoon herkent.'

'Hoe zou ik hem moeten herkennen?'

'Hij vermoordt leden van uw voormalige onderzoeksteam. Er moet een verband zijn. En hij zal niet stoppen voor we hem te pakken hebben. We denken dat u zijn volgende doelwit bent. Daarom ben ik hierheen gekomen. Dus kijk alstublieft even naar de tekening. Het kost u maar een minuutje en het zou uw leven kunnen redden. Ik kan naar uw huis komen en...'

'Nee. Maar ik wil u wel ontmoeten. Ergens in het openbaar. Excuses. Oude gewoonten.'

Veronica glimlachte. 'Ik begrijp het. Ik werk vanuit het lokale kantoor nu ik in de stad ben. Een veiligere plek is er niet, toch? Ik geef u het adres. En als u meteen zou kunnen komen, zou dat voor iedereen het beste zijn. Vooral voor u.'

7

Het kostte dr. Brown dertig minuten om het plaatselijke FBI-kantoor te bereiken. En nog eens dertig seconden om erachter te komen dat agent Holbeck niet bestond.
　Brown wist wat hem nu te doen stond. Wegwezen. Zijn vluchttas stond in de kofferbak van zijn auto. Oude gewoonten. Hij kon hem zo pakken en verdwijnen. Uit het zicht blijven tot hij wist wie er achter hem aan zat. En hoe hij die persoon kon tegenhouden. Dat zou hij op elk moment in zijn carrière hebben gedaan. En ook nog toen hij pas gepensioneerd was. Maar nu had hij een probleem. Zonder het menselijk contact waarmee werk gepaard gaat, was hij zich voor het eerst van zijn leven eenzaam gaan voelen. Hij had geen vrienden in de stad. Hij was geen gezelligheidsmens, dus de kans was klein dat hij nieuwe vrienden zou maken. Hij kon het niet goed met zijn buren vinden. En hij wist dat niemand met hem zou willen samenleven. Dus had hij een kat geadopteerd. Hercules. Ook een levend wezen dat niemand had gewild. En dat nog steeds in zijn huis opgesloten zat. Zonder de mogelijkheid om naar buiten te gaan of om aan eten of water te komen.
　Het kostte Brown vijfentwintig minuten om terug te komen in zijn straat. Hij minderde snelheid en reed zijn huis voorbij. Het huis zag er nog net zo uit als hij het had achtergelaten. Alle gordijnen waren dicht. De deur was dicht. Er stonden geen auto's langs de stoep. Geen onbekenden die op de trottoirs rondhingen of door zijn tuin liepen. Dat was in ieder geval een opluchting, maar hij maakte zich nog steeds zorgen over iets anders. Een paar

keer had hij onderweg naar huis gedacht dat hij werd gevolgd. Gedacht, maar niet zeker geweten. Dus ging hij linksaf. En daarna rechtsaf. En stopte toen plotseling. Er waren geen auto's die hem haastig ontweken. Niemand die achter hem met piepende banden stopte. Niemand te zien in zijn spiegels. Hij schudde zijn hoofd en schreef zijn argwaan toe aan afgestompte instincten en een teveel aan adrenaline. Hij was niet meer in vorm. Dat was alles. Nu die zorg was weggenomen, leek het hem veilig genoeg om om te keren en zijn oprit op te rijden. Naar binnen te rennen, Hercules te pakken en weer naar buiten te rennen. Een paar minuten, hooguit.

Brown opende zijn voordeur en bleef staan. Hij luisterde. Hij hoorde niets. Rook niets. Maar hij voelde wel iets. Een bijna onmerkbare verstoring van de stilte die gewoonlijk in zijn huis heerste. Er was iemand binnen, die wachtte. Op hem. Afgestompt of niet, Browns instincten vertelden hem dat hij moest vertrekken. Onmiddellijk. Hij wilde zich omdraaien, maar hoorde gedempt gemauw. Uit de woonkamer. Het was Hercules. Hij was in nood. Brown sloop naderbij. Bleef op de drempel staan. Luisterde. Hoorde weer gedempt gemauw. Nog zieliger. Hij stak zijn hand uit naar de klink, haalde even diep adem. En stormde de kamer in.

Er stond een vrouw naast Browns favoriete leunstoel. Haar donkere haar was strak naar achteren gekamd. Ze hield Hercules dicht tegen zich aan. Aan de andere kant van de stoel stond nog een vrouw. Van dezelfde lengte. Dezelfde bouw. Met hetzelfde haar. Ze stonden volmaakt stil. Hun gezichten waren uitdrukkingsloos als die van etalagepoppen. Geen van beiden zei iets.

Brown kwam een stap dichterbij. 'Laat mijn kat los.'

Er verscheen een glimlach op het gezicht van de eerste vrouw. 'Dr. Brown, we zijn blij dat u terug bent. Uw kat lijkt ons niet erg te mogen. Ga zitten, alstublieft. Dan zet ik hem op uw schoot.'

Brown bleef staan waar hij stond. 'Ik herken uw stem. U hebt me gebeld en deed alsof u van de FBI was. Waarom?'

'Mijn excuses voor de voorwendselen. Het was niet onze bedoeling u te misleiden. We willen alleen met u praten. Zonder anderen erbij. En uw huis werd door twee mannen in de gaten gehouden, dus we konden niet zomaar aankloppen. We vermoedden dat ze u zouden volgen als u wegging. Dat bood ons de kans om ongezien binnen te komen.'

Brown liep naar het raam, keek vanaf de zijkant langs de gordijnen en draaide zich weer om. 'De blauwe sedan? Wat is er verdomme aan de hand?'

'Wat ik u aan de telefoon vertelde? Behalve dat gedeelte dat ik een agent zou zijn, is het allemaal waar. Vooral dat u in gevaar verkeert. Wij zijn hier om u te helpen.'

'Willen jullie me helpen? Hoe dan? Wie zijn jullie?'

'Daar komen we nog op terug. Maar we hebben eerst wat informatie van u nodig. Ga zitten, alstublieft. Ik zal het uitleggen.'

Brown liep naar de stoel en ging zitten.

De vrouw gaf hem de kat. 'Het gaat om uw onderzoeksteam in India in 1969. Dat bestond uit acht mensen.'

'India? Daar ben ik nooit geweest.'

'Hier hebben we geen tijd voor. De dreiging is heel dichtbij. Geloof me. Dus, acht mensen.'

Brown schudde zijn hoofd. 'Zeven.'

'Acht.' De vrouw haalde het handgeschreven lijstje uit haar zak en gaf het aan Brown. 'We kennen zeven namen. U moet ons de naam geven die nog ontbreekt. Zodat we de nog levende betrokkenen kunnen redden.'

Brown keek op het velletje papier. Owen Bucks naam was in een ander handschrift geschreven. Hij had blijkbaar de namen van de rest doorgegeven. Hij was altijd al de zwakste geweest. Had het altijd gehad over schoon schip maken. Maar hij moest er slecht aan toe geweest zijn als hij niet meer kon tellen. 'Er zaten zeven mensen in het team. Alle namen staan erop.'

'Het waren er acht. Ziet u dat vraagteken? Er ontbreekt een naam. U moet ons vertellen welke dat is.'

'Het waren er zeven. Ik was daar. Jullie niet. Dus ik weet waar ik over praat. Jullie niet. En jullie horen helemaal geen vragen te stellen over '69. Niemand. Het is tijd om het boek te sluiten. Tijd dat jullie gaan.'

'U woont in een leuke buurt, dr. Brown. Al zijn er wel veel drukke wegen hier. Veel chauffeurs die haast hebben, die niet opletten, niet kijken waar ze rijden. Een mens zou hier gemakkelijk kunnen worden overreden. Een klein dier nog gemakkelijker. Een kat, bijvoorbeeld.'

'Ik ga hier niet naar luisteren. Jullie moeten vertrekken. Nu.'

Brown hield Hercules met zijn ene hand tegen zich aan en gebruikte de andere om op te staan uit de stoel. Hij kwam tot halverwege, toen ging de tweede vrouw achter hem staan en leunde op zijn schouders, waardoor hij gedwongen was weer te gaan zitten. Zijn elleboog schoot uit naar opzij en stootte bijna zijn pijp en tabakszak van het bijzettafeltje.

De eerste vrouw zei: 'Als een kat door een auto wordt aangereden, zou hij dan meteen dood zijn? Misschien wel, denk ik. Maar misschien ook niet. Stel u voor dat u die kat van u geplet en bloedend aantreft. Dat u hem oppakt en met spoed naar de dierenarts rijdt.'

'Nee.'

'Dat u buiten de behandelkamer zit te wachten. Te bidden dat hij gered kan worden. En bang bent dat de verwondingen wellicht te ernstig zijn.'

'Ik zweer jullie dat er maar zeven namen zijn. Als iemand iets anders zegt, dan zit die ernaast. U wilt me pijn doen om zeker te weten dat ik niet lieg. Dat kan me niet schelen. Maar blijf van mijn kat af. Hij heeft jullie niets gedaan.'

De vrouw pakte het lijstje terug en stak het weer in haar zak. 'Oké. We zijn hier klaar. Ik geloof u. En ik bied u mijn excuses aan. Dit is belangrijk, dus we moesten het zeker weten. Het spijt me dat we u van streek hebben gemaakt.' Ze zweeg even en zei toen: 'Weet u, u ziet opeens nogal bleek. Kan ik een kop koffie voor u inschenken voordat we weggaan? Thee? Iets sterkers?'

'Bent u gek geworden? Jullie breken bij me in en dreigen mijn kat te vermoorden en dan denken jullie dat ik iets ga opdrinken wat jullie me aanbieden? Vergeet het maar. Jullie komen er zelf wel uit.'

De vrouwen kwamen tot de deur, bleven toen staan en draaiden zich om. De eerste zei: 'Waar zijn onze manieren? We zijn vergeten ons voor te stellen. Ik ben Veronica Sanson en dit is mijn zus Roberta.'

Brown antwoordde niet. Hij trok alleen Hercules wat dichter tegen zich aan.

Veronica zei: 'Onze vader was Morgan Sanson. Het is belangrijk dat u dat weet.'

Dat hoefden ze Brown niet te vertellen. Hij wist wie Morgan Sanson was. Hij ademde diep in en luisterde naar de voetstappen in de gang. Ze waren bij de voordeur. Die ging open. En dicht. Toen was het stil. Hij ademde uit. Aaide Hercules en pakte zijn pijp. Op van de zenuwen stopte hij de pijp. Veegde een verdwaald stukje tabak weg. Hield zijn aansteker bij de tabak tot die begon te smeulen. Hij nam een lange, diepe hijs en hield de rook even in zijn longen. Blies toen langzaam uit. Nam nog een hijs. Ging daarmee door tot zijn hoofd tegen de rugleuning zakte. Zijn ogen rolden naar achteren. Toen begonnen er klodders vuilwit schuim uit zijn mond te lopen.

Veronica en Roberta stapten weer de kamer binnen. Ze hadden het huis helemaal niet verlaten. Ze keken toe terwijl Browns rug kromtrok. De kat sprong van zijn schoot en kroop achter de bank. Brown schokte en greep naar zijn maag. Daarna naar zijn borst. Hij kotste een lange, groenachtige, waterige stroom uit. De voorkant van zijn shirt en zijn broek raakten doorweekt en het braaksel spatte in een boog over het tapijt. Hij schokte weer. Er trokken spasmen door zijn lijf. Twee keer. Drie keer. Toen klapte hij achterover en bleef hij roerloos liggen.

Veronica en Roberta wachtten vijf minuten, voor de zekerheid. Daarna liepen ze de gang in. Browns telefoon stond op een laag, vierkant tafeltje. Veronica trok haar handschoenen aan en haalde een voorwerp uit haar zak. Een kleine recorder. Ze drukte op knopjes tot ze de plek had gevonden die ze zocht en pakte toen de hoorn van de haak. Ze belde het alarmnummer. Wachtte tot er werd opgenomen. Toen hield ze de recorder tegen de hoorn en drukte op 'play'.

'Willen jullie me helpen?' zei Browns stem, een beetje gedempt, maar goed genoeg verstaanbaar.

Reacher gaf sergeant Chapellier een paar minuten de tijd om de bloeding te stelpen en zijn pijnlijke gewrichten te strekken. Hij controleerde of sergeant Hall er niet al te slecht aan toe was nadat ze uit de vrachtwagen was gegooid. Toen klom hij terug in de cabine en liet Chapellier achter Halls Humvee aan naar de wachtpost van de basis rijden. Er moesten formaliteiten worden afgehandeld, escortes georganiseerd. Er moest medische verzorging worden geregeld, papierwerk worden ingevuld. Maar eerst moest hij een telefoontje plegen. Tijd was plotseling van het grootste belang. Er moesten speciale regelingen worden getroffen en Reacher wist hoe het werkte. Via de normale weg zou het te langzaam gaan. Er was behoefte aan kortere wegen, anders zou een gouden kans hun door de vingers glippen. Meat Loaf mocht dan denken dat 'Two Out Of Three Ain't Bad', maar daar was Reacher het niet mee eens. Om de dooie dood niet.

Roberta en Veronica hadden wel verwacht dat er overgegeven zou worden. Ze hadden met zorg de effecten onderzocht toen ze besloten welke stof ze het beste aan Geoff Browns tabak konden toevoegen. Ze hadden zich alleen niet gerealiseerd hoe erg het zou zijn. En ze hadden niet voorzien dat Brown zijn sleutels terug in zijn zak zou stoppen toen hij thuiskwam. Ze hadden gedacht dat hij ze op een tafeltje in de gang zou leggen of aan een haakje zou hangen. De realiteit drong pas tot hen door toen Veronica na het telefoontje naar het alarmnummer de hoorn terug op de haak legde. Roberta had het slot van de voordeur opengepeuterd toen ze inbraken, maar ze konden het zo niet laten, omdat de agenten die het huis in de gaten hielden weer op hun post waren. Ze konden niet door een raam aan de achterkant naar buiten kruipen omdat ze dat onmogelijk weer op slot zouden kunnen doen en een niet afgesloten raam op de benedenverdieping verdacht zou worden gevonden. Dus hadden ze de sleutel van de achterdeur nodig. Alleen zat die aan een sleutelring in een met kots doorweekte broek aan het onderlijf van een lijk. De sleutel pakken was geen aantrekkelijk vooruitzicht.

'Misschien is er een reservesleutel,' zei Veronica.

Roberta keek op haar horloge. 'Ga kijken. Snel.'

Veronica rende de keuken in. Ze controleerde de muren naast de deur. Er waren geen haakjes of planken met sleutels eraan of erop. Ze opende de dichtstbijzijnde laden. De kastjes eronder. Keek in de koelkast. En vond geen mogelijke bergplaats. Ze dacht dat het haar ongeveer twee minuten had gekost. Ze hadden er misschien nog twee voordat de politie arriveerde, dus ging ze snel terug naar de woonkamer. Roberta stond op twee meter afstand van Browns lijk. Ze zag eruit alsof ze elk moment zelf kon gaan overgeven. 'Niets?' vroeg ze.

Veronica schudde haar hoofd en stak toen haar handen op. 'Mijn handschoenen zijn van leer, die van jou zijn wegwerpexemplaren. Doe jij het maar.'

Zodra alles op Rock Island was afgehandeld, reed Reacher naar het oosten, naar Chicago. Hij schoot goed op, dus toen hij van de snelweg af ging en een aantal lage, saaie gebouwen zag die een parkeerterrein aan drie kanten omsloten, stopte hij. Hij had geen burgerkleding bij zich en wist dat hij die later op de dag nodig zou hebben. Hij bedacht dat hij de klus net zo goed zo snel mogelijk kon klaren, dus liep hij een winkel met sportartikelen binnen en pakte de eerste kledingstukken die hij zag en die hem zouden passen. Zwarte sneakers. Een beige broek met allerlei extra zakken op de pijpen. Een blauw T-shirt met een logo dat hij nog nooit had gezien. En een lichtgewicht, waterdicht blauw jack.

Reacher betaalde voor de kleren en kleedde zich om in het pashokje van de winkel. Hij vouwde zijn uniform op, stopte het in de tas die de winkelbediende hem had gegeven en legde die in de kofferbak, naast zijn plunjezak. Daarna reed hij door naar het westen van de stad, iets ten zuiden van het centrum, waardoor hij vermoedelijk dichter bij de White Sox dan de Cubs zat. Hij vond het gebouw dat hij zocht – het plaatselijke kantoor van de FBI – zonder problemen. Een middelhoge toren van glas en beton. Hij had een gebogen voorgevel, maar zag er verder uit alsof hij was ontworpen door een kind met een bouwdoos die alleen maar rechthoekige delen bevatte.

Roberta en Veronica Sanson hoorden de sirene tegelijk. Ze luisterden terwijl die dichterbij kwam. Ze liepen naar het raam en keken van opzij langs de gordijnen. Er scheurde een politieauto de straat in, die slippend voor het huis tot stilstand kwam. Ze zagen de twee agenten uit hun Crown Victoria springen en de politieagenten onderscheppen voordat ze halverwege het pad naar de deur waren.

Dat was hun teken. De surveillanten waren druk bezig, dus Roberta en Veronica haastten zich naar de achterdeur. Roberta had hem al van het slot gehaald. Ze stapten snel naar buiten, deden de deur weer op slot en liepen terug naar hun gestolen MPV. Die hadden ze drie straten van Geoff Browns huis vandaan achtergelaten, met de neus de andere kant op. Veronica stapte aan de passagierskant in. Roberta liet haar handschoenen en de sleutel van Brown door een rooster in de goot vallen en kroop achter het stuur.

Veronica wachtte tot ze onderweg waren en zei toen: 'Waar nu naartoe?'

Het was een belangrijke tactische beslissing. Ze konden hun lijstje niet op volgorde afwerken. Degene die het was opgevallen dat er voormalige CIA-agenten kort na elkaar waren overleden, zou dan namelijk weten waar hij zich op moest richten. Roberta en Veronica wilden de aandacht van de tegenstander zo veel mogelijk de verkeerde kant op sturen en dat betekende dat ze hun volgende doelwit willekeurig moesten kiezen. Hoewel... niets is echt willekeurig. Daar zijn allerlei onderzoeken naar gedaan. De keuzes van mensen worden op allerlei subtiele manieren door het onderbewustzijn bepaald en beïnvloed. Dus grepen ze terug op een techniek die ze jaren geleden hadden geleerd.

'Nog drie namen om uit te kiezen,' zei Roberta. In gedachten gaf ze elke resterende naam een getal. 'Noem drie kleuren.'

'Rood. Zilver. Wit.'

De volgende auto die ze zagen was wit. De derde kleur die Veronica had genoemd. De derde naam op Roberta's mentale lijstje was Michael Rymer, die in het noorden van Colorado woonde.

Roberta zei: 'Bereid je voor op wat hoogtemeters. We gaan naar Denver.'

Reacher zette zijn auto op de parkeerplaats en liep naar binnen en naar de receptie. Hij vroeg naar agent Ottoway, die echt bestond. Ze was klein en pezig, had lang zwart haar en kwam hem binnen een paar minuten ophalen. Ze gebruikte een plastic kaartje om hem door een tourniquet te laten en escorteerde hem naar een serie liften en daarna naar een spreekkamer aan het einde van de gang op de tweede verdieping. Het was een kleine, bedompte ruimte zonder ramen. Het stonk er naar sigarettenrook en zweet, alsof de helft van de lucht was overgebracht vanuit een kroeg en de andere helft vanuit een kleedhok. En qua inrichting leek het wel een dumpplek voor overbodig meubilair. Er stonden zes stoelen. Twee tafels, de ene ondersteboven op de andere, met de poten naar het plafond wijzend. En een handvol lage boekenkasten, die allemaal de helft van hun planken misten.

Reacher was niet verbaasd. Hij wist hoe het vaak ging met de samenwerking tussen verschillende diensten. De keuze voor een kamer zoals deze was een manier om een gebrek aan enthousiasme van de kant van de gastheren uit te drukken. Reacher begreep hun positie. Hij bevond zich op hun terrein. Zijn verzoek was niet via de gebruikelijke kanalen binnengekomen. Het was bovendien amper aangekondigd. Waarschijnlijk haalde het mensen weg bij een van hun andere operaties. Maar als dit goed uitpakte, zou het het ongemak waard zijn. Daar was hij van overtuigd.

De supervisor van agent Ottoway kwam meteen en hield de briefing gelukkig kort. Alleen zij drieën zaten daar op versleten stoelen onder een flikkerende tl-lamp bij elkaar. Aantekeningen of diagrammen waren niet nodig. Geen onnodige complicaties, precies zoals Reacher het graag zag. Alleen een bevestiging van het doel. De tijd en plaats. De voornaamste spelers. En het codewoord voor het geval ze de missie moesten afbreken.

Toen alle details waren besproken, liep agent Ottoway met hem terug naar de lift. Ze drukte de knop in en terwijl ze wachtten tot de lift arriveerde, zei ze: 'Kapitein, mag ik u iets vragen?'

'Ga je gang,' zei Reacher.

'Wat voor kleren was u van plan vanavond te dragen?'

Reacher keek omlaag naar zijn t-shirt en broek. 'Wat ik nu draag.'

'Ik was al bang dat u dat zou zeggen.'

'Is dat een probleem?'

'U kunt net zo goed een bordje omhangen met "undercover agent" erop. Oké. Dit gaan we doen. Als u al plannen hebt voor vanmiddag, zeg ze dan af. Ik ga met u winkelen.'

8

De telefoon in het Pentagon ging om 13.02 uur Eastern Standard Time. Niet de afgesproken tijd voor een telefoontje.

De man die opnam luisterde zwijgend, hing toen op, liep naar het kantoor van zijn secretaresse en belde een ander nummer. Het was van een mobiele telefoon in een auto die in zuidoostelijke richting over Pennsylvania Avenue reed.

Charles Stamoran nam meteen op. 'Zeg me dat Pritchard is gevonden.'

'Sorry, sir,' zei de man van het Pentagon. 'Het gaat over Geoffrey Brown. Hij is dood. De oorzaak moet nog worden bevestigd door het lab, maar een agent van de politie van New Orleans die ter plaatse kwam, was ervan overtuigd dat hij de symptomen herkende. Brown had een fatale reactie op bufotenine, het gif van de coloradopad. Hij rookte het gedroogde gif vermengd met tabak in een pijp die naast hem werd aangetroffen. Mensen doen dat vanwege het bewustzijnsverruimende effect en om psychische aandoeningen zoals PTSS te bestrijden. Als Brown daar nog niet echt bekend mee was, kan hij een te hoge concentratie hebben gebruikt. De herkomst van de stof wordt getraceerd, maar waarschijnlijk komt die uit een van de winkels in de stad die het gif leveren voor pseudoreligieuze ceremonies. Brown heeft geen bezoek gehad en er is niets bij hem afgeleverd. Hij heeft zelf het alarmnummer gebeld, dus de politie vermoedt dat zijn dood een ongeluk is, maar terugkrabbelen na een zelfmoordpoging kan niet worden uitgesloten.'

Stamoran legde de hoorn op zijn schoot en keek door het autoraam naar de zwermen mensen die het ene na het andere kantoorgebouw uit stroomden. Hij werd kwaad. Hij kon nog wel een verklaring bedenken die niet kon worden uitgesloten. Paddengif? Serieus? Brown rookte inderdaad een pijp. Al jaren. En na sommige van de dingen die hij had gedaan zou het een wonder zijn als hij nooit een of andere psychische reactie had gehad. Maar hij zou zich absoluut nooit inlaten met zo'n idiote newagehippiedesignerdrug. Niet vrijwillig. Een flinke scheut whisky of iets dergelijks? Ja. Maar iets roken dat uit giftige amfibieën kwam? Nee. Nog in geen miljoen jaar. Er was iemand bezig de zaak steeds erger te maken.

Stamoran pakte de hoorn weer op. 'Het heeft geen zin om te wachten tot die kerel weer toeslaat en hem dan op te pakken. We moeten proactief worden. Laat de agenten die Rymer en Adam in de gaten houden blijven waar ze zijn, maar ik wil dat er ook een taskforce wordt opgericht. Met ingang van morgen. Vertegenwoordigers van het leger, de CIA, FBI, het ministerie van Financiën en elke andere dienst waar die kerel maar bij zou kunnen horen op basis van zijn werkwijze en kennelijke training. Ik wil dat hij wordt geïdentificeerd. Ik wil een gerichte lijst verdachten waar onze mensen in het veld mee aan de slag kunnen. En ik wil dat hij wordt tegengehouden.'

Om acht uur 's avonds zat Reacher in een bar in River North, Chicago. Hij droeg het tweede stel nieuwe kleren dat hij die dag had gekocht. Zwarte jeans, een donkergroen shirt, een leren jack en zwarte enkellaarzen met klittenbandsluiting. Agent Ottoway zat tegenover hem aan een lage, ronde tafel. Ze droeg een effen zwart jurkje en haar haar krulde meer dan eerst.

De bar zat in een voormalige fabriek. De muren waren van baksteen, vol putjes, vlekken, gaten en haken, waar ooit allerlei apparatuur aan moest hebben gehangen. Net industriële grottekeningen, dacht Reacher, die het verhaal vertelden van de mensen die hier hun hele leven hadden gewerkt. Een paar minuten probeerde hij ze te ontcijferen en toen dwaalde zijn blik af naar een podium dat in de uiterste hoek was opgezet. Daar was een driekoppige band halverwege een speelsessie. Hun optreden was technisch gezien niet slecht, maar het was niet iets wat Reacher boeiend zou noemen. Niet iets wat Howlin' Wolf of Magic Slim van zijn favorietenlijstje zou kunnen gooien.

Ottoway stootte onder de tafel met haar voet tegen die van Reacher en knikte vrijwel onmerkbaar naar de ingang. Sergeant Chapellier was binnengekomen. Hij droeg een gevlekte spijkerbroek en een shirt van een Metallica-tournee. Hij bleef even staan alsof hij iemand zocht en liep toen naar een lege tafel. Die stond een kleine twee meter van die van Reacher en Ottoway in een gedeelte van de bar dat door een rij verticale stalen buizen was afgescheiden van de rest. Het waren er twaalf, een meter uit elkaar, tien centimeter in doorsnee, bijna zwart van het roest. Tien waren er van bovenaf verlicht. Dat had voor allemaal moeten gelden. Maar de lampen boven twee van de buizen waren kapot, waardoor ze in het schemerduister verloren gingen.

Reacher deed alsof hij naar de barkeeper keek, die drankjes klaarmaakte, maar hield intussen Chapellier in de gaten. Die friemelde met zijn vingers, trommelde op het tafelblad en keek herhaaldelijk naar de deur. Er kwam niemand naar binnen. Een van de obers pakte een dienblad met volle glazen op en ging ermee op weg naar een tafeltje achterin. Dat was gemaakt van een oude bierton met dingen die op emmers leken als krukken. Daarop zaten twee mannen van in de twintig en twee vrouwen die iets jonger leken.

Een van de mannen gebaarde de ober dat die moest opschieten. Misschien had hij dorst. Misschien probeerde hij indruk te maken. Maar wat de reden ook was, het hielp niet. De ober deed zijn best. Het was druk in de bar. Het meubilair stond kriskras door elkaar. Er was geen duidelijk pad dat hij kon nemen. Het had geen zin hem te laten weten dat hij moest opschieten. Een paar keer liet hij bijna zijn dienblad vallen en het had een haartje gescheeld of hij was uitgegleden over een natte plek op de vloer. En toen hij eindelijk bijna bij de juiste tafel was, botste hij tegen een andere klant op.

De man was moeilijk over het hoofd te zien. Hij was bijna twee meter lang, had een reusachtige baard, droeg een petje achterstevoren, een flodderige spijkerbroek en een geruit shirt met knopen die moeite hadden zijn buik in bedwang te houden. Hij keek om zich heen. Hij controleerde of er iemand naar hem keek. Hij zag dat er een heleboel mensen keken. Dus knalde hij frontaal tegen de ober aan.

De ober deed wankelend een paar stappen achteruit en verloor toen zijn evenwicht. Het blad gleed uit zijn handen. Vier glazen vielen op de vloer. Drie biertjes en een of andere chique cocktail met een parapluutje erin. De ober viel achterover en knalde met zijn hoofd tegen de voet van een andere tafel. Chapellier besteedde geen aandacht aan de schermutseling. Hij bleef naar de deur kijken. Er waren al enkele tientallen mensen in het afgescheiden deel van de bar. Niemand stak een vinger uit om de ober te helpen. Niet eens om hem overeind te trekken. Hij rolde zich uiteindelijk om en kroop naar zijn dienblad. De dikke kerel duwde het met zijn voet verder weg. Nog steeds greep niemand in. Nog steeds kwam er niemand door de deur.

De ober kwam een paar minuten later terug met een emmer, een dweil en een veger en begon de troep op te ruimen. De dikke kerel liet geen kans onbenut om hem te porren en duwen. Niemand in de bar deed iets om de ober te helpen. Toen verloor Reacher zijn aandacht voor het voorval. Want er was eindelijk iemand naar binnen gekomen. Een man, eind dertig, wijd shirt, flodderige broek, een versleten leren boekentas aan zijn schouder. Hij was mager, had sluik, ongewassen haar en de stoppels van een hele week niet scheren op zijn gezicht. Reacher herkende de look. Hij durfde er tien tegen een om te wedden dat de man een ex-militair was. Drugsgebruik had geleid tot stelen en vervolgens tot oneervol ontslag. Een patroon dat Reacher al wel duizend keer had gezien.

De magere man schuifelde naar Chapelliers tafeltje en ging zitten. De ober kwam, Chapellier zei iets en stak twee vingers op. De mannen bleven zwijgend zitten tot de ober terugkwam met hun bier. Ze knikten, klonken met hun glazen en sloegen die in één keer achterover. De magere man boerde en zette toen zijn tas op de lege stoel naast hem. Chapellier pakte hem op. Keek erin. Haalde toen een autosleutel uit zijn zak en legde die op tafel. De magere man knikte weer, pakte de sleutel, stond op en liep naar de deur.

Ottoway wendde zich af en haalde een portofoon uit haar tas. Ze hield hem dicht bij haar mond en zei: 'Hij komt naar buiten. Hij zal naar een auto lopen. Wacht tot hij erin zit en pak hem dan.'

Er verstreek een minuut, toen kraakte Ottoways portofoon. Een mannenstem zei: 'We hebben hem. De contrabande ook. Missie geslaagd.'

Susan Kasluga legde de hoorn op de haak en deed haar ogen dicht. Ze ademde langzaam uit en voelde de knopen in haar schouders ontspannen. Een klein beetje. Ze zat aan haar bureau in haar kantoor aan huis. Het was een kleine kamer, maar het was er rustig en het uitzicht op de vijver en de bomen compenseerde het gebrek aan ruimte.

'Problemen op het werk?' vroeg Charles Stamoran.

Kasluga deed haar ogen open en zag haar man in de deuropening staan. 'Sta je me te bespioneren?' vroeg ze.

'Als dat zo was, zou je het nooit weten.'

'Dat zou ik ook zeggen als ik jou was.'

'Ik sta je niet te bespioneren. Maar wat was dat dan? Verkeerd verbonden?'

Kasluga pakte een felroze stressballetje en gooide het naar zijn hoofd. 'Gaat je niets aan. En nu wegwezen. Ik zit te werken.'

Ottoway verliet de bar als eerste. Reacher ging als laatste, en Chapellier liep tussen hen in. Op straat was het een zee van rode en blauwe lichten. Vier auto's van de FBI stonden achter elkaar met zwaailichten op hun dashboard. De magere man zat op de achterbank van de laatste auto. Erachter stond een oude, gedeukte Toyota Corolla. Het bestuurdersportier stond open. De kofferbak ook. Er stond een agent naast en terwijl Reacher toekeek, stopte er een effen witte vrachtwagen, waar een paar technici uit kwamen. Ottoway liep naar de voorste auto en boog zich voorover om met iemand op de passagiersstoel te praten. Daarna kwamen er twee mannen tevoorschijn uit de schaduw bij de muur. Ze maakten een verzorgde indruk. Geen grammetje vet. Helemaal in het zwart. Als Franse avant-gardefilosofen die al hun tijd in de sportschool doorbrachten, dacht Reacher. Al wist hij precies wat ze in werkelijkheid waren. Hij herkende soldaten in en rondom bars zelfs in zijn slaap. En MP's waren er nog gemakkelijker uit te pikken. Niemand anders ging ooit met ze op stap. Ze waren te impopulair. Reacher begreep alleen niet wat ze hier deden. Hij had niet om ondersteuning gevraagd.

De MP's kwamen naar hem toe. De langste van de twee zei: 'Kapitein Reacher?'

Reacher knikte.

'Kunt u dat bevestigen, sir?'

Reacher pakte zijn portefeuille en liet zijn identiteitsbewijs van het leger zien.

'Dank u, sir.' De MP haalde een envelop uit zijn jaszak en overhandigde die.

Reacher scheurde de envelop open. Er zat één vel papier in met bovenaan het wapen van de Militaire Politie. Er stond op dat hij Chapellier moest overdragen en zich de volgende dag om elf uur moest melden op een adres in Washington, D.C.

Reacher keek de MP aan. 'Wat weten jullie hiervan?'

'Niets, sir.'

'Wat hebben jullie gehoord?'

'Er is ons niets verteld, sir.'

Reacher glimlachte. Het was duidelijk dat deze jongens onderofficieren waren. De ruggengraat van de dienst. Reacher wist uit ervaring dat het geruchtencircuit van de onderofficieren het efficiëntste communicatiemedium ter wereld was. 'Ik vroeg niet wat jullie is vertéld. Ik vroeg wat jullie hebben gehóórd. En als je me nu vertelt dat jullie niets hebben gehoord, laat ik jullie opsluiten wegens het zich ten onrechte voordoen als onderdeel van het Amerikaanse leger. Dus laten we hiermee beginnen: ik word naar D.C. gestuurd. Waarom?'

De MP keek zijn makker aan en zei toen: 'Het schijnt dat er een paar lui dood zijn.'

'Wie?'

'Weet ik niet.'

'Mensen van ons?'

De MP schudde zijn hoofd. 'Gepensioneerde wetenschappers. Eentje is geëlektrocuteerd. De andere viel uit een raam in het ziekenhuis.'

'Viel?'

De MP haalde zijn schouders op.

'Ze waren dus van de CIA. Wat hebben wij ermee te maken?'

'Het schijnt dat het onderdeel is van iets groter. CIA, plus andere diensten. Orders van het Pentagon.'

'Waarom sturen ze mij dan?'

'Ze wilden per se een kapitein. Op het hoofdkwartier wilde niemand er zijn vingers aan branden. Ik denk dat u de verkeerde kwaad hebt gemaakt, sir.'

Susan Kasluga klopte zacht op de deur van Charles Stamorans werkkamer, duwde hem open en zette een stap de kamer in. Stamoran zat in zijn leunstoel een boek te lezen. Een biografie van George Meade. Hij keek even op en richtte toen zijn aandacht weer op de geschiedenis van de Burgeroorlog.

Kasluga zag haar stressballetje op een bijzettafel onder het raam liggen. Het lag tegen een karaf whisky. Aan weerskanten stonden een paar glazen van geslepen kristal. Ze liep naar de tafel en schonk twee glazen in. In het ene glas schonk ze wat meer; dat gaf ze aan Stamoran.

'Het spijt me,' zei ze. 'Je overviel me. Dat telefoontje...'

'Je hoeft het me niet te vertellen,' zei Stamoran.

'Dat weet ik. Het is gewoon... Het is niets waar jij je zorgen om hoeft te maken. Gewoon mijn werk.'

'Je overnamedeal?'

'Een gevoelig puntje. Iets wat alles had kunnen laten ontsporen. Maar het is geregeld. Dat telefoontje was de bevestiging. Daarom duurde het zo kort.'

'Ik heb nog nooit van een advocaat gehoord die zo kort van stof is.'

'Wie zegt dat het een advocaat was?'

'Misschien kan ik het maar beter niet weten.'

'Zie je? Weer een reden waarom ik met je getrouwd ben. Een feilloos instinct. Laten we nu het werk laten rusten tot morgen. Het is al laat.' Ze nam langzaam een slok van haar whisky. 'En er zijn veel betere manieren om de avond samen door te brengen.'

Ottoway keek toe terwijl de MP's Chapellier meenamen en stak toen over naar Reacher. 'Waar ging dat over?' vroeg ze.

Reacher haalde zijn schouders op. 'Nieuwe orders.'

'Iets leuks?

'Eerder het tegenovergestelde.'

'O. Dat is vervelend. Dus u gaat ervandoor?'

Reacher knikte.

'Wanneer?' vroeg Ottoway.

'Vanavond, denk ik, als ik een vlucht kan krijgen. En anders morgenvroeg.'

'Ik stem voor morgen. Blijf vannacht in Chicago. We hebben goed werk verricht. We verdienen het om dat te vieren.'

'Daar heb je gelijk in.' Reacher zweeg even. 'En er is nog iets wat ik graag wil regelen voordat ik vertrek.'

Reacher ging samen met haar weer het gebouw binnen en liep naar de bar. De barkeeper keek op en zette toen een stap achteruit. Hij had Reacher niet horen aankomen. Hij verwachtte niet iemand vlak voor zich te zien staan. Zeker niet iemand die eruitzag als Reacher. Een vijfennegentig. Een torso als een koelkast. Armen zo breed als de benen van andere mensen. Kort haar. Het hoofd vragend een beetje schuin.

Aan de andere kant van de bar stond een metalen kuip van pakweg vijfentwintig centimeter hoog en een meter in doorsnee. Aan het begin van de avond had die vol gezeten met ijs en flesjes bier. Nu was het vooral water met hier en daar nog een drijvend ijsklontje. Reacher wees ernaar. 'Die kuip daar? Geef me die eens aan.'

De barkeeper knipperde met zijn ogen. 'Waarom?'

'Ik wil hem van je lenen.'

'Nee,' zei de man. 'Je kunt hem huren. Twintig dollar voor een halfuur. Je rijbewijs als borg. Geen vragen. Doe ermee wat je wilt.'

Reacher schudde zijn hoofd. 'Ik leen hem. Twee minuten. Jij kijkt wat ermee gebeurt. En als ik hem terugbreng en je vindt nog steeds dat ik moet betalen, krijg je van mij veertig dollar.'

De barkeeper dacht even na en riep een maat om hem te helpen de kuip bij Reacher neer te zetten. Reacher pakte de kuip op en liep naar de dikke kerel die eerder de ober had getreiterd. Die keerde hem welbewust de rug toe. Reacher ging dichter naar hem toe, bleef even staan om zeker te weten dat de ober dicht genoeg in de buurt was om te kunnen zien wat er gebeurde, tilde toen de kuip hoog op en goot het ijskoude water over het hoofd van de dikke kerel.

De man gilde. Hij krijste. Hij zwaaide met zijn armen en sprong op en neer. Hij pufte en hijgde en draaide zich toen eindelijk om naar Reacher. Zijn pet was van zijn hoofd gespoeld. Zijn baard was doorweekt. Zijn shirt plakte aan zijn lijf.

'Wat was dat, verdomme?' sputterde de man.

'Training,' zei Reacher.

'Wat?'

'Zoals bij een hond.'

'Noem je mij een hond?'

'Ik heb ergens gelezen dat als je een hond hebt die zich misdraagt, je iets moet doen wat hij niet leuk vindt. Daardoor leert hij zijn gedrag aan te passen. Nou ben jij duidelijk niet zo slim als de gemiddelde hond. Waarschijnlijk niet eens zo slim als een stomme hond. Misschien is een van nature stomme hond waarvan de helft van zijn hersenen is verwijderd nog steeds slimmer dan jij. Dus misschien moet ik maar in de buurt blijven als je persoonlijke trainer en elke keer dat jij je als een klootzak gedraagt deze kuip gebruiken.'

De kerel fronste en schudde zijn hoofd. Er vlogen druppels water in een grote kring om hem heen, alsof hij een poedel was die was natgeregend. Hij zweeg even. Toen veranderde zijn frons in een chagrijnige blik. 'Hou je bek,' gromde hij. 'Ik ga je vermoorden. Ik ga elk bot in je lijf breken.'

'Denk je dat?' Reacher hield de kuip laag voor zich, de bodem naar hem toe gekeerd, in een hoek van pakweg vijfenveertig graden.

'Dat weet ik zeker.'

Reacher keek omlaag naar de kuip en stapte toen een paar decimeter naar links. 'Weet je zeker dat je je hand niet gaat breken?'

'Nee. Ik ga jouw gezicht verbouwen.'

'O ja?' Reacher ging een halve stap achteruit. 'Zijn er toevallig bookmakers in huis? Ik zet mijn geld op de hond die een lobotomie heeft gehad. Zeker weten.'

De man stormde naar voren en haalde uit naar Reachers gezicht. Geen enkele techniek. Geen finesse. Alleen een hoop gewicht, woede en vaart. Onder sommige omstandigheden zou hij daar genoeg aan hebben gehad. Maar niet die avond. Want Reacher stapte opzij. Weg van de onverlichte buis waar hij voor had gestaan. De vuist van de man knalde er vol tegenaan. Zijn knokkels verbrijzelden. Pezen en bindweefsel scheurden. En deze keer maakte hij geen geluid. Daar zorgde de pijn wel voor. Hij viel ter plekke flauw. Hij zakte door zijn knieën. Zijn benen sloegen dubbel. Hij helde achterover en ging onderuit met zijn hoofd vijftien centimeter van het parapluutje uit het glas dat de ober even daarvoor had laten vallen.

Reacher droeg de kuip terug naar de bar en zette hem neer.

'Dat kost je niks,' zei de barkeeper.

Reacher liet de kuip niet meteen los. Hij dacht aan een soortgelijke situatie waardoor hij was teruggezet naar de rang van kapitein. Hij zei: 'En als iemand vraagt wie die kerel pijn heeft gedaan?'

'Niemand. Dat heeft hij zelf gedaan.'

'Goed geantwoord.'

9

Michael Rymer zat te ontbijten op het terras achter zijn huis, in zijn eentje, zoals gewoonlijk. Hij haastte zich niet. Dat was niet nodig. De tijd dat hij zich moest haasten lag achter hem. Hij was gepensioneerd. En genoot ervan. Hij had geen gezin. Niemand aan wie hij zijn dagen moest aanpassen. Al niet meer sinds echtgenote nummer vier bijna tien jaar geleden bij hem weg was gegaan. Het enige wat hij hoefde te doen was een beetje in de vroege ochtendzon zitten met zijn havermout en zijn koffie en daarna naar zijn botenhuis lopen en de *Pegasus* ontmeren. Zijn lust en zijn leven. Er wachtte hem een dagje vissen op het meer, gevolgd door een fles wijn en een film op zijn vhs-speler om de avond te vullen. Het was niet altijd zo geweest. Verre van dat zelfs. Maar tegenwoordig was het leven hem goedgezind. Dat besefte hij maar al te goed.

Rymer was halverwege de route naar zijn favoriete plekje om het anker neer te laten – waar hij er zeker van kon zijn dat de forelbaars zou bijten en waar het uitzicht op de Rockies hem steeds weer bleef verbazen – toen hij iets zag wat hij niet had verwacht. Een andere boot. Eentje van twaalf meter lang. De eigenaren van de stuk of vijf andere woningen die aan de oever van het meer verspreid stonden, gebruikten hun huizen – en boten – gewoonlijk alleen in de zomer, en soms tijdens feestdagen. De rest van het jaar kon hij er bijna zeker van zijn dat hij de enige op het water was. Wat hij heel prettig vond. Hij overwoog van koers te veranderen. Een rustiger plekje op te zoeken. Maar iets aan de andere boot zat hem dwars. De manier waarop hij bewoog. Hij leek doelloos rond te drijven. Niet ergens naar onderweg. En hij lag niet voor anker. Even vroeg hij zich af of de boot de afgelopen nacht kon zijn losgeraakt van de steiger en door de wind hierheen was afgedreven. Toen kwam er iemand de stuurhut uit. Een vrouw. Ze zwaaide naar hem. Maar niet op een vriendelijke manier. Met beide armen bewoog ze wild boven haar hoofd heen en weer. Ze zat duidelijk met een of ander probleem. Rymer gaf gas en voer naar de boot toe om poolshoogte te nemen.

Toen hij dichterbij kwam, herkende hij de boot. *The Duchess.* Hij was eigendom van een stel uit Denver. Hij had nooit de moeite genomen achter hun namen te komen. Hij dacht dat ze misschien arts waren. Maar de vrouw aan boord herkende hij niet. Zo te zien was ze eind twintig. Ze was slank, alsof ze veel sportte, en haar donkere haar was strak naar achteren getrokken. Wellicht een familielid van de artsen? Of een vriendin van de familie? Waarschijnlijk sowieso iemand die toestemming had om daar te zijn. Rymer was in zijn leven bij heel wat idiote dingen betrokken geraakt, maar hij had nog nooit gehoord dat iemand met een plezierjacht ging joyriden op een bergmeer dat zo afgelegen was dat je het bijna onmogelijk zou vinden, tenzij je wist waar het lag. Hij gooide een paar stootkussens over het dolboord, bond ze aan de kikkers vast en legde de *Pegasus* rustig langszij de andere boot.

'Alles oké?' riep Rymer.

De vrouw drukte haar handen tegen haar hoofd en zei: 'O, jee, ik schaam me dood. Ik weet niet wat ik moet doen. De motor hield ermee op en ik krijg hem niet meer gestart en ik weet niet hoe het anker werkt en de boot blijft maar ronddrijven. Kunt u me helpen? Alstublieft?'

'Bent u hier alleen?'

Ze knikte. 'Ik mag van Claudia en Andreas een paar weken in hun huis logeren. Ze zeiden dat ik *The Duchess* mocht gebruiken wanneer ik maar wilde. Maar ze zeiden ook dat het een gemakkelijke boot was om mee te varen. Ik voel me echt een idioot.'

'Maakt u zich geen zorgen.' Rymer pakte een tros touw van de boeg en gooide het ene uiteinde over de verhoogde voorsteven van

The Duchess. Hij pakte er nog een dicht bij de voorsteven, gaf het touw aan de vrouw, sprong over op de andere boot en landde naast haar. Hij pakte het touw op, maakte het vast aan een kikker en deed toen hetzelfde met het touw bij de boeg. 'Het is vast niets ernstigs. Zo meteen kunt u weer varen.'

The Duchess was ouder dan de *Pegasus*. Hij was van oorsprong waarschijnlijk een vissersboot, en had hele ladingen kreeften en krabben binnengehaald in ondiepe kustwateren. Inmiddels was de houten scheepsromp wit geschilderd met hier en daar blauwe strepen en er stonden comfortabele stoelen op het open gedeelte achter de stuurhut, waar voorheen de vangst heen werd gebracht. Een rode reddingsboei stak scherp af tegen de lichte verf naast de deur van de stuurhut en er lag een wirwar van touwen en lijnen over het dek verspreid. Rymer bekeek de chaos hoofdschuddend en zette een stap naar het luik waaronder het motorcompartiment zat. Toen kwam een deel van de touwen in beweging. Ze kronkelden over het glimmende oppervlak alsof ze leefden. Ze wikkelden zich om zijn voeten, trokken strak om zijn enkels. Zijn enkelknokkels schuurden langs elkaar. Hij verloor bijna zijn evenwicht, herstelde zich, maar viel even later alsnog op zijn rug. Er had iets aan het touw gerukt. Het voelde alsof hij onderuit was getrokken door een op hol geslagen paard. De lucht was uit zijn longen geslagen. Toen hij met veel moeite zijn hoofd wist op te tillen zag hij dat het niet íéts, maar íémand was die het touw in handen hield. Een andere vrouw. Bijna identiek aan degene die hem om hulp had gevraagd, maar misschien twee of drie jaar ouder. Ze had waarschijnlijk achter de stuurhut verborgen gezeten.

De tweede vrouw kwam dichterbij, het touw stevig in haar beide handen, en trok Rymers benen van het dek omhoog. De eerste vrouw bukte en stak haar handen onder zijn oksels. Zij tilde zijn bovenlijf op en draaide hem met zijn hoofd van de *Pegasus* vandaan. Rymer kreeg bijna geen lucht meer. Hij begreep niet wat er gebeurde. Toen droegen de vrouwen hem naar de lege kant van de boot. De eerste vrouw tilde zijn hoofd wat hoger en liet hem met zijn schouders op het dolboord zakken. Ze rolde hem om, zodat hij omlaagkeek naar het water. En beide vrouwen duwden, sjorden en manoeuvreerden. Hij gleed tot aan zijn middel over de houten reling. Daarna kieperde hij voorover en sloeg met zijn handpalmen tegen de romp zodat hij er niet met zijn gezicht tegenaan zou knallen. Zijn kruin hing maar een paar centimeter boven het wateroppervlak.

Roberta Sanson gaf een flinke ruk aan het touw om zich ervan te verzekeren dat ze Rymers aandacht had en zei toen: 'Michael, hoor je me? En belangrijker nog: versta je me?'

Rymer antwoordde niet.

Roberta deed een flinke stap naar voren. Rymers benen schoten omhoog. Zijn lijf dook omlaag. Zijn hoofd werd in het ijskoude water gedompeld. Roberta liet Rymer tien tellen zo hangen voordat ze hem omhoog begon te trekken. De zwaartekracht werkte tegen, dus Veronica moest over de reling buigen en aan zijn broekriem trekken voordat ze hem boven water kregen.

'Michael...?' zei Roberta.

Rymer sputterde en hoestte. 'Zijn jullie niet goed snik? Wat doen jullie? Ik vorm geen bedreiging voor jullie. Ik ben gestopt om te helpen!'

'Wil je helpen? Dat is heel goed. Je hoeft ons alleen maar een naam te geven. Eén naam, dan is dit voorbij. Dan hoor of zie je ons nooit meer.'

'Wat voor naam?'

'Je onderzoeksteam in India. In 1969. We kennen zeven namen. Inclusief de jouwe, dat is duidelijk. Je moet ons de achtste naam vertellen.'

'Wat? Nee. Er is geen achtste naam. We waren maar met zeven man. Dat zweer ik. Owen Buck. Ik. Varinder Singh. Keith Bridgeman. Geoffrey Brown. Charlie Adam. Neville Pritchard. Verder niemand.'

'Het waren er acht. Ik heb die andere naam nodig. Jij moet me die vertellen.'

'Er is geen achtste naam! Waarom doen jullie...'

Roberta dompelde Rymers hoofd weer onder water. Deze keer liet ze het daar vijftien tellen. Weer had ze Veronica's hulp nodig om hem eruit te trekken.

'Dit is geen pretje, hè?' zei Roberta. 'De enige manier om er een eind aan te maken is door ons die naam te geven. Vooruit. Zo moeilijk is het niet. Twee woorden. Voornaam. Achternaam. Dat is vast beter dan verdrinken. Je twijfelt er toch niet aan dat ik je zal verdrinken?'

Rymer hapte naar lucht. 'Kan ik niet. Maar zeven namen. Ik zweer het.'

Roberta keek Veronica aan, haalde haar schouders op en zei: 'Oké, jouw keus. Maar nu is het belangrijk dat je onze namen kent. Ik ben Roberta Sanson. Dit is mijn zus Veronica. Onze vader was Morgan Sanson.'

Rymer kreunde.

'Krijg je toch nog inspiratie?' vroeg Roberta.

Rymer zweeg.

Roberta haalde opnieuw haar schouders op en liet Rymer weer zakken. Ze zette haar voeten schrap tegen het dek en hield het touw stevig vast. Rymer kronkelde, trapte en worstelde. Hij bewoog wild en wanhopig. Toen werden zijn bewegingen trager en zwakker. De spanning ebde uit zijn lijf weg. Zijn energie was bijna opgebruikt. Nog één keer kromde hij zijn rug en klauwde hij naar het water, toen zonk hij weg in duisternis. Een paar laatste luchtbelletjes borrelden naar boven en daarna bleef hij zwaar en slap aan het touw hangen. Met elk golfje sloeg hij zachtjes tegen de romp.

Roberta verplaatste haar greep naar het stuk touw dat om Rymers enkels geknoopt zat. Ze trok. De knoop liet los en Rymers lichaam gleed stilletjes verder onder water. Even later kwam het weer boven en bleef het drijven, met het gezicht omlaag, de armen en benen gespreid, het haar als bleek zeewier om zijn hoofd uitwaaierend.

Reacher was die morgen ook wakker geworden met uitzicht op een meer. In zijn geval was het Lake Michigan. Door een kamerhoog en -breed raam op de eenendertigste verdieping van een klaverbladvormig gebouw dicht bij Navy Pier in Chicago. Het was de slaapkamer van agent Ottoway.

'Maak je geen zorgen,' had ze gezegd toen ze waren teruggekomen van een avond bluesmuziek in Halsted Street en de uitdrukking op Reachers gezicht had gezien. 'Het appartement is niet gekocht met oneerlijk verkregen geld. Ik heb het aan mijn scheiding overgehouden.'

Reacher en Ottoway dronken koffie in bed en namen toen samen een douche. Er kwam zeep aan te pas. En heet water. En damp. Maar gezien de tijd die het proces in beslag nam, kwam er van wassen niet veel terecht. Er bleef geen tijd over om te ontbijten. Ze kleedden zich aan, haastten zich naar de ondergrondse garage en haalden Ottoways auto op. Ze reed naar het plaatselijke kantoor van de FBI en terwijl Reacher zijn plunjezak uit de kofferbak haalde van het voertuig dat hij van het Rock Island Arsenal had geleend, schreef zij iets op een stukje papier.

'Neem dit mee,' zei ze, en ze gaf Reacher het briefje. Er stond een telefoonnummer op. Met het kengetal 312. 'Dit is mijn privénummer. Als je weer eens in de stad bent, bel me dan.'

Reacher zei niets.

De wandeling naar het station en de treinrit naar O'Hare verliepen rustig. Op het vliegveld had hij nog tijd voor een kop koffie vóór de vlucht naar Washington National, en daar liep Reacher naar de rij taxi's en gaf de chauffeur het adres uit de orders die hij de vorige dag had gekregen. De route voerde over de Potomac en toen weg van de stad, bumper aan bumper in een wolk van uitlaatgassen, tot aan de laatste tien minuten van de reis. Ze waren op weg naar een zakelijk district. De gebouwen waren lang en laag, niet meer dan twintig jaar oud, allemaal lichte steen en spiegelglas, van elkaar gescheiden door rechthoekige parkeerterreinen en deels verborgen achter glanzende groene hagen. De taxichauffeur stopte voor het laatste gebouw in de straat. Er stonden drie auto's op de parkeerplaats. Allemaal Amerikaanse sedans. Twee Fords en een Chevy. Een groene, een blauwe en een zwarte. Allemaal hadden ze meer antennes dan toen ze in Detroit van de lopende band waren gerold.

Reacher gaf de chauffeur een ruime fooi en liep toen door de hoofdingang van het gebouw naar binnen. Daar trof hij goedkoop, onverslijtbaar tapijt, nieuwe, goedkope meubels en pas geverfde muren in een saaie kleur. Dat vertelde hem twee dingen. Het gebouw was eigendom van de overheid. En het was te koop. Reacher had geen idee waarom, maar het was hem opgevallen dat de overheid nooit geld uitgaf aan gebouwen die ze van plan waren te houden.

Er zat niemand achter de receptie, dus Reacher duwde een dubbele deur open en stond toen aan het begin van een lange, lichte gang. Op de eerste deur links stond DIRECTIEKAMER. Reacher keek naar binnen. Er zaten al drie mensen, ieder aan een andere kant van een rechthoekige tafel die te groot leek voor de ruimte. Twee mannen en een vrouw. Ze leken allemaal in de dertig. Ze leken allemaal een beetje gespannen, alsof ze niet wisten waarom ze hier waren, maar ervan uitgingen dat – wat de reden ook was – het beslist niets goeds was. Er stonden twaalf stoelen, twee viertallen en twee paren, en het enige andere meubelstuk was een tafel onder het raam. Daar stonden twee glimmende thermoskannen op, een stapel omgekeerde piepschuimbekertjes en een kom met kuipjes koffiemelk en zakjes suiker.

Reacher pakte een kop koffie en liep toen naar een stoel op de hoek van de tafel, waar hij zicht had op zowel het raam als de deur. Hij zette zijn plunjezak op de grond en ging zitten. De vrouw zat aan dezelfde kant van de tafel, ongeveer in het midden. Ze had kort blond haar en droeg een marineblauw colbertje met daaronder een hagelwitte blouse en voor haar op tafel lag een bruine leren aktetas, dicht. Een van de mannen zat tegenover haar. Hij droeg ook een blauw pak, maar daar zou hij best eens in geslapen kunnen hebben. Zijn haar zag eruit alsof het die morgen een gevecht met een kam had gewonnen, en dat waarschijnlijk elke morgen won. Hij had een opgeblazen gezicht. Zijn ogen waren bloeddoorlopen en zijn neus werd getekend door een wirwar van fijne, gebarsten adertjes. De laatste man zat op de hoek schuin tegenover Reacher. Zijn ogen waren koud en blauw en zijn haar zat erg netjes, als dat van een bankier of een accountant. Hij droeg een tweedjas en tuurde ingespannen naar buiten alsof hij dacht dat hij zichzelf hier weg kon transporteren als hij zich maar hard genoeg concentreerde.

Niemand zei iets. Twee minuten kropen voorbij, toen klonken er voetstappen in de gang. De deur ging open en er kwam een man binnen. Hij was lang, bijna twee meter, en had een lang gezicht en verzorgd zilverkleurig haar. Hij bleef even staan, keek iedereen een voor een aan en nam toen een van de stoelen aan het hoofd van de tafel.

Hij schraapte zijn keel en zei: 'Zullen we maar beginnen? Allereerst een voorstelronde. Mijn naam is Christopher Baglin, ministerie van Defensie. Laten we met de klok mee gaan.'

Dat betekende dat Reacher de volgende was. 'Jack Reacher. Amerikaanse leger.'

De vrouw volgde. 'Amber Smith, FBI.'

'Gary Walsh. Ministerie van Financiën,' zei de man in de tweedjas.

De sjofele man kwam als laatste. 'Kent Neilsen. CIA.'

Baglin knikte, legde zijn samengevouwen handen voor zich op tafel en vervolgde: 'Dame, heren, bedankt voor jullie komst. Dat zeg ik namens de minister zelf. Ik weet dat jullie op korte termijn zijn ontboden, maar geloof me, dat zouden we niet gedaan hebben als jullie missie hier niet van het allergrootste belang was. We – en met we bedoel ik de Verenigde Staten van Amerika – hebben een probleem. Een serieus probleem. En we hebben jullie expertise nodig om het op te lossen.'

Baglin zweeg even, alsof hij verwachtte dat iemand zou vragen wat het probleem was.

Niemand zei iets. Niemand was zo naïef, wat Reacher wel bemoedigend vond.

Baglin verplaatste zijn handen naar zijn schoot. 'Bij wijze van achtergrondinformatie moet ik jullie dertig jaar mee terug in de tijd nemen. Zoals we weten is het kwaad van de Sovjet-Unie inmiddels naar de prullenbak van de geschiedenis verwezen, maar jarenlang was dat rijk een geduchte vijand. In de jaren zestig kwamen de communisten van alle kanten op ons af. Met kernwapens, natuurlijk. Satellieten. Onderzeeërs. Slapende geheimagenten. Spionnen. De lijst is eindeloos en bovenaan stond iets buitengewoon onaangenaams. Chemische en biologische wapens. Nieuw ontwikkelde soorten en varianten, ontworpen om te doden, te verblinden en uit te schakelen, op de afschuwelijkst denkbare manieren. En dat is waar Project 192 vandaan komt.'

Agent Baglin liet een onuitgesproken vraag in de lucht hangen. Weer hapte er niemand.

Baglin legde zijn handen weer op tafel. 'Voordat ik doorga, moet ik twee dingen heel duidelijk stellen. Ten eerste eist de minister absolute transparantie. Hij meent dat jullie niet met de hoogst mogelijke effectiviteit te werk kunnen gaan als jullie niet alle feiten ter beschikking hebben. Er zal niets worden achtergehouden, dus ten tweede: niets wat jullie in deze kamer te weten komen, mag deze kamer verlaten. Is dat duidelijk?'

'Glashelder.'

'Zeker, sir.'

'Natuurlijk.'

'Honderd procent.' Reachers stem en die van de andere drie overlapten elkaar.

Baglin zei: 'Mooi zo. Welnu, Project 192 was een initiatief dat ontworpen is om ons te beschermen tegen die duivelse Sovjetwapens. Het doel was alle effecten ervan te begrijpen en effectieve tegengiffen te ontwikkelen, die snel in grote hoeveelheden konden worden gefabriceerd. Dat was geen kattenpis. Het vereiste de allermodernste apparatuur en de nieuwste technieken en het moest in het absolute geheim gebeuren. Gevreesd werd dat als de Sovjets erachter kwamen dat we het effect van hun wapens teniet konden doen, ze iets nieuws zouden ontwikkelen waar we niet van op de hoogte waren of niet onmiddellijk op konden reageren. Dus was de volgende stap dat we partnerschappen aangingen met de beste Amerikaanse industriële onderzoeksorganisaties. We zetten onopvallende, afgezonderde faciliteiten op binnen hun laboratoria. Maar...'

Baglin zweeg. Weer hapte er niemand toe.

Baglin ging verder. 'Maar dit gebeurde buiten het bereik van directe overheidscontrole. Het gebeurde in de nabijheid van burgermedewerkers. In sommige gevallen in de nabijheid van aanzienlijke aantallen aan burgerbevolking. En vaker wel dan niet in andere landen. Soms erg arme landen. Landen die maar moeilijk nee zouden kunnen zeggen tegen de uitvoering van zulke werkzaamheden op hun grondgebied. Jullie moeten weten dat ik achter die beslissingen sta. Evenals de minister. Het waren op dat moment de juiste beslissingen voor Amerika. Maar zoals jullie weten: tijden veranderen. Zienswijzen veranderen. We hebben de storm doorstaan die werd veroorzaakt door alle meldingen sindsdien over Agent Orange en vx-gas. We hebben het debacle van de laatste dagen van Vietnam overleefd. Watergate overleefd. Het Contra-schandaal overleefd. Et cetera, et cetera. Onze zorg is dat – vooral nu de Sovjet-Unie niet langer een bedreiging vormt – de mensen minder genegen zullen zijn de noodzaak te accepteren van wat we hebben gedaan. Als er details over het Project naar buiten zouden komen, zou dat tot onrust kunnen leiden. Onze resterende vijanden zouden de informatie kunnen gebruiken om de Verenigde Staten te kijk te zetten en onze status op het wereldpodium te schaden.'

Opnieuw werd een pauze niet ingevuld.

Baglin ging zachter praten. 'Wat ons bij de kern van de zaak brengt. Eind jaren zestig werkte een team van zeven wetenschappers aan het neutraliseren van een zeer specifiek Russisch zenuwgas. Ze werkten vanuit een civiel laboratorium dat eigendom was van een bedrijf dat Mason Chemical Industries heette. Het was gevestigd in India. Recentelijk is een van de teamleden overleden aan kanker en drie van de anderen zijn onder extreem verdachte omstandigheden gestorven.'

Smith schraapte haar keel en vroeg: 'Hoe verdacht?'

'Een van hen is geëlektrocuteerd,' zei Baglin. 'Een is uit een raam gevallen. En de derde heeft een fatale dosis paddengif binnen gekregen.'

'Op welke manier binnen gekregen?' vroeg Reacher.

'Pardon?'

'Oraal of anders?'

'Is dat hier relevant?'

'Het gaat om de nauwkeurigheid. En volgens mij is nauwkeurigheid altijd relevant. Vooral wanneer er levens op het spel staan.'

Baglin keek Reacher even geïrriteerd aan, wendde zich toen af en zei: 'Onze werkhypothese is dat een vijandelijke agent deze mannen heeft gedood in een poging informatie boven tafel te krijgen die tegen de Verenigde Staten zou kunnen worden gebruikt. Drie mannen van het team zijn nog in leven. Er worden voorzorgsmaatregelen genomen om hun veiligheid te garanderen, maar de minister is niet tevreden met een afwachtende houding. Hij wil dat de dader wordt geïdentificeerd en een halt wordt toegeroepen. En daar hebben we jullie voor. De identificatie van verdachten. Het leger en de CIA zijn erbij omdat die organisaties gezamenlijk verantwoordelijk waren voor de researchoperaties in de jaren zestig. De FBI is van de partij in zijn hoedanigheid van binnenlandse veiligheidsdienst en het ministerie van Financiën voor het geval we ernaast zitten en iemand gewoon probeert industriële geheimen te stelen. Er is voor ieder van jullie een kantoor ingericht met een telefoon, faxapparaat en kantoorartikelen. Onderdak wordt voor zo lang als nodig is geboden in een plaatselijk hotel. Zijn er nog vragen?'

Reacher stak zijn hand op. 'Is er losgeld geëist?'

Baglin schudde zijn hoofd. 'Nee.'

'Zijn er slachtoffers gevallen onder wetenschappers die aan andere biowapenprogramma's hebben meegewerkt?'

'Niet dat ik weet.'

'Gaat u dat uitzoeken?'

'Ik zal het navragen. Welnu...'

'Nog één ding,' zei Reacher. 'U zei dat er voorzorgsmaatregelen zijn genomen om de veiligheid van de andere wetenschappers van Project 192 te garanderen. Wat voor voorzorgsmaatregelen?'

'Ze worden in de gaten gehouden, vierentwintig uur per dag, zeven dagen per week, door ervaren agenten.'

'Werd een van de andere slachtoffers ook in de gaten gehouden?'

'Kapitein, dit is niet het moment om met de vinger te wijzen of om punten te scoren tegen een andere dienst.'

'Dat is helemaal niet mijn bedoeling. Als we een net moeten uitwerpen, moeten we weten hoe fijnmazig het moet zijn. Dus moeten we weten waar we op vissen. De verschillende moordmethoden vertellen ons iets. Maar niet genoeg. De eerste man is geëlektrocuteerd, nietwaar? Iemand op die manier vermoorden is één ding. Dat onder de neus van ervaren agenten doen is iets heel anders. Dat vereist een hoge mate van competentie en zelfvertrouwen, wat op zijn beurt een bepaald soort en niveau van training en motivatie impliceert.'

'Ik begrijp het. Oké. Ja. Dr. Brown. Hij was thuis toen hij werd vergiftigd en zijn huis werd op dat moment geobserveerd.'

'Was hij het derde slachtoffer?'

'Klopt.' Baglin was even stil. 'Heeft er nog iemand vragen?'

De andere drie bleven zwijgen.

Baglin knikte. 'Goed dan. We komen hier morgenochtend om negen uur weer bijeen en dan verwacht ik van jullie de namen van de eerste verdachten naar wie volgens jullie een onderzoek moet worden ingesteld.'

10

Roberta en Veronica Sanson raapten alle touwen van het dek bijeen, rolden ze op en legden ze terug op hun plek. Ze vermoedden dat het een hele poos zou duren voordat de eigenaren de boot weer zouden zien. Ze wisten niet hoe opmerkzaam die mensen zouden zijn. Maar toch wilden ze niets achterlaten waaruit bleek dat de boot was gebruikt. Vooral vanwege het doel waarvoor die was gebruikt. Ongezien te werk gaan was een gewoonte. Dat was hun tweede natuur geworden. Daar hadden jaren van intensieve, zware training voor gezorgd.

Toen ze tevreden waren over de staat van *The Duchess* richtten ze hun aandacht op de *Pegasus*. Ze pakten elk stuk touw dat ze konden vinden en gooiden alles kriskras over het hele dek. Daarna manoeuvreerde Roberta, met alleen de lijn aan de achtersteven nog vast, de boot zo dat die ruwweg in de richting van Rymers huis wees, dat nu nog maar een stipje op de andere oever was. Ze zette de gashendel zo vast dat de motor net niet afsloeg. Toen wachtte ze tot Veronica terug op *The Duchess* was gesprongen en sprong achter haar aan. Ze sneed de laatste lijn door en zette koers naar de woning waar ze die morgen de boot hadden geleend.

Deze keer hadden de zussen een pick-up gestolen. Een Ford F150. Zo algemeen dat hij praktisch onzichtbaar was. Hoopten ze. Maar ze namen geen risico's. Ze durfden niet de kortste route terug naar vliegveld Stapleton te nemen, omdat ze dan voor de tweede keer in een paar uur tijd langs de agenten kwamen die het huis van Rymer in de gaten hielden. In plaats daarvan reden ze eerst in noordelijke richting, sloegen vervolgens af naar het oosten en ten slotte naar het zuiden, recht op Denver af.

'Nog twee man te gaan,' zei Roberta. Ze reed met één hand aan het stuur. Aan haar rechterhand had ze een wrijvingsbrandwond van het touw toen ze Rymer de eerste keer in het water liet zakken. 'De kans is dus fiftyfifty dat de volgende de naam kent die we zoeken.'

'Ik had liever gewild dat het absoluut zeker was,' zei Veronica.
Roberta glimlachte. 'Jammer dan.'
'Wie is de volgende gelukkige?'
'Geef me twee automerken. Geen Ford of Chevy.'
Veronica dacht even na en zei: 'Dodge. En Honda.'
Een minuut later wees Roberta door de voorruit. 'Daar. Een Honda Civic.' Honda was het tweede merk dat Veronica had gekozen, dus combineerde Roberta het met de tweede naam op haar mentale lijstje. 'Charlie Adam. Initialen CA. Woont in Californië. Symmetrie. Daar hou ik van.'

Reacher bracht de middag door in het gebouw buiten D.C., in een kamer verderop in de gang, die hem als kantoor was toegewezen. De inrichting was net zo saai als die van de receptie. Het bureau was klein en de stoel was krap voor iemand van Reachers postuur. Het enige raam keek uit op een leeg gedeelte van een parkeerterrein met daarachter een rij nietszeggende struiken die het parkeerterrein van de weg scheidden. Het was niet het soort plek waar hij bij voorkeur zijn tijd zou doorbrengen, maar hij was niet van plan te gaan klagen. Door de jaren heen had het leger hem naar een hoop plekken gestuurd die nog veel minder aangenaam waren. Verdomd als het niet waar was.

Reacher was er tamelijk zeker van dat Christopher Baglin, de man van het ministerie van Defensie, niet helemaal eerlijk was geweest. Hij dacht niet dat de man had gelogen, dat niet per se. Wat hij had gezegd lag waarschijnlijk dicht bij de waarheid. Het was alleen niet de hele waarheid. Reachers algemene standpunt als het ging om briefings van de hoge omes was dat ze onvolledig waren, tenzij het tegendeel was bewezen. Dat gold dubbel voor hoge omes die hij niet kende. En nog eens dubbel voor politici. Maar hij wist ook dat het weinig verschil maakte voor zijn huidige taak. Er waren wetenschappers vermoord. Daar bestond weinig twijfel over. Gebaseerd op wat hem was verteld, bestond de kans dat er een militair verantwoordelijk voor was. En drie potentiële slachtoffers waren nog in leven. Reacher wilde helpen dat zo te houden, dus pakte hij de telefoon. Zijn eerste telefoontje was naar het Chemisch Korps van het leger van de Verenigde Staten in Fort McClellan, Alabama. Het tweede was naar het administratiekantoor van het ministerie van Veteranenzaken, dat iets verderop zat, ook in D.C., op een steenworp afstand van het Witte Huis. Hij moest nog een derde telefoontje plegen, naar het Nationaal Militair Personeelsarchief, maar dat kon hij pas doen wanneer hij de lijst had ontvangen die hij bij Fort McClellan had opgevraagd.

Reacher inspecteerde het faxapparaat. Het deed niets. Hij hoopte dat hij niet iets moest inschakelen, instellen of programmeren voordat het werkte. Hij bekeek het van alle kanten en zag dat er aan de achterkant twee kabels uit kwamen. Een dikkere die was aangesloten op een wandcontactdoos en een dunnere die in een telefoonstopcontact was geplugd. Dat leek zinnig, dus koos Reacher willekeurig een knop op de voorkant van de machine en drukte erop. Een klein grijs scherm lichtte op en er klonk een schelle elektronische toon. Reacher ging ervan uit dat het betekende dat het ding gebruiksklaar was. Hij kon niets doen om de informatie die hij wilde hebben sneller te laten komen, dus ging hij terug naar de telefoon en belde agent Ottoway in Chicago. Hij liet een bericht voor haar achter op haar antwoordapparaat met de vraag of ze informatie kon zoeken over Amber Smith. Hij belde een makker bij de CIA en vroeg hem om zijn tanden in Kent Neilsen te zetten. Hij belde zijn broer Joe, die bij het ministerie van Financiën werkte, en liet een bericht achter over Gary Walsh. Daarna pakte hij een blanco vel papier en een pen. Hij schreef drie namen op. Die waren allemaal van soldaten die ongeoorloofd afwezig waren.

Plegers van kleine vergrijpen, die waarschijnlijk in de nabije toekomst onderaan het irritatielijstje van zijn eenheid zouden blijven hangen. Daarna pakte hij de hoorn weer op en belde een paar andere MP's die hem in de loop der jaren hadden geholpen of die hij nog iets schuldig was. Hij vroeg of ze nog namen op hun eigen lijstjes hadden staan. Als het waar was dat de minister van Defensie persoonlijk bij de operatie betrokken was, zouden ze alles op alles zetten. Zo werkte het nou eenmaal. Dan was er vast meer dan genoeg extra mankracht te krijgen. Voldoende om een paar extra schoften op te pakken. En het had geen zin om al die belastingcenten verloren te laten gaan.

De telefoon in het Pentagon ging om 15.13 uur Eastern Standard Time over. Niet de afgesproken tijd voor een telefoontje.

De man die opnam luisterde zwijgend, hing toen op en belde vervolgens het privénummer van Charles Stamoran.

Stamoran nam meteen op. Hij zei: 'Vertel.'

De man gaf het bericht door dat hij zojuist in zijn geheugen had geprent. 'Michael Rymer is dood. Verdronken. Zijn lichaam is om 11.38 uur in het meer achter zijn huis aangetroffen. De beveiligers die zijn huis in de gaten hielden werden gealarmeerd doordat ze zijn boot een paar honderd meter van zijn steiger aan de grond zagen lopen. Ze gingen op onderzoek uit, troffen de boot leeg aan en belden een reddingshelikopter. Een eerste onderzoek bevestigde dat er water in Rymers longen zat. Hij had een kneuzing op zijn borst die paste bij een val tegen de zijkant van de boot en schaafwonden op zijn enkels die erop duidden dat hij verstrikt was geraakt in een touw. Er lagen touwen over het hele dek verspreid, dus zijn dood kan een ongeluk zijn geweest als hij is gestruikeld, gevallen en overboord geslagen. Of de verwondingen kunnen bij toeval zijn ontstaan als hij uit wanhoop in het water is gesprongen in een poging zelfmoord te plegen.'

Stamoran hield de hoorn even bij zijn oor vandaan. Hij had nog nooit zo'n pietje-precies als Michael Rymer meegemaakt. Er was geen sprake van dat hij touwen los op zijn boot zou laten liggen.

Hij zou daar absoluut nooit in verstrikt zijn geraakt en zijn gestruikeld. De kans daarop was nul procent. Wat inhield dat er nog iemand op de boot was geweest. Iemand die hem had vermoord. Stamoran werd overvallen door een gevoel van opluchting. Dat duurde maar heel even, toen maakte de opluchting plaats voor schuldgevoel. Hij had bedacht dat als iemand in Colorado was om Rymer te vermoorden die persoon niet elders kon zijn om Pritchard op te sporen en te dwingen zijn geheim te onthullen. Nog niet in elk geval.

Stamoran bracht de hoorn weer naar zijn oor. Hij zei: 'Zodra iemand van de taskforce met een naam komt, wil ik dat daar onmiddellijk onderzoek naar wordt gedaan. Uitermate grondig. Ik wil dat elke steen, hoe groot of klein ook, wordt omgedraaid.'

Om tien over vijf werd er op Reachers deur geklopt. De deur ging open voor hij iets had gezegd en Amber Smith, de FBI-agente in de groep, kwam de kamer binnen.

Smith streek een losse pluk haar achter haar oor en zei: 'Ik kap ermee voor vandaag. Ik ga naar het hotel. Eens kijken waar ze ons in hebben gestopt. Wil je een lift? Het ziet ernaar uit dat je geen auto bij je hebt.'

Reacher keek naar het faxapparaat. Er waren nog geen nieuwe vellen uitgekomen sinds hij een paar uur geleden naar het Nationaal Militair Personeelsarchief had gebeld, en hij kon niet verder zonder de lijst waar hij om had gevraagd. Dus zei hij: 'Graag. Dank je.'

Een van de auto's was al weg tegen de tijd dat Reacher en Smith op de parkeerplaats aankwamen. De zwarte Impala. Dus stonden er alleen nog twee Crown Victoria's. Kent Neilsen, de man van de CIA, leunde tegen een ervan. De blauwe. Zijn pak was zo gekreukt dat het leek alsof hij net was overreden.

'Hebben jullie honger?' vroeg Neilsen. 'Ik wel. Ik ken een tent in de buurt van het hotel. Wat zeggen jullie ervan als we ons even installeren in onze kamers en dan een hapje gaan eten?'

Smith haalde haar schouders op. 'Ik zie niet in waarom niet.'

Reacher hing het principe aan dat je moest eten wanneer je kon zodat je niet hoefde te eten wanneer je dat niet kon. 'Ik doe mee,' zei hij.

Neilsen liep naar het portier aan de bestuurderskant. 'Om zes uur in de hotellobby?'

Het hotel lag op ongeveer anderhalve kilometer van het kantoorgebouw. Reacher had meer nachten in hotels doorgebracht dan hij zich wilde herinneren. Vooral tijdens de jacht op voortvluchtigen, het zoeken naar bewijzen of het volgen van aanwijzingen. En vooral op plekken met tarieven die geen hartverzakking zouden veroorzaken wanneer het leger de rekening zag. Wat vaak evenredig was aan het soort faciliteiten die de hotels boden. Je kon gerust zeggen dat hij gewend was aan accommodaties die buitengewoon simpel en eenvoudig waren. Maar het hotel dat de taskforce had gekozen was wel het meest nietszeggende gebouw dat hij ooit had gezien als het om functioneel design ging. Er was werkelijk niets aanwezig wat niet honderd procent noodzakelijk was. Het telde drie verdiepingen, was uit lichte steen opgetrokken, met kleine ramen en een plat dak. Er was geen overkapping bij de ingang. Geen parkeerhulp. Zelfs de uithangborden waren niet verlicht. Ze moesten het doen met reflecterende verf.

Smith reed het parkeerterrein op, draaide haar Ford om en reed achteruit een parkeerplaats dicht bij het gebouw op, naast Neilsens auto. Aan de andere kant van het parkeerterrein zag Reacher een rij veel grotere parkeerplaatsen. Het juiste formaat voor touringcars. Hij betwijfelde of ze voor rockbands of sportteams zouden zijn. Dus misschien voor groepen scholieren, dacht hij. Hij had gehoord dat het gebruikelijk was dat kinderen D.C. bezochten wanneer ze in de tweede klas van de middelbare school zaten. Dat leek hem een goed idee. Hij had op jongere leeftijd het een en ander over de hoofdstad geleerd, maar al die informatie kwam uit een beduimeld boek vol ezelsoren in een vochtig klaslokaal aan de andere kant van de wereld. Dat was prima om feiten te leren, maar niet om een indruk te krijgen van de afmetingen en sfeer.

De check-in leverde geen problemen op, dus pakte Reacher zijn sleutel en liep met zijn tas naar zijn kamer op de eerste verdieping. Hij nam de trap en zag Smith uit de lift komen toen hij zijn deur opende. Ze had de kamer naast de zijne.

De inrichting van zijn kamer voldeed slechts aan het absolute minimum. Alleen de meest essentiële zaken waren aanwezig. Een bed. Een dressoir. Een stoel. Een plank aan de muur die in geval van nood gebruikt kon worden als bureau. Een kleerkast met hangertjes die vastzaten aan de roede om te voorkomen dat mensen ze meenamen. En een badkamer met zeep en shampoo in dispensers die aan de muur vastzaten. Reacher vermoedde dat het veel goedkoper was om die bij te vullen dan voor elke gast nieuwe miniflesjes neer te zetten.

Neilsen stond al te wachten bij de receptie toen Reacher om één minuut voor zes beneden kwam. Smith kwam twee minuten later en Neilsen liep zonder een woord te zeggen naar de deur.

'Waar is Walsh? De man van Financiën?' vroeg Reacher.

Neilsen liep door. 'Geen idee. Hij was al weg toen wij besloten het kantoor te verlaten en zijn auto is hier nergens te zien. Ik denk dat hij ergens anders overnacht.'

De bar die Neilsen in gedachten had, was een paar honderd meter van het hotel verwijderd, verder van de stad weg. Ze besloten te gaan lopen. Het was niet echt een aangename avond. De lucht was zwanger van de uitlaatgassen van al het verkeer in de buurt en het was gaan motregenen, maar Reacher vond het niet erg. Hij had de hele morgen in treinen, vliegtuigen en taxi's gezeten en de hele middag in vergaderkamers en kantoren doorgebracht, dus hij was blij dat hij zijn benen kon strekken.

Het gebouw waar ze naar op weg waren had één verdieping. Op de eerste zaten een nagelsalon en een pruikenmaker. Twee zaken waar Reacher geen enkele belangstelling voor had. De hele begane grond werd in beslag genomen door de bar. De opzet was om die eruit te laten zien alsof er nog steeds aan werd gewerkt. Voor de ingang hing een dik plastic vel met een rits erin, dat als deur diende. De bar zelf was gemaakt van steigermateriaal, met ruw gevormde planken, hoekjes en nissen voor de flessen en glazen. De keuken was aan de andere kant van een muur met een gat erin, dat de indruk moest wekken alsof het door een sloophamer was gemaakt. De tafels waren gemaakt van industriële kabelhaspels en in plaats van gewone stoelen stonden er houten kratten bij.

Smith bleef bij de ingang staan. Er waren geen andere klanten te zien. 'Weet je dit wel zeker?' vroeg ze.

Neilsen keek serieus. 'Wacht maar tot je het eten proeft. En ze mixen een geweldige Old Fashioned. Geloof me.'

Ze kozen een tafel in de hoek het verst van de bar en binnen een minuut kwam er een serveerster naar hen toe. Ze droeg een overall, reusachtige werkschoenen zonder veters en had een rode bedrukte bandana om haar hoofd. Reacher vermoedde dat ze voor de stoere Rosie the Riveter-look ging en vroeg zich af of dat haar eigen keus was of een eis van het management. Neilsen bestelde een glas champagne. Reacher en Smith vroegen om bier.

'Heb je iets te vieren?' vroeg Smith nadat de serveerster terug was gelopen naar de bar.

'Ik denk het,' zei Neilsen. 'Ik bedoel, mijn hart klopt nog steeds. Ik sta nog steeds overeind. Dat moet toch wel iets waard zijn, niet dan?'

De serveerster bracht hun bestelling. Neilsen nam een slok en zei: 'En, wat denken jullie? Gaan we het land redden van een fanaticus die het probeert te chanteren?'

Smith haalde haar schouders op. 'We gaan het in elk geval proberen, denk ik.'

Reacher zei niets.

Neilsen zette zijn glas neer. Hij keek plotseling overdreven ernstig. 'Dit is hoe ik onze situatie zie. We moeten elkaar vertrouwen. We moeten samenwerken. Als we dat doen, redden we het misschien. Zo niet, dan zijn we genaaid.'

'Hoe bedoel je dat?' vroeg Smith.

Neilsen zei: 'We hebben allemaal lijken in de kast, nietwaar? Dat is de reden dat we hier zijn. Degenen die door het ministerie van Defensie zijn gebeld, hebben onze namen doorgegeven. Ze hebben ons niet zomaar willekeurig gekozen. We zijn vervangbaar. Deze hele zaak is een onvermijdelijke treinramp. Wanneer de trein van de rails raakt, moeten we ervoor zorgen dat we er niet mee verongelukken en verbranden. We moeten nu beslissen. Kunnen we elkaar vertrouwen? Of niet?'

Smith en Reacher bleven zwijgen.

'Jullie weten dat ik gelijk heb,' zei Neilsen. 'Zeg me dat jullie vanmiddag in jullie hokjes niet als eerste de telefoon hebben opgepakt en vragen hebben gesteld over de andere drie. Om te zien wat voor vuiligheid jullie konden vinden.'

'Het was niet het eerste…' zei Smith.

'Maar je hebt het wel gedaan,' zei Neilsen.

Smith knikte. Reacher gaf geen krimp.

'Mooi.' Neilsen glimlachte weer. 'We mogen dan te laat zijn voor het happy hour in de Last Chance Saloon, maar jullie zijn in elk geval geen volstrekte idioten.' Hij wendde zich tot Reacher. 'Denk je dat we door iemand van jullie worden gechanteerd?'

'Ik denk niet dat we worden gechanteerd.'

Neilsen knikte. 'Dus daarom vroeg je Baglin naar losgeldbriefjes en aanslagen op mensen van andere projecten. Maar als onze man niet naar chantagemateriaal op zoek is, waar is hij dan mee bezig? Wat wil hij?'

'Wraak. De moorden? Die lijken me persoonlijk.'

'Dat was ook mijn conclusie,' zei Neilsen.

'Als iemand die bij het project betrokken was achter de moorden zit, is het zeker weten geen chantage. Diegene zou weten wat er gebeurd is, omdat hij er deel van uitmaakte. Dan zouden er geen andere mensen gedwongen hoeven worden informatie te geven.'

Neilsen knikte weer. 'Precies. En hij zou er onmogelijk mee wegkomen. Als het moorden stopt terwijl er nog maar één man in leven is, kan hij net zo goed een bekentenis in de *New York Times* laten afdrukken.'

'Daar ben ik het mee eens,' zei Reacher. 'Daarom denk ik dat het een familielid is van iemand die door het project ernstig is beschadigd, langdurig letsel heeft opgelopen of invalide is geworden.'

'En dat zou een militair kunnen zijn?'

Reacher ademde langzaam uit. 'Zou kunnen. Bedenk even wat voor training die man gehad moet hebben. Een man vermoorden in een ziekenhuis zonder dat iemand van het personeel je opmerkt? Dan een huis binnengaan, een man vermoorden en weer vertrekken terwijl dat huis door professionals in de gaten wordt gehouden? Dat zijn geen dingen die zomaar iedereen kan doen.'

'Het zou dus iemand uit het leger kunnen zijn,' zei Neilsen. 'Maar net zo goed iemand van de CIA. Hoe wil je hem vinden?'

'Beginnen met iedereen die bij die onderzoekseenheden heeft gewerkt. Kijken wie er een zoon, kleinzoon of neef in het leger heeft. Of wie er zelf in het leger heeft gezeten. Dan als eerste kijken naar de oldtimers die onlangs zijn gestorven of de diagnose terminaal hebben gekregen. Iemand die een reden had of heeft om eindelijk wat dingen recht te zetten.'

'Dat is een goede methode. Onze gegevens zijn anders opgeslagen, maar ik doe in feite hetzelfde. Ik vraag me af of iemand van ons de jackpot zal winnen.'

Smith nam nog een laatste slok bier en zette het flesje neer. 'Dat gaat niet gebeuren,' zei ze. 'Jullie hebben het allebei mis. De Sovjets zitten erachter.'

'Dat kan niet,' zei Neilsen. 'Er zijn geen Sovjets meer. Ze hebben verloren.'

Smith snoof. 'Natuurlijk zijn die er nog. De Sovjet-Unie is uiteengevallen, zeker. Maar de KGB niet. Dat ze nu een andere naam hebben, maakt geen verschil. Je zult het zien. En hun agenten zitten hier nog steeds. Die zijn vreselijk fanatiek. Ware gelovigen. Ze zullen het gevecht hun hele leven lang voortzetten, ongeacht wat er verder in de wereld gebeurt.'

'Misschien.'

'Zeker weten. Kijk naar de sterfgevallen. Niemand kan bewijzen dat het geen ongeluk of zelfmoord was, maar kom op, zeg.

Iedereen met een beetje verstand snapt dat die wetenschappers vermoord zijn. Ze hebben er zelfs een term voor: "moord door ogenschijnlijke zelfmoord". Die gasten geven een signaal af. Ze maken duidelijk dat ze wie dan ook, waar dan ook, wanneer dan ook kunnen vermoorden en dat niemand er iets tegen kan doen. Ze zullen de rest van de wetenschappers een voor een te grazen nemen, op bizarre, opvallende manieren, en dan brengen ze de shit die ze gaandeweg over het project te weten zijn gekomen in de openbaarheid. Het kan nog jaren duren voor ze dat doen. Wanneer ze denken dat het het meeste schade veroorzaakt. Jullie hebben geen idee hoelang de spelletjes duren die die kerels spelen.'

Terwijl Reacher en de anderen van het taskforce zaten te praten, reden Roberta en Veronica Sanson in Californië, ten zuiden van L.A., in een gestolen Jeep Grand Cherokee langs de kust. Ze volgden een nieuwe werkwijze. Een keer langs het huis van het doelwit rijden alvorens zich ergens buiten het bereik van de bewakers terug te trekken voor de nacht. Alleen zagen ze deze keer twee overheidsauto's op strategische plaatsen geparkeerd staan.

Roberta keek naar Veronica terwijl die over de kronkelweg bij Charlie Adams huis wegreed. 'De lampen waren aan. Ze waren thuis. Dat is goed.'
'Maar heb je die auto's gezien?'
Roberta knikte.
'Adam was thuis. En zijn vrouw ook.'
'Dat is jammer.'
'Wat doen we nu? Wachten?'
'Nee. Wachten verhoogt het risico.
'Wat dan?'
'Er deze keer moord annex zelfmoord van maken, denk ik.'

Reacher bestelde een steak en nam nog een biertje voor hij overstapte op koffie. Smith nam een zalmsalade en nog drie biertjes. Neilsen had een burrito met alle mogelijke opties ertussen en nog drie glazen champagne, waarna hij overstapte op whisky. Veel whisky. Het gesprek ging met horten en stoten terwijl ze aten en dronken en op nieuwe glazen wachtten. Ze hadden het vooral over oppervlakkige details zoals plaatsen waar ze hadden gediend en maakten nu en dan summiere opmerkingen over de hoogte- en dieptepunten in hun persoonlijke leven. Smith en Neilsen onthulden meer dan Reacher. En beiden leken meer diepte- dan hoogtepunten te hebben gekend. Reacher dacht inmiddels dat Neilsen gelijk had gehad wat betreft de reden dat zij voor de klus waren gekozen. Als het de verkeerde kant opging en er zondebokken nodig waren, hadden zij alle vier bij voorbaat al een schietschijf op hun rug. In fluorescerende verf.

Susan Kasluga stond in haar kleedkamer met in elke hand een kleerhanger. Aan de ene hing een marineblauw pak. Aan de andere een zwart pak. Ze probeerde uit die twee te kiezen. Ze vond het altijd prettig voordat ze naar bed ging haar outfit voor de volgende dag uit te zoeken omdat ze geloofde dat dat hielp tegen beslissingsvermoeidheid. Hoewel ze wist dat de meeste mensen het een idioot idee vonden, trok zij zich daar niets van aan. Ze had er zo'n beetje alles voor over om anderen voor te zijn.

Nog voordat ze een beslissing had genomen, verscheen Charles Stamoran in de deuropening. 'Wat ben je aan het doen?' vroeg hij.

'Wat denk je? Ik kan morgen niet in mijn pyjama naar kantoor.'

'Je zou helemaal niet naar kantoor moeten gaan. Nog zeker een paar dagen niet.'

'We hadden afgesproken dat ik twee dagen thuis zou blijven. Dat heb ik gedaan. Nu is het genoeg.'

'Susie, het is niet veilig.'

'Hebben jullie die man niet gepakt?'

'Nog niet.'

'Dat is dan jouw probleem. Niet het mijne.'

'Het zal een probleem voor ons allebei zijn als die maniak jou te pakken krijgt.'

'Heeft hij nog meer wetenschappers vermoord?'

Stamoran knikte. 'Geoffrey Brown en Michael Rymer.'

'Dat is erg. Maar ik kende ze niet echt goed. In ieder geval heeft hij Neville Pritchard niet te pakken gekregen. Dus ben jij veilig. En dus ben ik veilig. Einde discussie.'

'Hij zou Pritchard morgen te grazen kunnen nemen. Of vanavond.'

'Dat gaat niet gebeuren.'

'Dat weet je niet.'

'Noem het intuïtie. Noem het wat je wilt, maar ik ga weer naar kantoor.'

Stamoran hoorde de harde klank in haar stem. Hij kende haar lang genoeg om te beseffen dat het geen zin had te blijven ruziën, dus zei hij: 'Oké dan. Terug naar kantoor. Maar je krijgt wel bewaking mee.'

Kasluga hing het zwarte pak terug in de kast en zei: 'Is al geregeld.'

Het weer was opgeklaard toen Reacher, Smith en Neilsen de bar verlieten. Neilsen ging voorop, licht zwalkend en een paar keer bijna struikelend over oneffenheden in het trottoir. Smith hield een beetje afstand. Ze bleef naast Reacher lopen, iets dichter bij hem dan op de heenweg. Reacher weet het aan het bier. Bij het hotel zagen ze de auto van Walsh staan, twee parkeervakken voorbij de auto van Smith.

Neilsens kamer was op de eerste verdieping, aan de andere kant van die van Smith. Hij mompelde iets wat misschien welterusten was, haalde zijn sleutel tevoorschijn en liet hem vallen. Reacher raapte hem op. Hij opende de deur, duwde Neilsen naar binnen en gooide de sleutel achter hem aan. Reacher draaide zich om en zag Smith in haar eigen deuropening staan. Ze glimlachte en zei: 'Welterusten.'

11

Reacher werd de volgende morgen om zes uur wakker. Twee minuten later hoorde hij voetstappen op de gang. Iemand die langzaam en voorzichtig liep, die probeerde geen geluid te maken. Toen werd er een briefje onder de deur door geschoven. De voetstappen verdwenen, sneller nu. Reacher stapte uit bed en keek door het spionnetje in de deur. Hij zag de rug van een vrouw, vervormd door de lens, maar duidelijk genoeg om Amber Smith te kunnen herkennen. Ze had haar schoenen in haar hand.

Reacher raapte het stukje papier op en vouwde het open. Smiths handschrift was groot en puntig. Ze zei dat ze hem niet kon meenemen naar kantoor omdat ze vroeg moest beginnen. Ze verwachtte een update over enkele vragen die ze de vorige dag had gesteld. Ze verwachtte een belangrijke doorbraak. Dus ze stelde voor dat Reacher met Neilsen zou meerijden en ondertekende met haar initialen.

Reacher gooide het briefje in de prullenbak, nam een douche, kleedde zich aan en ging naar beneden, op zoek naar een ontbijt. Hij at twee bagels met roomkaas, dronk twee koppen koffie en verliet het hotel zonder Neilsen te hebben gezien. Het kostte hem veertien minuten om naar het gevorderde gebouw te lopen en toen hij er aankwam, zag hij dat er sinds de vorige dag een bewaker was geïnstalleerd. Hij liet zijn ID zien en liep de gang door naar de kamer die hem was toegewezen.

Binnen zag Reacher dat er 's nachts twee dingen waren veranderd. Er was een nieuw vel uit de fax gekomen, en het lampje van het antwoordapparaat brandde niet meer continu. Het knipperde. Het flitste drie keer op, daarna volgde een korte pauze, dan weer drie keer een flits en een pauze, alsof het apparaat voortdurend de 's' in morsecode herhaalde. Reacher ging op de stoel zitten en drukte op het knopje 'Berichten beluisteren'. De eerste stem die hij hoorde was die van agent Ottoway uit Chicago. Ze had iemand gevonden die een jaar of wat geleden met Amber Smith had samengewerkt. Smith was kennelijk een goede agent geweest, maar was ontspoord na een familietragedie. Daarna kwam een boodschap van Reachers vriend bij de CIA. Hij was erachter gekomen dat Kent Neilsen ooit razendsnel carrière had gemaakt. Hij had zoveel uitstekend werk geleverd dat hij wel een paar potjes kon breken bij zijn bazen, maar er werd gefluisterd dat hij hard op weg was die goodwill kwijt te raken. Er waren nog mensen die hem steunden, maar weinigen die verwachtten dat hij weer op zijn oude niveau zou komen. De laatste beller was Reachers broer Joe. Zijn bericht was het kortst, wat Reacher niet verbaasde. Joe zei alleen dat hij niets over ene Gary Walsh bij het ministerie van Financiën kon vinden. Hij adviseerde Reacher om voorzichtig te zijn en hing toen op.

Reacher was niet erg verbaasd over de eerste twee berichten na wat hij in de bar – en na hun vertrek daar – had gehoord en gezien. Joe's informatie zat hem meer dwars. Zijn broer was grondig. Als er iets over Walsh te vinden was, zou Joe het absoluut niet over het hoofd hebben gezien. Reacher zou dieper moeten graven. Maar niet meteen. Hij had werk te doen voor de bijeenkomst van die ochtend. Hij pakte de nieuwe fax op. Die was van het Nationaal Militair Personeelsarchief. Hij legde het vel papier op zijn bureau naast de twee berichten van de vorige dag en bekeek de namen, op zoek naar verbanden die een moordenaar zouden kunnen ontmaskeren.

De hond redde Lucy Adam het leven. Sophie. Een golden retriever.
Lucy en Charlie ontbeten samen op hun patio, tussen de glazen balustraden bovenaan het klif en de achterkant van hun huis.

Yoghurt, fruit, koffie en sinaasappelsap. Charlie zou de voorkeur hebben gegeven aan een omelet of iets met bacon en worstjes, maar gezien de moeite die het hem tegenwoordig kostte om zijn broek dicht te krijgen, vermoedde hij dat er wel iets moest veranderen. Hij was er niet blij mee. Hij was 's morgens toch al niet het zonnetje in huis en zijn nieuwe dieet maakte zijn humeur er niet beter op. Hij at fronsend, ineengedoken, nors en zwijgend, en toen Sophie haar speeltje bij zijn voet liet vallen, schopte hij het gewoon weg.

'Kom mee, meid.' Lucy stond op en keek haar echtgenoot boos aan. 'Let maar niet op meneer Brombeer. Wij gaan lekker wandelen.'

Charlie wachtte tot zijn vrouw haar schoenen had gevonden, de hondenriem had gepakt en in noordelijke richting over het pad over het klif verdween en duwde toen zijn schaaltje weg. Hij kwam met moeite uit zijn stoel overeind en liep de keuken in. Een minuut later kwam hij weer naar buiten met een zak croissants in zijn hand, maar hij ging niet zitten. Hij bleef bij de tafel staan en spitste zijn oren. Hij meende een stem te hebben gehoord. En hij hoorde het weer. Iets luider nu. Van ergens op de top van het klif. Het was een vrouwenstem, die maar één woord zei: 'Help!'

Charlie liet de croissants op tafel vallen en haastte zich naar de balustrade. Hij boog eroverheen, keek omlaag en zag iemand. Een meter lager. Een vrouw. Misschien eind twintig. Slank en fit. Met donker haar. Ze lag op een van de smalle richels die de afgelopen millennia door de wind en het water in de rotswand waren uitgesleten. Ze moest vanaf het strand ver beneden hen naar boven zijn geklommen. Niet eenvoudig, maar het was te doen. Charlie had een paar verschillende routes uitgezet, jaren geleden, toen ze het huis net hadden gekocht. Toen hij een stuk jonger was. En een heel stuk lichter. Er waren een paar lastige plekken, maar die zaten allemaal veel lager. De vrouw was veilig waar ze nu was. Er was daar geen gevaar dat ze zou vallen. Tenzij ze er afrolde, met opzet. Charlie keek of ze gewond was. Voor zover hij kon zien was dat niet het geval. Geen bloed aan haar hoofd of op haar kleren. Geen armen of benen in een rare houding. Heb je hulp nodig?' vroeg hij.

'Nee, maar jij wel,' zei de vrouw.

Er sloeg iets keihard tegen Charlies rug. Door de kracht van de klap werd hij tegen de balustrade gesmakt. Zijn heupen drukten tegen de bovenrand en zijn bovenlijf sloeg eroverheen, waardoor hij dubbelgebogen naar houvast zocht. Hij probeerde zich op te richten, maar kon zich niet verroeren. Er drukte een gewicht op hem. Twee zelfs, besefte hij. Twee handen tussen zijn schouderbladen.

Roberta Sanson ging rechtop zitten en zei: 'Er is maar één persoon die je kan helpen, Charlie. En dat ben jij.' Ze haalde een velletje papier uit haar zak en hield het voor Charlies gezicht. 'Lees die namen. Vertel me wie er ontbreekt.'

'Dat kan ik niet. Ik heb mijn leesbril niet op,' zei Charlie.

Roberta schudde haar hoofd en stopte de lijst weg. 'Oké. Noem ze dan zelf maar op. De namen van iedereen die deel uitmaakte van jullie onderzoeksteam. India, 1969.'

Charlie reageerde niet.

Roberta pakte zijn polsen vast. Veronica haalde de druk van zijn rug, pakte zijn enkels vast en begon te tillen.

'Nee!' Charlie trapte en kronkelde. Hij probeerde zichzelf te bevrijden, maar drukte alleen maar zijn bekken harder tegen de dunne glazen rand. 'Laat me los!'

'Dat doen we,' zei Roberta. 'Zodra je ons de ontbrekende naam vertelt, laten we je los en zul je ons nooit meer zien. Dat beloof ik je.'

Charlie zweeg nog even. De pijn in zijn heupbotten werd ondraaglijk. Hij jammerde en noemde toen achter elkaar zes namen.

'En?'

'En wat? Dat zijn ze allemaal.'

'Nee, er ontbreekt er nog een.'

'Dat is niet waar.'

'Jawel. Kom op met die laatste naam.'

'Er is verder niemand. Dat weet ik zeker. Ik was er vanaf het begin bij.'

'Owen Buck zei van wel.'

'Buck was gek. Hij was paranoïde. Hij had het altijd over geheimen en naar de autoriteiten stappen. Maar hij deed het nooit. Weet je waarom? Omdat er niets te vertellen was.'

'Er was genoeg te vertellen. Dat heeft hij tegen ons gezegd. We geloofden hem. Dus nu willen we die naam.'

'Ik ken geen andere naam.'

'Laatste kans.'

'Er ís niemand anders!'

'Oké. Als je het zo wilt spelen.'

Veronica tilde Charlies benen hoger op, tot hij omlaaggleed en zijn handen de richel onder de balustrade raakten. Roberta stond op en sloeg haar armen om zijn knieën. Veronica sprong over de balustrade en pakte zijn rechterbeen vast. Roberta pakte het linkerbeen. Ze keek haar zus aan en zei geluidloos: *één, twee, drie.* Toen duwden ze zijn benen naar voren, richting de oceaan. Daardoor zwaaide hij over de smalle richel heen en tuimelde omlaag Hij kreeg steeds meer vaart en stuiterde tegen de rotsen tot hij het strand raakte. Hij kwam op zijn hoofd terecht, zakte diverse centimeters weg in het zand en brak zijn nek.

Christopher Baglin opende de bijeenkomst met het nieuws over de verdrinking van Michael Rymer.

Niemand zei iets toen hij was uitgesproken. De sfeer was drukkend. Gary Walsh tuurde uit het raam. Amber Smith keek alsof ze kwaad was. Kent Neilsen zag eruit alsof hij onder een heg had geslapen en niet wist hoe hij hierbinnen terecht was gekomen.

Baglin zei: 'Het feit dat er weer iemand is vermoord, hoewel hij nauwlettend in de gaten werd gehouden, laat zien met wat voor soort dreiging we te maken hebben. Dus ik heb namen nodig, Reacher, jij eerst. Wat heb je?'

Reacher schoof een vel papier over de tafel. Er stonden vijf namen op. Vier daarvan kwamen van de lijstjes die hij in zijn kantoor verderop in de gang had samengevoegd. Hij had er meer verwacht, maar dit was alles wat door de data werd ondersteund.

Er hadden in 1969 3798 officieren en manschappen in het Chemisch Korps gezeten. Van hen hadden er 157 kinderen die ook in het leger waren gegaan. En maar één van die kinderen was ongeoorloofd afwezig geweest ten tijde van de moord, plus nog eens drie die de dienst hadden verlaten.

'Betrouwbaarheidsniveau?' vroeg Baglin.

'Laag tot zeer laag.'

Baglin knikte. 'Smith?'

Smith gaf hem een dubbelgevouwen vel papier. Baglin vouwde het open en Reacher zag zes namen, netjes onder elkaar. Ze waren geschreven in hetzelfde puntige handschrift dat hij in het hotel had gelezen.

Smith zei: 'Met alle respect voor de andere mensen hier, sir, maar ik geloof dat hun benadering onjuist is. Mijn onderzoek doet vermoeden dat we niet te maken hebben met een enkele persoon die diverse moorden heeft gepleegd, maar met een aantal moordenaars die voor dezelfde organisatie werken. Hetzelfde hoofd, verschillende handen. Dat verklaart de inconsistentie in de modi operandi van de moorden.'

Baglin ging wat rechter zitten. 'Interessante theorie. En de organisatie?'

'Het zijn beroeps-KGB'ers. Andere naam, zelfde werkzaamheden.'

'Betrouwbaarheidsniveau?'

'Hoog tot zeer hoog.'

'Mooi. Dan kijken we daar als eerste naar. En jij, Walsh?'

Walsh maakte zijn blik met moeite los van het raam en zei: 'Ik heb niets.'

'Niets? Geen enkele naam?'

'Niets. Het soort werk dat die mannen deden en het soort materiaal waarmee ze te maken hadden, heeft niet echt een civiele toepassing. Ik kan veilig zeggen dat mijn bron droogstaat.'

Baglin keek Walsh kwaad aan en vervolgde toen: 'Neilsen?'

Neilsen haalde een vel papier uit zijn jaszak en gaf het aan Baglin. Het was verbazingwekkend glad en er stonden vier namen op, netjes geschreven in kobaltblauwe inkt. 'Betrouwbaarheid? Ook laag tot zeer laag. Ik wou dat ik iets anders kon zeggen, maar het is gewoon een feit.'

Baglin legde de drie vellen papier op elkaar, streek ze glad, stond op en zei: 'Ga door. Pijnig jullie hersenen. Denk lateraal. Lees theebladeren of werp kippenbotjes als het moet. Als je maar zorgt dat ik meer namen krijg voor het geval deze niets opleveren. Ik laat vanmiddag semafoons bij jullie bezorgen. Draag die continu bij je. Als zich buiten werktijd iets voordoet, wil ik dat jullie binnen een kwartier hier zijn. Vragen?'

'Nog iets gehoord over aanslagen op wetenschappers van andere projecten?' vroeg Reacher.

Baglin schudde zijn hoofd. 'Nee. Alleen dit project.'

De telefoon in het Pentagon ging om 11.21 uur Eastern Standard Time over. Niet de afgesproken tijd voor een telefoontje.

De man die opnam luisterde zwijgend, hing toen op, liep naar het kantoor van zijn secretaresse en belde het nummer van Charles Stamorans autotelefoon. Stamoran had net plaatsgenomen op de achterbank na een bespreking in het Witte Huis, die niet zo goed was verlopen als hij had gehoopt. Hij nam op en zei: 'Dit kan maar beter goed nieuws zijn.'

De man van het Pentagon haalde even diep adem. 'Charlie Adam is dood,' zei hij toen. 'Hij is vanaf de patio van zijn huis van een klif gevallen. Zijn vrouw kwam terug nadat ze de hond had uitgelaten en merkte dat hij weg was. Ze dacht eerst dat hij naar de winkel was gegaan, maar zijn auto stond nog in de garage. Toen zag ze dat er meer meeuwen dan normaal rondvlogen en omlaagdoken naar het strand. Ze keek naar beneden en zag zijn lichaam. Het was er beroerd aan toe. De patholoog-anatoom bevestigde dat hij is overleden aan de verwondingen die hij tijdens de val heeft opgelopen. De patio heeft een veiligheidsbalustrade die voldoet aan de lokale bouwverordening, dus zijn val kan geen ongeluk zijn geweest. Tenzij meneer Adam er vrijwillig overheen is geklommen en toen is uitgegleden of zijn evenwicht heeft verloren.

De agenten bevestigden dat er niemand het huis in of uit is gegaan, dus een misdrijf is onwaarschijnlijk. Mevrouw Adam gaf toe dat haar man recent tekenen van depressie vertoonde, maar wees het idee dat hij zelfmoord zou hebben gepleegd van de hand.'

Stamoran legde zijn hoofd tegen het zachte leer van de rugleuning. Charlie Adam was degene van het project die hij het minst goed kende. Hij had hem altijd prikkelbaar en een beetje ijdel gevonden. Hij kon geen gefundeerde mening geven over wat Adam al dan niet zou doen in een bepaalde situatie. Alleen deze. Hij wist zeker dat Adam niet was naar beneden was gesprongen. En hij wist ook zeker dat hij niet naar beneden was gevallen. Hoe 'onwaarschijnlijk' ook, dit was een misdrijf. Daar twijfelde hij niet aan. Want dit draaide niet om Adam. Het draaide om degene die de wetenschappers een voor een van kant maakte. Nu was er nog maar eentje over. Pritchard. En Pritchard werd nog steeds vermist. Een omstandigheid die in hun voordeel zou kunnen werken. Maar evengoed niet. Hoe vervelend Stamoran het ook vond het te moeten toegeven, misschien was het tijd om aan het nemen van noodmaatregelen te denken.

Stamoran ging rechtop zitten. 'Dit heeft één voordeel,' zei hij. 'We weten waar die man hierna zal toeslaan. We weten dat Pritchard er niet zal zijn. We kunnen zorgen dat hem een verrassing wacht. Maar ik wil iemand om op terug te kunnen vallen, mocht dat noodzakelijk zijn. Runt Baglin de taskforce?'

'Ja, sir.'

'Zeg hem te blijven zoeken naar namen. Als we die klootzak kunnen identificeren voordat hij bij Pritchards huis aankomt, des te beter. Maar zeg ook dat hij zijn focus moet verleggen. Ik wil dat hij nog iets anders voor me uitzoekt.'

Om 13.00 uur werd er een semafoon afgeleverd in Reachers kantoor. Hij had artsen en zakenlui rond zien lopen met een pieper aan hun riem, maar dat zag hij zelf niet zitten. Hij dacht dat het er minder opschepperig uit zou zien als hij het ding in zijn jaszak stopte. Om 13.05 uur begon het ding te piepen. Eerst zacht, maar tegen de tijd dat hij het uit zijn zak had gehaald en een knopje had gevonden dat hij kon indrukken, piepte het luid en nijdig. Reacher stopte het terug in zijn zak. Hij dacht dat het waarschijnlijk een soort testprocedure was geweest, of een bevestiging dat het apparaatje geactiveerd was. Toen hoorde hij slaande deuren en gehaaste voetstappen op de gang en besefte hij dat het een serieuze oproep moest zijn geweest.

Christopher Baglin zat al op zijn stoel aan het hoofd van de tafel toen Reacher de kamer binnenstapte. De andere drie aanwezigen gingen net zitten. Reacher liep naar zijn plaats, ging zitten en sloeg zijn armen over elkaar. Hij kon aan de gezichtsuitdrukking en afhangende schouders van Baglin zien dat er nog meer slecht nieuws aankwam.

'We zijn er weer een kwijt.' Baglin keek hen een voor een aan. 'Weer een wetenschapper van Project 192. Charlie Adam. Officieel is hij van een klif achter zijn huis in Californië gesprongen, of gevallen. Maar laten we realistisch zijn. Zoveel toeval, daar trapt niemand in. Hij is vermoord door dezelfde persoon die zijn collega's om het leven heeft gebracht.'

'Of door een andere persoon van dezelfde organisatie,' zei Smith.

Baglin keek haar kwaad aan en zei toen: 'Ik neem aan dat we teamwork in dit stadium niet kunnen uitsluiten, maar het punt is dit: er is nog maar één wetenschapper in leven. Uiteraard zullen de inspanningen om hem te beschermen tot het maximale worden opgeschroefd. Maar we hebben al gezien dat onze dader er behoorlijk goed in is de beveiliging te omzeilen. Hij lijkt wel een geest. Het zou veel veiliger zijn om hem te onderscheppen voordat hij te dichtbij komt. Daarvoor moeten we hem identificeren. Dus ik wil dat jullie breder zoeken. Creatiever denken. Kortom, ik heb meer namen nodig. En wel gisteren. Begrepen?'

Vier personen rond de tafel knikten.

'Mooi zo,' zei Baglin. Als jullie iets interessants vinden, piep me dan op. Gebeurt dat niet, dan zien we elkaar morgenochtend weer om negen uur. En nog één ding. Reacher en Neilsen, jullie hebben gekeken naar verwanten van wetenschappers uit de jaren zestig binnen onze diensten. Mensen die recent zijn overleden of ernstig ziek zijn. Dat is uitstekend. Een logische gedachte. Maar ik wil dat jullie het uitbreiden. Het is niet per se noodzakelijk dat de wetenschapper en de moordenaar verwanten zijn. Ze kunnen ook vrienden zijn. Kameraden in een of andere tegencultuurbeweging. Verdomme, de ene kerel kan wel worden betaald door de andere. Dus ik wil dat jullie even ophouden je druk te maken over het precieze verband. Dat kunnen we later wel uitzoeken. Kijk nu gewoon naar iedereen die op wat voor manier ook te maken heeft gehad met het programma in de jaren zestig. Begrepen?'

Roberta en Veronica Sanson konden hun gestolen jeep niet laten verdwijnen, maar deden iets wat er dichtbij kwam. Ze lieten hem achter hem op het parkeerterrein voor langparkeren op LAX, het vliegveld van Los Angeles, verwijderden voor de zekerheid al hun vingerafdrukken, en liepen toen weg.

Ze hoefden niet te bespreken waar ze daarna heen zouden gaan. Ze hoefden niet willekeurig te kiezen uit een lijstje doelwitten. Ze wisten precies wat hun bestemming was. En ze hadden een plan om daar te komen zonder de aandacht te trekken. Roberta vloog met Delta naar Washington National. Veronica vloog met United naar Dulles. Ze betaalden allebei met contant geld en maakten allebei gebruik van valse identiteitsbewijzen. En vervolgens besloten ze – om van hun patroon af te wijken – een nacht in een hotel op het vliegveld door te brengen, de volgende morgen ieder een auto te stelen en naar de kust te rijden.

De bespreking werd afgesloten en Reacher bracht de middag grotendeels door zoals de vorige dag. Met telefoontjes, faxen en lijstjes met namen. Niets waar zijn hart sneller van ging kloppen, maar ook niets om over te klagen. Niet direct.

Smith klopte om tien over vijf op de deur van zijn kantoor en bood hem een lift aan naar het hotel. Reacher ging mee. Neilsen stond op het parkeerterrein te wachten. Hij stelde voor om in dezelfde tent te gaan eten als de dag ervoor, waar Smith en Reacher geen bezwaar tegen hadden. Ze spraken om zes uur af bij de receptie van het hotel en gingen opnieuw te voet. Het begon weer te motregenen. Het was niet druk in de bar, dus ze namen dezelfde tafel als eerst. Dezelfde serveerster kwam hun bestelling opnemen.

Neilsen sloeg de champagne over en ging meteen aan de whisky. Reacher en Smith hielden het bij bier. Reacher wachtte tot het eten er was en de anderen aan een tweede drankje zaten en zei toen: 'Een van de namen die ik Baglin heb gegeven was van een soldaat die ongeoorloofd afwezig is. Het heeft niets met de taskforce maken. Ik heb het gedaan om mezelf de moeite te besparen hem later op te sporen.'

Neilsen dronk zijn glas leeg en zette het neer. 'Waarom vertel je ons dat nu? Gisteravond was je zo gesloten.'

'Vanwege iets wat je zei. Over het belang van elkaar vertrouwen. Dat is nu nog belangrijker.'

'Waarom?'

'Ik kwam jaren geleden iemand tegen van de marine. Hij had een bepaalde uitdrukking. Hij zei dat als je niet weet naar welke haven je onderweg bent, elke wind de verkeerde wind is.'

'Snap jij dat?' vroeg Smith aan Neilsen. 'Ik kan het niet volgen.'

Reacher zei: 'Het wil zeggen dat als je niet weet waar je op richt, je altijd mis schiet. Zoals met deze taskforce waaraan wij zijn toegevoegd. Hoe kunnen we nou de juiste conclusies trekken als we niet weten wat er aan de hand is?'

'Heb je niet geluisterd?' zei Smith. 'Onderzoek naar biologische wapens, dode wetenschappers, onthullingen die het land in verlegenheid zouden kunnen brengen. Dat is het wel zo ongeveer, niet?'

'Mis. Het zit allemaal niet zo in elkaar als Baglin het ons vertelt. Denk er maar eens over na. Iemand beweert dat de vs in het geheim onderzoek hebben gedaan naar een tegengif voor biologische wapens? En wat dan nog? Waarom zou je dat ontkennen? Natuurlijk hebben we dat gedaan. We konden niet anders. Het zou beschamend zijn als we het niet hadden gedaan. Erger nog. Het zou misdadig zijn.'

'Jij denkt te logisch na. We hebben het over het algemene publiek. Burgers. Die krijgen de zenuwen van biologische wapens. Dan denken ze aan mensen die uit hun ogen bloeden en baby's met twee hoofden.'

'Daarom hebben we dus tegengif nodig.'

'Nogmaals, vergeet je logica. Dit draait om emotie.'

'Het draait om iets wat wij nog niet zien. Denk eens aan het laatste wat Baglin vandaag zei. Hij wil namen van wetenschappers uit de jaren zestig. Waarom? Die houden zich echt niet bezig met een onderzoek naar wat er toen gebeurde. Dat weten ze al, omdat ze er zelf aan werkten.'

'Het zal wel.'

'En er waren nog heel veel andere onderzoeksprojecten naar tegengiffen voor biologische wapens. Die zijn allemaal geen doelwit. Waarom dit project wel? Wat is er zo bijzonder aan?'

'Ik weet het niet. Doet het ertoe?'

'Het tij staat op het punt te keren. Dat voel ik. Als die laatste wetenschapper de pijp uitgaat, of als er een ander geheim wordt onthuld, zal de hele focus worden verlegd naar de schuldvraag. Dan is de kwestie zelf niet langer het probleem, maar wordt het feit dat wij het niet beheersbaar hebben gehouden het probleem. En zoals Neilsen al zei, hebben we allemaal wel een smet op ons blazoen. Hebben jullie mensen klaarstaan om jullie te verdedigen? Ik in elk geval niet.'

'Dus wat doen we?'

'We beginnen met de waarheid over Project 192 boven tafel te halen.'

'Hoe? Wat graafwerk verrichten? Hier en daar een arm omdraaien?'

'Nee. Daarmee krijgen we het niet voor elkaar. Als we die wetenschapper – en ons eigen hachje – willen redden, moeten we een beetje buiten ons boekje gaan. Samen. Vandaar de kwestie van vertrouwen.'

Het bleef even stil, toen zei Neilsen: 'Twee van de namen op mijn lijstje heb ik doorgegeven om eigen redenen. Foute kerels, zonder meer. De wereld zal beter af zijn als ze achter de tralies zitten. Of in een naamloos graf liggen. Maar ze hebben niets met de taskforce te maken.'

'Hetzelfde geldt voor de zes namen die ik heb doorgegeven. Allemaal moordzuchtige klootzakken, die echter niets te maken hebben met de dode wetenschappers.' Smith zweeg even. 'Dus. Project 192 was een gezamenlijke onderneming van het leger en de CIA. Lijkt het je een goed plan dat Neilsen en jij hier en daar wat mensen onder druk zetten? Wat bochten afsnijden? Een paar regels overtreden? Is dat wat je bedoelt?'

'Nee. Dat heeft geen zin. We zouden alleen maar twee soorten mensen tegengekomen. Mensen die van niets weten. En mensen die wel iets weten, maar het ons niet zullen vertellen. Als we accurate informatie willen over waar onze kant in de jaren zestig mee bezig was, is er maar één plek waar we die kunnen halen. En daar hebben we jou bij nodig.'

'De FBI?'

'Nee, de KGB.'

12

De kans was groot dat ze voordat de ochtend voorbij was in de val zouden lopen, en dat wisten Roberta en Veronica Sanson maar al te goed. Er stond nog maar één naam op het lijstje. Neville Pritchard. De laatste man die in '69 in India in het lab had gewerkt. Degene die ervoor moest zorgen dat hij in leven bleef zou weten dat ze eraan kwamen en zou zijn mensen naar dezelfde plek sturen. Het zou stom zijn om daar niet op te rekenen. Het verstandigste zou zijn om ermee te stoppen. Om tevreden te zijn met wat ze al hadden bereikt. Maar daarin school een probleem. Pritchard was de enige die de identiteit kende van degene naar wie ze op zoek waren. De sleutel tot het geheim dat ze moesten ontsluieren. Dus, stomme zet of niet, ze zouden op weg gaan naar het huis van Pritchard. Hun besluit stond vast. Maar dat wilde niet zeggen dat ze er met hun ogen dicht naar binnen hoefden te stappen.

Roberta en Veronica ontmoetten elkaar, zoals gepland, bij het aanbreken van de dag bij een verlaten benzinestation, acht kilometer buiten Annapolis. Veronica reed in een witte Toyota Corolla die ze op Washington National Airport had gestolen. Veronica had een Dodge Caravan geconfisqueerd die in Dulles bij een hotel in de buurt van het vliegveld had gestaan. In voorgaande gevallen waren ze steeds in één auto voorbijgereden, maar met de waarschijnlijk verhoogde bewaking in gedachten besloten ze allebei de voertuigen te gebruiken. Om ieder uit een andere richting voorbij te rijden en daarna te vergelijken wat ze hadden gezien.

Roberta ging als eerste. Ze reed in zuidelijke richting naar Back Creek, hield zich aan de toegestane snelheid en negeerde geen enkel stopbord of stoplicht dat ze tegenkwam. Veronica volgde, soms vijf auto's achter haar, soms zes. En toen ze nog twee straten van Pritchards adres verwijderd was, reed ze naar de kant van de weg en stopte naast een hoge, oude haag. Drie minuten later zag ze Roberta's Toyota haar kant op komen. Ze liet niet merken dat ze de auto herkende. Ze bleef nog een minuut zitten en reed toen zelf naar Pritchards huis en ervoorbij, langzaam genoeg om goed te kunnen kijken, snel genoeg om geen aandacht te trekken. Daarna reed ze naar een strook dor gras met uitzicht op de oceaan en stopte naast haar zus. Zij veegde de vingerafdrukken van het interieur van de caravan, sprong eruit en stapte naast haar zus in de Toyota.

'Ik zag vier auto's die de wacht hielden,' zei Roberta.

'Ik ook,' zei Veronica. 'Vier auto's, en maar één ingang. We zullen kleren nodig hebben. Rekwisieten. En een ander soort auto.'

Reacher was wakker en aangekleed en zat op zijn bed toen Amber Smith op de deur van zijn hotelkamer klopte. Het was acht uur in de ochtend. Precies op tijd.

Reacher liet Smith binnen. Haar ogen waren opengesperd en ze stond te stuiteren. Ze zei: 'We komen ergens. Ik heb mensen er de hele nacht aan laten werken. Ze hebben drie mogelijkheden gevonden. Drie KGB-overlopers. Ik wacht nog op de details.'

Reacher en Smith gingen samen met de lift naar beneden. Ze maakten een omweg via de ontbijtzaal om koffie en bagels te halen en toen reed Smith de anderhalve kilometer naar het gebouw dat de taskforce gebruikte. Ze bracht de resterende drie kwartier door in haar kantoor, starend naar de telefoon, hopend dat die zou overgaan.

Reacher vond het prima dat de zijne niet overging. Hij pakte een paar vellen op die uit de fax waren gerold, nam de namen door die erop stonden zodat hij tijdens de ochtendbespreking wat munitie voor Christopher Baglin zou hebben. Daarna ging hij achteroverzitten in zijn stoel, deed zijn ogen dicht en luisterde in gedachten naar Magic Slim.

Baglin was laat. Niet buitensporig, maar genoeg om hem een rood hoofd te bezorgen toen hij buiten adem eindelijk de directiekamer binnenkwam. De andere vier zaten zwijgend op hun gebruikelijke plaats. Reacher zat aan zijn tweede kop koffie. Ze leverden hun nieuwe lijstje met namen in, behalve Walsh. Hij had opnieuw niets. Reacher begon zich af te vragen of de man soms zijn best deed om te worden teruggestuurd naar Financiën. Als hij daar echt vandaan kwam. Hij nam zich voor zijn broer Joe er nog eens naar te vragen.

Ze ontvingen geen nieuwe informatie en geen nieuwe orders, dus Reacher zat binnen tien minuten weer in zijn kantoor. Vijf minuten later klopte Smith bij hem aan en liep zonder zijn antwoord af te wachten snel naar binnen.

'Ik heb bericht gekregen van mijn mensen. Eén optie is een dood spoor. Letterlijk. De man is overleden tijdens het trainen voor een hondenslederace in Alaska. Hij had beter moeten weten, op zijn leeftijd. Maar de andere twee aanwijzingen zijn veelbelovend. De ene man zit in Oregon. De andere is hier, in D.C.'

'Wat weet je van die man hier?' vroeg Reacher.

'Hij heeft een restaurant met een Russisch thema. En eerlijk gezegd lijkt hij me een volstrekte idioot. Hij was een KGB-kolonel. Overgelopen in '74. Wees het hele pakket van een nieuwe naam en een geheime locatie af in ruil voor meer geld en de kans om in de stad te blijven en zijn eigen valse identiteit op te bouwen. En een fortuin te verdienen door politici bizarre gerechten voor te zetten die ze thuis nooit zouden eten. Hij staat bekend als – en dat heb ik gecontroleerd om te zien of ik het goed hoorde – Zijne Koninklijke Hoogheid Prins Sarb van Windsor.'

'Zoals in Windsor, Engeland?'

'Het is een verwijzing naar een legende die hij kennelijk heeft gecreëerd voordat hij de Sovjets de rug toekeerde. Hij beweerde dat hij eind jaren vijftig in Londen was gestationeerd en dat MI5 hem daar op het spoor was gekomen. Het net sloot zich snel, zijn ontsnappingsroutes waren onbruikbaar geworden, dus stapte hij naar de Britten en beweerde de buitenechtelijke zoon te zijn van een aristocraat die in Hongarije had gewoond. Hij zei dat hij daar veel contact had gehad met de inlichtingendiensten en dat hij informatie had over de Russische spion op wie ze jacht maakten. Hij zei dat de Britten het feit dat hij wist wie ze zochten als een teken beschouwden dat zijn verhaal klopte en dat ze erin trapten. Hij haalde hun dus eigenlijk over hem in te huren om zichzelf te vangen. Wat hij uiteraard niet deed. Als zijn verhaal klopt. En daar heb ik mijn twijfels over.'

'Wat was zijn specialiteit?'

'Zijn laatste twee standplaatsen waren in Zuidoost-Azië. Hij had heel veel te vertellen over chemische en biologische dingen toen hij werd ondervraagd nadat hij was overgelopen.'

'Zo te horen is hij een poging waard.'

'Ik denk het ook. Hoewel... Reacher, zijn we wel goed bij ons hoofd? Zal die gast echt met ons praten als we zomaar bij hem binnenstappen? Normaal kost het maanden van onderhandelen om dit soort dingen te regelen.'

'O, hij praat wel. Vreemden storten altijd hun hart bij me uit. Ik ben een mensenmens. Was je dat nog niet opgevallen?'

Acht paar ogen keken naar de UPS-bestelwagen die aarzelend door Neville Pritchards straat reed. De wagen reed beurtelings stapvoets en dan weer iets sneller, alsof de chauffeur naar een adres zocht. De agent in de voorste auto pakte de autotelefoon op die tussen de voorstoelen was gemonteerd. Hij belde een nummer in het Pentagon, vroeg zijn contactpersoon om uit te zoeken onder welk depot van UPS deze wijk viel en dan te controleren of deze wagen er een van hen was. De bestelwagen bereikte Pritchards oprit. Hij draaide die in en reed langzaam naar het huis. De telefoon van de agent ging over. Het was zijn contactpersoon. Hij bevestigde dat de lokale UPS-manager instond voor de wagen. De agent was blij met het nieuws, maar niet helemaal tevreden. Bij Pritchard was al die tijd dat ze zijn huis in de gaten hielden niets bezorgd en hij was niet thuis, dus leek het niet logisch dat hij iets verwachtte. De agent verwisselde de telefoon voor zijn portofoon. Hij drukte op de zendknop en zei: 'Mogelijk contact. Stand-by. Over.'

De bestelwagen reed helemaal tot aan Pritchards garage en stopte toen. Hij bleef even staan, enigszins schuddend, rammelend en uitlaatgassen uitstotend. De chauffeur stapte niet uit, maar begon de bestelwagen te draaien, rukkend en slingerend reed hij een paar keer een eindje voor- en achteruit. Halverwege, toen de bestelwagen dwars op de oprit stond, stopte hij even, alsof de chauffeur op adem moest komen. Daarna kwam hij weer in beweging, nog abrupter deze keer, alsof de chauffeur zijn geduld begon te verliezen.

De bestelwagen kwam eindelijk terug de weg op en draaide zodat hij in dezelfde richting stond als eerder. Hij reed nog een meter of tien en stopte toen weer, precies in de zichtlijn van de derde auto met agenten. De enige die zicht bood op Pritchards garagedeur. De agent op de bestuurdersstoel draaide zijn raam omlaag en zag toen dat de UPS-chauffeur een vrouw was. Hij gaf zijn partner een por alsof hij wilde zeggen: dat verklaart alles, zwaaide toen naar haar en riep dat ze door moest rijden. Misschien zei ze iets terug, maar dat was moeilijk te zeggen omdat de zijkant van haar gezicht schuilging onder een groot vierkant verbandgaas, alsof ze onlangs een ongeluk had gehad. Ze zwaaide echter wel terug. Alleen gebruikte ze daarvoor minder vingers dan hij had gedaan.

Roberta Sanson zat in Neville Pritchards garage op haar hurken tegen de deur geleund. Ze droeg een bivakmuts die zowel haar oren als haar gezicht bedekte, maar ze kon nog wel de motor van de bestelwagen horen. Ze luisterde terwijl die jankte en kreunde en steeds een stukje reed en weer stopte, en zag in gedachten elke stap van het proces voor zich. Elke stap die ze zorgvuldig hadden gepland. De bestelwagen stond langer stationair te draaien op de weg dan ze had verwacht. Ze hield haar adem in en stelde zich voor dat agenten uit de vier auto's eromheen zwermden. De deur openschoven. Veronica naar buiten trokken. Haar vermomming van haar gezicht rukten. Toen tufte de bestelwagen weg. Deze keer bleef hij doorrijden. Er klonk geen geluid van piepende banden. Niets wat op een achtervolging wees. Ze ontspande. Een beetje. Ze kon de deur zien waardoor je het huis binnenging, maar ze had geen idee wie er aan de andere kant wachtte.

Roberta sloop langs de zijkant van Pritchards auto tot ze bij de tussendeur was. Ze pakte de klink vast, zette zich schrap, drukte de klink omlaag, duwde de deur open en dook door de opening. Ze rolde zich om. Kwam overeind. Draaide om haar as, haar vuisten geheven, klaar om een aanval te pareren of uit te halen. Maar ze zag niemand. Geen spoor van Pritchard. Geen spoor van agenten.

Roberta liep langzaam door, zette haar voeten heel voorzichtig neer en maakte amper geluid. Ze kende Pritchard niet. Ze was niet op de hoogte van zijn gewoonten, maar ze vermoedde dat het te laat voor hem was om nog te slapen. Ze hoorde geen water stromen, dus hij was niet in de douche. Geen geluiden van keukenapparatuur die werd gebruikt, dus hij was waarschijnlijk ook geen eten aan het klaarmaken. Op basis van de plaatsing van de ramen dacht ze dat de laatste deur aan de gang naar de woonkamer zou leiden. Ze besloot daar te beginnen. Ze liep door, voorbij de eerste deur. Die opening. Er kwam een man naar buiten. Eind twintig, kort haar, gedrongen postuur. Gekleed in het zwart. Een wapen in zijn hand.

Niet Pritchard.

De man grijnsde spottend naar Roberta, trok toen de portofoon van zijn riem en hield die bij zijn oor. Hij zei: 'Contact. Ik krijg vijftig dollar van je. Hij is wel komen opdagen. Maar moet je horen... hij is een zij. Blijf in positie. We brengen haar zo naar buiten.'

Natuurlijk ben ik komen opdagen, dacht Roberta. Waarom zou hij denken van niet? Omdat ze Pritchard in bewaring hebben? Toen ramde ze haar knokkels tegen de keel van de man. Hij viel achterover. Zijn wapen en zijn portofoon kletterden op de glanzende houten vloer en hij greep rochelend en naar adem happend naar zijn hals, terwijl hij wanhopig probeerde lucht door zijn beschadigde luchtpijp binnen te krijgen.

Er gingen nog twee deuren open. Er verschenen nog twee mannen. Allebei jong en fit. Allebei met wapens.

Waarom zouden ze denken dat ik verwachtte dat ze Pritchard in bewaring hadden? dacht Roberta. Dat gold voor geen van de anderen.

Er verscheen een andere man bovenaan de trap.

Wacht eens, dacht Roberta. Misschien hebben ze Pritchard helemaal niet in bewaring. Ze stoof naar voren. De man die het dichtst bij haar was, bleef staan. Hij liet haar dichterbij komen. Dat was een vergissing. Ze deed alsof ze op het punt stond weer een dreun uit te delen, maar in plaats daarvan schopte ze met de zijkant van haar voet tegen zijn knie. Ze had haar gewicht niet mee, maar ze had wel haar kracht en het momentum, en dat was voldoende. De man gaf een gil en viel opzij. Hij klapte tegen de muur en probeerde jammerend zijn armen om zijn gewonde been te slaan. Roberta schopte hem tegen de zijkant van zijn hoofd. Hard. Daarna was hij stil en bewoog niet meer.

Zou Pritchard ervandoor zijn gegaan, ging het door haar heen. Was hij getipt? Had hij over de anderen gehoord?

De derde man zette een stap naar Roberta toe. Hij hief zijn wapen. Richtte op haar borst. Ze pakte met haar linkerhand zijn pols vast. Draaide die om zodat de elleboog onder spanning kwam te staan. Ramde haar rechteronderarm ertegenaan en verbrijzelde het gewricht. Ze stootte haar vuist tegen zijn solar plexus en duwde daardoor de lucht uit zijn longen. Gaf hem een stoot onder zijn kaak om hem te ontregelen. Daarna liet ze zijn pols los, zette een halve stap achteruit, zwaaide haar been omhoog en naar opzij, waarmee ze kracht en snelheid opbouwde, en trapte hem tegen zijn voorhoofd. Ze was niet buitengewoon groot, maar wel wendbaar en snel. De man was buiten westen voor hij de vloer raakte.

Misschien gingen ze ervan uit dat ik zijn locatie ken, dacht ze. Misschien kennen ze die zelf niet. Ik zal dit heel voorzichtig moeten spelen. Er staan nog steeds vier auto's buiten...

De vierde man stond al onderaan de trap. Hij draaide zich naar Roberta om. Hij hief zijn wapen, maar bleef buiten haar bereik. Hij zei: 'Ik moet je bedanken, meid. Die kerels komen dit nooit meer te boven. Afgeranseld worden door een grietje? Wat ga ik hier een hoop lol aan beleven. Onbetaalbaar. Maar voor vandaag is de pret voorbij. Je bent een mager klein ding, maar van deze afstand zou niemand mis kunnen schieten. Vooral ik niet, want ik ben een verdomd goede schutter. Dus geef het maar op. Draai je om. Hou je handen achter je rug.'

Roberta bleef een paar tellen stilstaan alsof ze nadacht over woorden die zo diepzinnig waren dat ze nauwelijks de betekenis kon bevatten. Toen liet ze haar hoofd naar voren zakken en haar schouders afhangen en keerde ze de man de rug toe.

Hij verspilde geen tijd. Hij wilde niet dat ze van gedachten veranderde of trucjes met hem uithaalde, dus kwam hij snel dichterbij, deed haar plastic handboeien om en trok die strak aan. Hij boog zo dicht over haar heen dat Roberta zijn adem in haar nek kon voelen en zei: 'Dat was nogal een prestatie. Ik moet je eerlijk zeggen dat ik het niet had zien aankomen. Ben jij ook degene die die andere vijf kerels om zeep heeft geholpen?'

'Zij zagen het ook niet aankomen,' zei Roberta. 'Maar mannen hebben vrouwen altijd al onderschat. Dat klopt toch? Als het niet zo was, zouden er misschien meer van jullie nog in leven zijn.'

'Zou kunnen. Hoe dan ook, het is tijd om te gaan.' Hij duwde Roberta naar de deur. 'Er is iemand die met je wil praten.'

'Ik zeg geen woord. Niet voordat jij mij eerst iets vertelt. Ik moet het weten. Hebben jullie het gevonden? Lag het hier? Of heeft Pritchard gelogen?'

'Waar heb je het verdomme over?'

'Pritchards zwarte boekje. Met de data, tijden en plaatsen, allemaal opgeschreven. Daar kwam ik voor.'

'Bullshit. Je kwam om Pritchard te vermoorden. Net zoals je de anderen hebt vermoord. Je hebt het toegegeven. Maar je loopt achter de feiten aan. Je wist niet dat Pritchard weg was. Je weet niet waar hij is.'

'Ik weet precies waar hij is. Namelijk waar ik hem heb achtergelaten.'

De man draaide Roberta om. 'Heb jij hem?'

Roberta knipoogde naar hem.

'Leeft hij nog?' vroeg hij.

'Voorlopig nog wel. Tot ik zijn boekje veilig in handen heb. Weet je wel hoeveel geld ik voor dat ding kan krijgen? Een fortuin. We zouden het kunnen delen...'

'Waar is hij?'

'Veilig. Voor zolang het duurt. Maar als ik niet snel weer bij hem ben, zou dat weleens kunnen veranderen.'

'Vertel me waar hij is.'

'Hoe kan ik dit nog duidelijker maken? Nee!'

De man keek Roberta woedend aan. 'Je hebt niet door hoe dit werkt, hè?' Hij drukte de loop van zijn wapen tegen haar kin, hield het even daar en liet het toen langs haar nek omlaag glijden. Hij ging door, over haar borstbeen, tussen haar borsten door, over haar maag en haar buik, helemaal tot bovenaan haar dijbenen. 'Deze operatie wordt van bovenaf geleid. Helemaal vanaf de top. Ik zou je in tien stukken kunnen scheuren en dan zou ik voor elk afzonderlijk stuk een medaille krijgen. En als ik zin zou hebben om voor die tijd iets anders met je te doen, zou niemand daar iets van te weten komen. Datzelfde geldt voor mijn makkers, wanneer ze weer wakker zijn. Ik denk niet dat je van hen een kerstkaart zult krijgen. Denk jij van wel?'

Roberta sperde haar ogen open. Haar stem was een octaaf hoger toen ze zei: 'Ga terug naar de stad. Rijd over de 450 naar het oosten en dan over de 2 naar het noorden. Net voorbij kilometerpaal 17 zul je aan de rechterkant een botenhuis zien. Het is blauw. Daar is hij. In een kist met zeilen. Vastgebonden en gekneveld.'

De man tikte Roberta tegen haar wang en zei: 'Zie je wel, dat was helemaal niet zo moeilijk.' Hij pakte zijn portofoon, gaf haar aanwijzingen door en zei toen: 'Gaan, alle wagens. Hier is alles onder controle. Ik breng haar zelf wel weg voor ondervraging. Sluiten.'

Roberta wachtte tot het geluid van de automotoren in de verte was weggestorven. 'Onder controle?' zei ze. Daarna sprong ze naar voren en ramde haar knie in het kruis van de man. Ze legde er al haar kracht en woede in. Ze zou van de grond zijn losgekomen als hij niet zo zwaar was geweest.

Hij schreeuwde het uit. Hij zakte door zijn knieën, viel voorover, zijn handen in zijn kruis. Hij kokhalsde, kotste, rolde op zijn zij en jankte, langgerekt en schril.

Roberta keek hem aan. 'Nou doe je het weer. Een vrouw onderschatten. Leren jullie het dan nooit?'

13

Amber Smith parkeerde op een laad- en losplek een huizenblok bij het restaurant van de Russische overloper vandaan. Ze stapte uit, net als Reacher en Neilsen. De rest liepen ze. De tent die ze zochten, heette The Tsar's Tearoom. Gevestigd op de begane grond van een klein, laag kantoorgebouw aan de rand van een hip deel van de stad. Boven de ingang hing een rode luifel en de voorgevel was opzichtig beschilderd met uivormige koepeldaken, sprookjeskathedralen en tweekoppige adelaars. Het was een look. Daar bestond geen twijfel over. Reacher was geen designexpert, maar hij was er tamelijk zeker van dat het geen goede look was.

Smith ging als eerste naar binnen. Er was een wachtruimte bij de deur, met groene fluwelen armstoelen tegen de muur. Een garderobekast. Een lessenaar voor een maître d'. En in het restaurantgedeelte een grote hoeveelheid tafels. Vierpersoons tafels in het midden van de ruimte, netjes uitgelijnd als rechthoeken op een schaakbord, en zes- en achtpersoons tafels langs de kanten, allemaal gedekt met witte tafelkleden, glimmend zilveren bestek en tere kopjes en schoteltjes. Reacher schudde zijn hoofd. De eigenaar herschiep hier geen stukje van zijn verleden. In de Sovjet-Unie had hij zoiets nog nooit gezien. Verdomd als het niet waar was. Wat die man verkocht, was pure fantasie.

Er zaten drie klanten binnen, verspreid over twee van de kleinere tafels, en er had één kelner dienst. De man slenterde naar de lessenaar. 'Tafel voor drie? Ontbijt of brunch?' vroeg hij.

'We willen de eigenaar spreken,' zei Reacher.

De kelner keek verbaasd. 'Die is er niet.'

'Dan wachten we wel.'

'Oké dan. Als u maar wel een bestelling plaatst en geen tafel bezet houdt wanneer er andere gasten...'

'We wachten in zijn kantoor.'

De kelner schudde zijn hoofd. 'Dat zal niet gaan.'

'Weet je dat zeker?' vroeg Reacher. Hij liep al naar achteren. De kelner kwam als een angstig kind zenuwachtig met zijn handen wapperend achter hem aan. Neilsen en Smith bleven een paar passen achter. Reacher liep tussen de tafels door tot hij achter in de zaak bij een met gouddraad geborduurd rood gordijn kwam. Aan weerszijden daarvan hingen twee reusachtige schilderijen van oude mannen in antieke militaire uniformen, gezeten op gedwee uitziende witte paarden. Reacher trok het gordijn opzij en zag een deuropening met daarachter een kleine vestibule en een trap naar boven. Naast de onderste tree zat een man op een houten kruk. Hij stond op. Hij was net zo lang als Reacher, maar zijn borst was zo breed dat hij zijn armen niet recht langs zijn lijf kon laten hangen. Hij keek kwaad, maar zei geen woord.

De kelner drong naar voren. 'Het spijt me, Sergei. Deze gast is... verdwaald. Hij wilde hier niet binnendringen, dat weet ik zeker.' De kelner ging op zijn tenen staan en boog zich naar Reacher toe. 'Komt u mee,' fluisterde hij. 'Ik zal u naar een tafel brengen. Als u een royale bestelling plaatst – champagne, kaviaar, misschien een speenvarken – dan kunnen we deze kleine vergissing wel over het hoofd zien. Sergei blijft hier. U kunt weggaan. Hij zal u niets doen.'

Reacher zei niets. Hij had gehoopt dat hier iemand zoals Sergei zou zitten. Het was een bevestiging dat de trap naar een belangrijke plek leidde. Als ze geluk hadden naar het kantoor van de eigenaar. In dat geval zouden er nog meer bodyguards zijn. Waarschijnlijk van hetzelfde formaat, of nog groter. Waarschijnlijk gewapend. Klaar om bij het eerste teken van problemen naar beneden te stormen en elke dreiging de kop in te drukken. En dat was pech voor Sergei. Het hield in dat Reacher geen tijd had hem de kans te bieden zich over te geven. Hij moest meteen ter zake komen, dus deed hij zijn hoofd naar achteren. Een klein beetje maar. Net genoeg om wat kracht te kunnen zetten. Hij spande de spieren van zijn nek, borst en buik aan. Toen maakte hij vanuit zijn middel een snelle beweging naar voren en gaf een keiharde kopstoot in Sergeis gezicht. Het was een brute, primitieve, verwoestende actie. Van het soort waar Reacher de voorkeur aan gaf. Sergei kreeg geen waarschuwing. Geen tijd om te reageren. Geen tijd om zich te verdedigen. Zijn neus en jukbeenderen braken. Kraakbeen werd samengeperst en afgescheurd. Er vielen tanden op het tapijt en er stroomde bloed over zijn overhemd. Hij viel naar achteren en kwam, verfrommeld en bewegingloos, half op de vloer en half op de trap neer.

Reacher draaide zich om naar de kelner, veegde een druppel bloed van zijn voorhoofd en zei: 'We gaan naar boven. Als we daar door iemand worden opgewacht, kom ik weer naar beneden en doe ik met jou hetzelfde als met Sergei. Is dat duidelijk?'

Reacher stapte over de uitgeschakelde Sergei heen en ging Smith en Neilsen voor naar boven. Het kostte hen even om hem in te halen. Door Reachers uitbarsting van geweld waren ze een beetje uit hun doen. Reacher stapte een overloop op die loodrecht op de trap stond en over de hele breedte van het gebouw liep. Aan beide uiteinden was een raam, aan de ene kant van de overloop zaten zes deuren, aan de andere kant vier. De muren hadden een saaie beige kleur en zaten over de hele lengte vol gaten en krassen, op verschillende hoogten. Het licht kwam van kale peertjes in plastic fittingen die op regelmatige afstanden aan het plafond hingen. Eentje knipperde en hing aan een draad omlaag. Met uitzondering van het openbare gedeelte was het gebouw een puinhoop en brandgevaarlijk, dacht Reacher. Misschien liep het restaurant toch niet zo goed. Misschien waren die Sovjet-kerels niet zo bekend met de wat hogere niveaus van interieurverzorging. Of veiligheid. Of misschien kon het ze gewoon niet schelen.

Smith en Neilsen stapten na Reacher de overloop op en meteen vloog de dichtstbijzijnde deur open. Er kwam een man naar buiten. Hij had Sergeis tweelingbroer kunnen zijn. Hij had dezelfde lengte. Hetzelfde gewicht. Hetzelfde opgepompte postuur. Alleen bleef deze man niet staan. Hij bracht dreigend zijn hoofd omlaag en ging in de aanval.

Reacher wees naar de andere helft van de overloop en zei: 'Wegwezen!' Hij keek naar rechts om zich ervan te vergewissen dat Smith en Neilsen op veilige afstand waren en stapte toen de andere kant op, naar de aanstormende man toe. Hij zette zich schrap. Wachtte tot een botsing onvermijdelijk leek, danste toen opzij en drukte zich plat tegen de muur. De man was op gelijke hoogte. Reacher al bijna voorbij. Op weg om Smith en Neilsen te slopen. Reacher stak zijn arm uit. Hij pakte de man bij zijn kraag en riem, zette zijn voeten stevig neer en draaide de man hard om. Het voelde alsof zijn armen uit de kom werden getrokken, maar hij hield stevig vast. Hij wachtte tot de andere man negentig graden gedraaid was. Zodat hij niet meer in lijn met de overloop stond, maar naar de trap gekeerd was. Toen liet Reacher hem los. De snelheid van de man was iets afgenomen, maar hij had nog meer dan genoeg vaart. Genoeg om hem tot halverwege de trap door de lucht te laten zweven. Toen hij de trap eindelijk raakte, waren zijn armen boven zijn hoofd uitgestrekt. Dat was een instinctieve reactie. Een poging om zijn val te breken. En heel even gebeurde dat ook. Maar door die actie braken ook zijn polsen en sleutelbeenderen. Daardoor nam de snelheid van de voorste helft van zijn lichaam af. Maar niet die van zijn benen. Hij ging over de kop, duikelde naar de vloer onderaan de trap en kwam met een klap half op zijn dubbelganger terecht.

Nog meer slecht nieuws voor Sergei, dacht Reacher.

Reacher controleerde beide kanten van de overloop. Geen beweging te zien. Hij kon uit tien deuren kiezen. De man die ze nodig hadden bevond zich achter een ervan. Aangenomen dat hij zich in het gebouw bevond. En de aanwezigheid van de zwaargewichten suggereerde van wel. Reacher vermoedde dat het type man dat neptitels en pompeuze verzonnen namen gebruikte een behoorlijk ego moest hebben, en een man met een groot ego zou zijn bodyguards dicht om zich heen willen hebben, om te laten zien hoe belangrijk hij was. Dus stapte Reacher naar de deur waar Sergeis dubbelganger uit was gekomen. Die stond nog open, op een kiertje. Reacher luisterde. Hij hoorde geritsel van papier. Een krakend geluid alsof iemand zijn gewicht verplaatste op een stugge leren stoel. En hij hoorde ademgeruis. Rustig en relaxed. Geen teken van spanning. En van meer dan één persoon.

Reacher duwde met zijn schouder tegen de deur en liep op zijn gemak naar binnen, alsof hij thuiskwam van een saaie dag op kantoor. Alsof hij absoluut geen problemen verwachtte. De kamer was rechthoekig met een raam tegenover de deur en donkere houten lambrisering langs de muren. Iets over de helft van de kamer stond een bureau. Daar zat een man achter. Hij had brede schouders en een grote, vierkante, kale kop met een reusachtig voorhoofd. Zijn kleine ogen stonden dicht bij elkaar. Er waren nog vier andere mannen in de kamer. Twee zaten er op eenvoudige houten stoelen voor het bureau. Twee zaten op net zulke stoelen tegen de muur aan de linkerkant. Alle vier droegen ze een duur pak en een stropdas, maar ze leken wel kinderen in vergelijking met de twee kerels tegen wie Reacher het zojuist had opgenomen. Hoewel ze zaten, kon hij zien dat ze niet erg groot waren. Hij dacht misschien een meter zeventig. Hooguit een vijfenzeventig. Ze hadden een kaalgeschoren hoofd. Hun ogen stonden helder en waren constant in beweging. Ze waren pezig en slank. Het soort kerels dat de hele dag kon rennen met zware bepakking op hun rug. Commando-types. Waarschijnlijk voormalige Spetsnaz-agenten. De dommekrachten die nu onderaan de trap lagen, waren slechts voor het uiterlijk vertoon. Ze hadden tot taak mensen af te schrikken die niet beter wisten. Maar deze kerels waren degenen die de klus zouden klaren als een dreiging serieus werd.

Dat hoopte althans iemand.

Reacher bleef midden in de kamer staan en keek naar de man achter het bureau met een blik alsof de inhoud van zijn onlangs gebruikte papieren zakdoekje meer indruk op hem had gemaakt.

Smith en Neilsen waren Reacher gevolgd, maar bleven in de buurt van de deuropening. De twee mannen bij de muur stonden op. De twee voor het bureau ook. Ze verplaatsten zich, zodat ze een vierkant vormden. Geen van hen stond met zijn rug naar Smith of Neilsen. Reacher was ingesloten. Dat was voor hen een voordelige positie. Door hun numerieke overmacht en de beperkte ruimte kon Reacher zijn natuurlijke sterke kanten niet benutten... zijn gewicht, en de lengte van zijn armen en benen. Was het een tegen een geweest, of zelfs twee tegen een en met wat meer bewegingsruimte, dan zouden ze niet eens bij hem in de buurt hebben kunnen komen. Als ze binnen zijn bereik probeerden te komen om een trap of een klap uit te delen, zou hij hen met gemak uitschakelen. Maar hier konden ze van alle kanten op hem afkomen. Een of twee van hen zouden wat schade oplopen, waarschijnlijk ernstig, maar als de anderen de aanval doorzetten, was de kans groot dat ze zouden slagen. En hun posities waren verstandig gekozen. Twee stonden er achter Reacher, buiten zijn gezichtsveld. Het zag er niet goed voor hem uit. Dat was duidelijk. Maar het had er al vaker niet goed voor hem uitgezien. Talloze keren, al vanaf zijn kinderjaren, toen zijn broer Joe en hij gedwongen waren geweest het de eerste dag op elke nieuwe school die ze bezochten, overal ter wereld, uit te vechten met de plaatselijke stoere jongens. Reacher wist wat er ging gebeuren. Hij hoefde de mannen in zijn blinde hoek niet te kunnen zien. Een van hen zou als eerste aanvallen. Het maakte niet uit wie van de twee. Niet zolang Reacher in actie kwam voordat hij werd geraakt. Dus draaide hij naar links en bracht zijn arm omhoog. Hield hem horizontaal. De zijkant van zijn vuist leek wel een sloophamer en die kreeg meer snelheid terwijl hij uithaalde. De eerste man kreeg een dreun onder zijn kin en werd achterovergesmeten. Zijn hoofd raakte de muur en hij zakte bewusteloos in elkaar.

Reacher zette zich met zijn achterste voet af, veranderde van richting, draaide vanuit zijn middel en lanceerde dezelfde vuist in de richting van de man in de tegenovergestelde hoek van het vierkant. Hij richtte op diens gezicht en ging eerder voor kracht dan voor een nauwkeurige plaatsing. Maar de man was snel. Hij voorzag Reachers manoeuvre. Gezien het verschil in gewicht koos hij ervoor Reachers uithaal met zijn beide onderarmen te blokkeren. Dat werkte. Hij sloeg Reachers vuist uit zijn koers. Die zou nu zonder schade aan te richten langs zijn oor zijn gegaan. Maar op het moment dat ze contact maakten, boog Reacher zijn arm. Zijn elleboog was naar buiten gericht en het puntje knalde tegen de neus van de man. Hij viel neer als een pak dat van een hangertje afglijdt en nog voordat hij op de grond viel was Reacher weer van richting veranderd en stond hij weer op zijn uitgangspositie. De man rechts van hem kwam ook in beweging. Hij stapte naar voren in wat nu een lege ruimte was. De rollen waren plotseling omgedraaid. Nu kon hij Reacher niet zien. Even was hij weerloos. En Reacher had een regel. Als je de kans krijgt je vijand uit te schakelen, dan doe je dat. Altijd. Zonder aarzeling. Geen gemekker over de vraag of een echte heer dat wel zou doen. Geen regels voor een markies van Queensberry. Dus Reacher deed een stap en raakte de man in zijn rechternier, hard en snel, met zijn middelste knokkel uitgestoken voor extra effect. Hij deed hetzelfde met de linkernier. En toen de man voorover op zijn knieën viel, schopte Reacher hem tegen zijn hoofd alsof hij van zestig meter afstand een goal wilde maken.

Er stond nog één man overeind. Die was recht voor het bureau gaan staan en haalde iets uit zijn broekzak. Het heft van een mes. Hij drukte op een rond koperen knopje en er schoot een lemmet tevoorschijn, glimmend en gemeen scherp.

Reacher zei: 'Als je daarmee bij me in de buurt komt, ram ik het door je strot.'

De man stak het mes voor zich uit en bewoog het heen en weer in een langzame, vloeiende, treiterende beweging.

'Zeg niet dat ik je niet heb gewaarschuwd,' zei Reacher. Hij rekte zich naar opzij uit en pakte de stoel waar de man op had gezeten. Hij draaide hem om met de poten naar voren en ging toen in de aanval. Hij duwde de man naar achteren. De man zwaaide met zijn armen heen en weer en het mes kwam bij lange na niet in de buurt van zijn doelwit. Reacher ging door. De man botste tegen de rand van het bureau en viel achterover op het bekraste houten blad. Reacher liet de stoel vallen, pakte met zijn linkerhand de pols van de man beet en zette zijn rechteronderarm op diens keel. Hij tilde de pols van de man op en sloeg hem toen omlaag, waardoor die zijn greep op het mes verloor. Reacher zette zijn knie op de borstkas van de man. Raapte het mes op. Klapte het dicht. En kneep in de neus van de man.

De man hield zijn adem dertig seconden in. Vijfenveertig. Zijn gezicht werd rood. Zijn ogen puilden uit. Uiteindelijk deed hij zijn mond open. Hij proestte en hijgde. Reacher duwde het mes tot aan de amandelen van de man naar binnen. Daarna trok hij hem omhoog en smakte hem met zijn hoofd tegen de muur.

De man achter het bureau had zijn stoel naar achteren gereden om te voorkomen dat hij door het mes werd geraakt. Hij wachtte even, stond toen op, liep om zijn bureau heen en zette de neergevallen stoel weer op zijn poten bij de muur. Hij keek beurtelings naar de bewusteloze lichamen en richtte toen zijn aandacht op Reacher. De man was ruim tien centimeter kleiner dan hij, maar waarschijnlijk vijfentwintig kilo zwaarder. Zijn benen waren relatief kort en hij had een smalle taille, waardoor zijn borst en schouders er belachelijk breed uitzagen. Hij bleef even stilstaan, en sprong toen met wijd gespreide armen op Reacher af. Hij probeerde hem vast te pakken en tegen de grond te gooien. Reacher kwam op hetzelfde moment in beweging. Recht op de man af. Een arm omhoog. De elleboog naar voren gestoken als de punt van een stalen staaf. Hij raakte de neusbrug van de man. Zijn hoofd kwam niet dichterbij, maar zijn benen bleven bewegen. Zijn voeten kwamen van de vloer en hij viel plat op zijn rug, doodstil.

Smith kwam naast Reacher staan. Ze porde in zijn arm en zei: 'Wat heb je verdomme gedaan? Hoe kunnen we nou nog met hem praten?'

'Maak je niet druk,' zei Reacher. 'Dit is niet de man die we zoeken. Dat kan niet. Het ging veel te gemakkelijk.'

Roberta Sanson wilde de agent zo lang mogelijk laten lijden, dus liet ze hem kronkelend op de vloer achter, zijn handen tegen zijn kruis gedrukt, totdat ze buiten de bestelwagen van UPS hoorde stoppen. Toen schopte ze tegen de zijkant van zijn hoofd, vergewiste zich ervan dat hij bewusteloos was, ging op het tapijt liggen en trok haar armen zo ver uit elkaar als de boeien het toelieten. Ze schoof haar polsen langs de achterkant van haar benen omlaag en haalde haar voeten ertussendoor. Stond op en liep naar de voordeur om Veronica binnen te laten.

Veronica pakte een mes en bevrijdde Roberta's handen. Ze omhelsde haar, keek toen naar de lichamen van de agenten die in de gang lagen en vroeg: 'Alles goed?'

'Prima,' zei Roberta en ze deed de bivakmuts af. 'En met jou?'

Veronica trok het verband van haar wang. 'Heeft Pritchard je de naam gegeven?'

'Hij is er niet. Het was een hinderlaag.'

'Waar is hij?'

'Verdwenen. Ze weten niet waar hij is. We moeten uitzoeken waar hij naartoe is gegaan. En we hebben weinig tijd. Ik heb de surveillanten naar een neplocatie gestuurd, maar ze zullen zo terug zijn. We hebben hooguit anderhalf uur.'

'Is hij gevlucht?'

'Hij heeft blijkbaar over de ongelukken van zijn oude makkers gehoord.'

Veronica was even stil, draaide zich toen om en keek naar het deurkozijn. Ze opende de deur en ging met haar vingers over een stuk dicht bij het slot. 'Daar ben ik nog niet zo zeker van,' zei ze. 'Deze deur is ingetrapt en daarna gerepareerd. Pas geleden. Ik denk dat ze binnen zijn gekomen om hem op te pakken, een fout hebben gemaakt en dat hij toen op een of andere manier is weggeglipt.'

'Misschien. Maar het waaróm is niet belangrijk. Wat ertoe doet is wáár hij is.'

'Hij was beroepsagent. Iemand die overal rekening mee houdt. Hij had vast een vluchttas klaarstaan. Staat zijn auto er?'

'In de garage.'

'Dus hij is te voet vertrokken of hij had nog een auto in de buurt staan. Eentje die niet te traceren was.'

'Er was vast nog een andere auto, dat kan niet anders. Hij is niet meer de jongste en moest natuurlijk spullen en eten meenemen. Bovendien zou iemand die hem zag lopen of rennen vast argwaan krijgen. Vooral als ze 's nachts zijn gekomen.'

'Wat voor auto dan? Waar had hij hem staan? Hoe is hij daar gekomen?'

'Als ze het huis aan de voorkant zijn binnengedrongen, zullen ze ook de achterkant in de gaten hebben gehouden. Ten oosten van het huis is het behoorlijk open. Niet geschikt om daar ervandoor te gaan. Wat vind je van het westen? We moeten de garage controleren.'

Roberta ging haar voor, liep terug naar de plek waar ze kort daarvoor het huis was binnengeglipt. De garage was klein naar de huidige maatstaven. Er was ruimte voor één auto en dan nog net genoeg plaats voor een werkbank aan de achterkant en een paar planken tegen de zijwanden. De werkbank was schoon en opgeruimd en aan een gaatjesbord erboven hing een heel assortiment gereedschap. De planken zakten door onder alles wat er opgestapeld lag. Een door de jaren heen gegroeide verzameling van auto-onderdelen, tuingereedschap, overbodig geworden keukenapparatuur en blikvoer. De auto was een schoonheid. Een bloedrode Camaro uit 1969 met een zwarte streep over de motorkap. Hij zag er heel goed uit. Pritchard was duidelijk consciëntieus wat het onderhoud betrof. De auto was een plaatje. De lak glansde en er was geen krasje of deukje te zien. Er was een smeerput over de hele lengte van de vloer, dus de zussen vermoedden dat Pritchard het mechanisch onderhoud waarschijnlijk ook voor zijn rekening had genomen.

Ze inspecteerden elke centimeter van de wanden. Roberta werkte met de klok mee. Veronica de andere kant op. Ze duwden, trokken en sjorden aan elke plank, elk bord en paneel. Niets gaf ook maar een centimeter mee. Ze prikten zelfs met een bezemsteel in het plafond, maar ook dat was keihard.

Roberta liep naar de deur. 'Kom mee. We verknoeien onze tijd.'
Veronica bleef waar ze was. 'Wacht. Ik heb een idee. Heb je hier zaklampen gezien?'
'Volgens mij niet.'
Veronica knikte en liep om naar de motorkap van de Camaro. Ze kroop de ladder af naar de smeerput. Even later knipperde er onder de auto een looplamp aan. Veronica bleef meer dan twee minuten uit het zicht. Toen ze weer naar boven kwam, had ze een glimlach op haar gezicht. 'Dit is het,' zei ze. 'De put heeft een zijgang en die komt uit onder een nep-kolenluik aan de andere kant van de garagemuur. Zo is hij weggekomen. Dat kan niet anders. Dus kom mee. Snel. We moeten uitzoeken waar hij daarna heen is gegaan.'

14

Reacher hurkte neer en doorzocht de zakken van de man. Hij haalde er een portefeuille uit, opende die en hield hem voor Smith op. In het middengedeelte zat een rijbewijs achter een doorzichtig plastic venstertje. Daar stond de naam Valery Kerzjakov op.

Reacher zei met stemverheffing: 'Ik vraag me af wat de Russische gemeenschap in D.C. ervan zou vinden als ze tot de ontdekking kwamen dat Maksim Sarbotski zo'n pretentieuze rare snuiter is dat hij niet alleen namen verzint, maar zich ook verschuilt achter een dubbelganger. Ik wed dat ze hem zouden uitlachen. Ze zouden in elk geval niet meer naar zijn kleine restaurantje komen.'

Er klonk een schrapend geluid aan de zijkant van de kamer. Een deel van de lambrisering achter de twee stoelen schoof opzij. In de opening die daardoor ontstond, verscheen een man. Hij droeg een pak met een veelbetekenende bobbel onder zijn linkeroksel. Zijn hoofd was kaalgeschoren. Hij was groot, maar geen reus. Breed, maar niet imposant. Qua afmetingen zat hij ergens tussen Sergei en de pezige kerels die nu bewusteloos op de grond lagen.

'Heb je daar nog meer vriendjes?' vroeg Reacher. 'Want, sorry hoor, makker, maar in je eentje zul je niet ver komen.'

'Ik ben niet hier om met je te vechten,' zei de man. 'Als dat zo was...' Hij klopte op de bobbel onder zijn jasje. Hij stapte achteruit en wenkte Reacher hem te volgen. 'Alstublieft.'

Reacher stapte door de verborgen deuropening, Smith en Neilsen volgden. Ze kwamen in een andere kamer, van dezelfde vorm en grootte. Ook deze kamer had een raam en ook hier stond een bureau in met een paar stoelen ervoor. Aan de zijkant stond een leren bank. Aan de muren hingen schilderijen van negentiende-eeuwse gevechtstaferelen. En in de hoek stond een console met een batterij kleine beeldschermen erop. Het waren er zes. Allemaal zwart-wit. Ze toonden live-beelden van de kamer die Reacher net had verlaten, de overloop, de trap, twee van het restaurant en een van het trottoir buiten. Reacher wendde zich tot de man, die achter het bureau was gaan zitten en vroeg: 'Heb je van de show genoten?'

De man vertoonde een opvallende gelijkenis met Kerzjakov, alleen was hij nog in staat om rechtop te zitten. Hij had dezelfde brede borstkas en brede schouders. Hetzelfde vierkante hoofd, dezelfde kraaloogjes en erg hoge voorhoofd. Hij keek Reacher aan en haalde zijn schouders op alsof hij wilde zeggen dat hij wel iets beters had gezien.

'Ben jij Sarbotski?' vroeg Reacher.

De man was duidelijk geïrriteerd. 'Ik ben Zijne Koninklijke Hoogheid Prins...'

'Hou op met die flauwekul,' zei Reacher. 'Dit is Amerika. Zoon van een koning of zoon van een hoer, dat maakt hier geen verschil.'

Sarbotski keek hem kwaad aan. 'En jij bent?'

'Jack Reacher. Amerikaanse leger.'

'Leger? Jullie allemaal?'

'Zoiets.'

'Wat willen jullie?'

'Ik ben hier om je een gunst te bewijzen.'

'Wat voor gunst?'

'Dat ik deze tent niet tot de grond toe afbrand.'

'Geen erg genereuze gunst.'

'Het beste aanbod dat je zult krijgen.'

'Ongetwijfeld. En ik neem aan dat je daar iets voor terug wilt.'

'Niet veel. Alleen wat informatie.'

'Waarom zou ik je vertrouwen?'

'Waarom niet?' Reacher wees naar de monitoren. 'Je hebt vast al begrepen dat dit geen gezelligheidsbezoekje is.'

'Je kunt me niet dwingen mee te werken. Ik geniet bescherming.'

'Is dat zo?' Reacher keek de kamer rond. 'Waar dan?'

'De regering van de Verenigde Staten. We hebben een overeenkomst. Een contract. Het is waterdicht.'

'Waterdicht, hè? Maar is het ook brandbestendig? Zorgt het ervoor dat deze tent en alles wat je verder nog hebt niet in brand kan vliegen?'

Sarbotski reageerde niet.

'Is het geluiddicht? Garandeert het dat er geen bericht over je verblijfplaats bij de mensen in je vaderland terecht zal komen? De mensen die je met deze overeenkomst hebt verraden?'

Sarbotski sloeg zijn armen over elkaar en bleef zwijgen.

'Ik heb gehoord dat je land uiteenvalt. Dat het als een kaartenhuis in elkaar zakt. Ik wed dat een hoop van die kerels plannen hebben om zich ergens anders te vestigen. Dat ze op zoek zijn naar leuke zaakjes om zich bij in te kopen. Alleen niet met geld.'

Sarbotski leunde achterover en drukte zijn vingertoppen tegen elkaar. 'Misschien kan ik je wel helpen met die "informatie" waarnaar je op zoek bent. Maar die kan ik je niet zomaar geven. Ik heb zo mijn principes. Ik wil er iets voor terug.'

'Wat?'

'Een partijtje worstelen zou leuk zijn geweest. Jij en een paar van mijn jongens. Het is leuk om het op het scherm te zien, maar niets kan op tegen het geweld van een live-voorstelling van dichtbij, wel dan? Ik ben gek op worstelen.' Sarbotski zuchtte. 'Eerlijk gezegd mis ik het.'

'Ik heb er nooit tijd voor gehad. Zag er het nut niet van in. Te veel regeltjes.'

'Oké. Dan drinken we.' Sarbotski trok een la open, haalde er een karaf uit van geslepen kristal, gevuld met een heldere vloeistof, en een paar glazen. Ook geslepen kristal. Bekerglazen, geen likeurglaasjes. Hij zet alles op het bureau, vulde de glazen en schoof het ene naar Reacher toe. 'Kom. Ga zitten. Het eerste glas staat voor vertrouwen. Daarna kun je je vraag stellen.'

Reacher stapte naar een van de stoelen. Met tegenzin. Hij zou de voorkeur hebben gegeven aan eenzelfde aanpak als hij bij de legerchauffeur op Rock Island Arsenal had gevolgd. Hij was niet zo'n drinker. Niet omdat hij erop tegen was. Het was een praktische kwestie. Alcohol verlaagt de prestaties. Hij had het effect duizenden keren gezien. Dus shots achteroverslaan met een beer van een Rus was geen ideale oplossing. Vooral niet wanneer de shots zo groot waren als deze. Verdomd als het niet waar was. Aan de andere kant had hij genoeg ervaring met verhoren. Sommige mensen slaan door wanneer je ze op de juiste manier aanpakt. Andere gaan nog liever dood dan dat ze hun mond opendoen. Zijn instinct vertelde hem dat Sarbotski ondanks al zijn poeha tot de tweede categorie behoorde.

Reacher liep langzaam verder. Neilsen was sneller. Hij stoof naar voren, liet zich in de dichtstbijzijnde stoel vallen, pakte het glas op en dronk het in vijf lange, gulzige slokken leeg. Hij glimlachte 'Volgens mij is dit míjn specialiteit.'

Sarbotski schudde zijn hoofd en wees naar Reacher. 'Nee. Ik doe alleen zaken met hem.'

'Vergeet hem. Wil je met dit spul hier iemands tong losmaken? Misschien een paar geheimen oppikken, quid pro quo? Dan is hij niet je man.' Hij tikte tegen zijn voorhoofd. 'Hierin zit veel meer interessants opgeslagen. Geloof me.'

Sarbotski dacht even na en vulde toen Neilsens glas opnieuw. 'Voor jou geldt het dubbele tarief,' zei hij.

Neilsen dronk het glas opnieuw leeg. 'Heel gul. We zouden vrienden kunnen zijn. Welnu, we willen informatie over Project 192. Het was iets uit de jaren zestig.'

Sarbotski dronk zijn eigen glas leeg en schonk toen beide glazen weer vol. 'Dat was jullie project. Niet het onze,' zei hij. Toen knipperde hij met zijn ogen en begon hij zo hard te lachen dat zijn buik ervan schudde. 'Omdat je weet dat je je eigen regering niet kunt vertrouwen, ga je naar de KGB als je op zoek bent naar de waarheid. Ik mag jullie wel. Oké. Project 192. Ik neem aan dat jullie de basisdingen weten. Het was een programma om tegengif

te ontwikkelen voor onze chemische en biologische wapens.'
Neilsen knikte en dronk zijn glas leeg.
'Jullie regering geeft het waarschijnlijk zelfs toe,' zei Sarbotski. 'In besloten kring althans. Ja? Maar jullie vermoeden dat er meer is. Je voelt het gewoon.' Hij nam een slok en vulde toen beide glazen bij. 'Nou, je intuïtie klopt. Er was inderdaad meer.'
Sarbotski gebaarde dat Neilsen moest drinken.
Neilsen dronk het glas in één keer leeg en zette het met een klap op het bureau.
Sarbotski leegde zijn eigen glas. 'Er was een parallel project,' zei hij. 'Een geheim binnen een geheim. We zijn zelfs nooit achter de officiële naam gekomen. Moskou noemde het Typhon. Het dodelijkste van alle mythische monsters. Wie beweert dat communisten geen klassieke opleiding hebben gehad?' Hij lachte weer, en opnieuw schudde zijn buik.
'En het doel van dat tweede project was?' vroeg Neilsen. Hij begon met een dubbele tong te praten.
Sarbotski schonk de glazen nog eens vol. 'Project 192 was defensief,' zei hij. 'Een antwoord op onze wapens. In elk geval degene waarvan jullie op de hoogte waren. Typhon was het tegenovergestelde. Het was honderd procent offensief. Letterlijk en figuurlijk. Amerika werkte aan nieuwere en gemenere wapens om ons mee aan te vallen, en al die tijd deden ze alsof ze een passief slachtoffer van de Sovjet-vijandelijkheid waren.' Hij nam nog een slok. 'Westerse hypocrisie in de hoogste versnelling.'
'Is daar bewijs van? Of is dit de aardappelwodka die aan het woord is?'
'Er zijn bewijzen. Ik heb ze gezien. Ik heb ze niet persoonlijk in handen.'
'Wie wel?'
'Een zekere Spencer Flemming.' Sarbotski pakte een pen en een notitieblok uit een la en schreef een adres op. 'Hij is een journalist. Hij heeft alles. Zelfs foto's.'
'Bullshit. Als een journalist dat soort foto's had, zou hij er carrière mee hebben gemaakt. Hij zou ze voor een fortuin hebben

verkocht. Ze zouden op alle voorpagina's hebben gestaan.'

Sarbotski leunde voorover en tikte in een overdreven imitatie van Neilsens eerdere beweging tegen zijn voorhoofd. 'Er kan daar niet veel interessants zitten als je zo naïef bent. Hij heeft kopieën. Jullie regering heeft de originelen ingenomen. Ze dachten dat ze alles hadden. En ze hebben hem duidelijk gemaakt dat er een gevangeniscel in die zogenaamde geheime gevangenis van jullie in Cuba voor hem klaarstond voor het geval een van die foto's ooit het daglicht zou zien.'

Reacher deed een stap naar voren. 'En hoe weet jij dat?'

'We hebben contact met elkaar.'

'Heb jij die Flemming op het spoor van dat verhaal gezet?'

'Ik heb hem misschien een duwtje in de goede richting gegeven. De waarheid kan soms wat ongrijpbaar zijn.'

Reacher pakte het door Sarbotski beschreven vel papier op. 'We gaan bij de man langs. Binnenkort. Denk je dat hij ons zal verwachten?'

'Zie ik eruit alsof ik een glazen bol heb?' zei Sarbotski.

'Weet je nog wat ik zei over het afbranden van deze tent? Als Flemming niet flauwvalt van verbazing wanneer ik bij hem aanklop, is dat wat er gaat gebeuren. En jij zult binnen zijn als het gebeurt. Klaarwakker en zonder een druppel wodka om de pijn te verzachten.'

Veronica Sanson hield het 'kolenluik' open tot Roberta naar buiten was geklommen. Daarna bestudeerden de zussen samen de omgeving ten westen van Neville Pritchards huis. De garagemuur bevond zich achter hen. De straat lag links van hen, maar die konden ze niet zien door een rij struiken. Die waren dicht bij elkaar geplant en zorgvuldig geplaatst om de indruk te wekken dat ze daar op natuurlijke wijze waren ontsproten. Door de jaren heen hadden ze een dichte en ondoordringbare haag gevormd. Een volmaakt scherm. Onmogelijk doorheen te kijken. De zussen stonden hier open en bloot en toch konden er duizenden mensen voorbijlopen zonder hen op te merken. Aan de rechterkant was het hetzelfde verhaal. Ook daar een rij struiken, schijnbaar willekeurig gegroeid, maar ze belemmerden het zicht op de rest van Pritchards tuin volledig. Iemand zou met een verrekijker naar de achterkant van het huis kunnen kijken en nog altijd geen idee hebben wat er op die plek gebeurde. De bodem was bedekt met kort, weerbarstig gras. Het maakte geen geluid als je erop liep en het was niet hoog genoeg om verdachte, vochtige plekken op de zoom van je broekspijpen achter te laten. Recht voor hen was een hek dat het perceel van Pritchard afscheidde van dat van zijn buren. Het was een standaard geval, een meter tachtig hoog, met verticaal geplaatste planken op horizontale rachels tussen stevige palen. Veronica en Roberta liepen erheen om het hek beter te bekijken. In eerste instantie leken de planken allemaal hetzelfde, maar toen zag Roberta in een set van vijf planken een extra rij spijkers zitten. Ze duwde tegen de bovenkant van de middelste plank en de onderrand van de hele set zwaaide omhoog en bij de rest vandaan. Dat schiep voldoende ruimte om erdoorheen te kruipen.

De achtertuin van de buren was netjes, maar saai. Blijkbaar oudere bewoners die met plezier een student of een kleinkind betaalden om de boel zo nu en dan netjes te maken en te voorkomen dat de bomen en struiken al te groot werden. Er was geen sprake van verwaarlozing, maar er waren ook geen tekenen van nieuwe beplanting of recente pogingen iets te kweken. Aan de andere kant van het perceel stond een huis, ver weg. Een vrijstaande garage was veel dichterbij. En dat was vreemd, aangezien alle huizen in die straat een aangebouwde garage hadden. Roberta en Veronica slopen dichterbij en keken naar binnen door een raam in de zijmuur. Er stond geen auto in. De garage leek leeg.

Naast het raam was een deur. Roberta pakte de klink beet, maar Veronica greep haar arm vast voordat ze hem omlaag kon drukken.

'Stop.' Veronica wees naar de bovenhoek van het raam. Achter een hele dot spinrag waren een paar draden te zien. Onderdeel van een beveiligingssysteem.

Roberta trok haar arm los. 'Ik durf te wedden dat het met het huis van Pritchard verbonden is. Niet met de politie. Niet met de buren. Ik wed dat Pritchard deze garage heeft gebouwd. Waarschijnlijk betaalt hij hun er huur voor of bewijst hij hun af en toe een dienst.'

'Dat kun je niet zeker weten.'

'Er is maar één manier om erachter te komen.' Roberta drukte de klink omlaag. De deur gaf niet mee. Hij zat op slot. Ze ging met haar rug naar de deur staan, hief haar knie en ramde toen haar been naar achteren. Haar voet raakte het hout, het kozijn versplinterde en de deur zwaaide open. Er ging geen bel af. Er klonk geen sirene. In elk geval niet ergens binnen gehoorsafstand. Roberta haastte zich naar binnen. 'Kom op. We hebben haast. De bewakers zijn vast al op weg terug.'

De garage was vanbinnen net zo leeg als die vanbuiten had geleken. Er stond geen werkbank. Er was geen gereedschap en er hing niets aan de muren. Er was ook niets in de hoeken opgestapeld. Niets onder de dakspanten gestoken. Maar er hingen wel twee dingen van de dakbalken omlaag. Een elektriciteitskabel en een tuinslang. De kabel was dik. Hij was van een zware kwaliteit, met een ingewikkelde cilindrische stekker aan het uiteinde. Aan de tuinslang zat een koperen koppelstuk en op de slang zelf stond een vervaagde witte tekst. Roberta hield haar hoofd schuin en las. 'Goedgekeurd voor drinkwater. Dat koppelstuk is voor een camper.'

Veronica wees naar de vloer. Vier banden hadden donkere sporen achtergelaten waar het voertuig geparkeerd had gestaan. Ze zagen er breed en ingezakt uit. 'Klopt,' zei ze. 'En die camper was zwaar beladen. Pritchard was van plan om voor lange tijd te verdwijnen.'

De zussen gingen weer naar buiten en liepen naar de voorkant van de garage. De garagedeur kwam uit op een oprit. De andere huizen die ze in de buurt hadden gezien, hadden allemaal een oprit van gravel. Deze was van ingeklonken aarde. Je kon er geruisloos over rijden. Hij liep af naar de weg en de bocht leidde bij

Pritchards huis vandaan. Een zware camper zou omlaag kunnen rollen en een flinke afstand kunnen afleggen zonder de motor te hoeven starten. Een bijna volmaakt startpunt voor een steels vertrek.

'Ik geloof dat ik Neville Pritchard wel mag,' zei Roberta. 'Zijn stijl bevalt me.'

'Mij ook,' zei Veronica. 'Wat jammer dat we hem vol LSD moeten pompen en tijdens het spitsuur de weg op moeten sturen.'

'Als we hem kunnen vinden. Hij kan wel overal zitten.'

'Ik heb een idee. We hebben een telefoon nodig. En de Gouden Gids.'

Reacher liet Neilsen voorgaan op de trap naar beneden. Dat leek hem wel verstandig gezien de hoeveelheid wodka die Neilsen had weggewerkt. Hij liep nog op eigen houtje, maar wel wankel. Hij bereikte de benedenverdieping zonder te vallen. Sergei en de andere man lagen er niet meer. Dat was een meevaller. Hun verstrengelde ledematen en buitenproportionele lijven hadden voor Neilsen best eens één obstakel te veel kunnen zijn.

Neilsen vocht zich een weg door het gordijn heen, nam even de tijd om zijn evenwicht te hervinden en ging toen op weg naar de uitgang. Reacher en Smith liepen vlak achter hem. De kelner bleef abrupt staan toen hij hen zag. De uitdrukking op zijn gezicht hield het midden tussen verbijstering en bewondering. Neilsen ploeterde verder en slingerde tussen de tafels door. Ze bereikten alle drie ongeschonden het trottoir en liepen de hoek om naar hun auto's. Die hadden allebei een bon achter de ruitenwissers. Smith trok ze eraf en stopte ze in haar tasje.

'Dat regel ik wel,' zei ze.

Neilsen strompelde haar voorbij op weg naar het portier van zijn auto. Hij pakte zijn sleutels. Reacher stak zijn hand uit en nam ze hem af.

'Hé!' riep Neilsen fronsend. 'Ik kan nog makkelijk rijden.'

Reacher zei: 'Wat jij denkt te kunnen en wat je gaat doen zijn twee verschillende dingen. Loop om. Stap aan de andere kant in.'

Neilsen verroerde zich niet.

'Je kunt ook gaan lopen,' zei Reacher. 'Jouw keus.'

Reacher reed achter Smith aan de stad uit en terug naar het hotel. Ze reed hard. Hij moest zijn best doen om haar bij te houden. Ze stond al op haar gebruikelijke plek geparkeerd toen hij het parkeerterrein opreed. Hij stopte voor de ingang van het hotel en liet de motor draaien. Smith opende het passagiersportier, boog zich naar binnen en maakte Neilsens veiligheidsgordel los.

'Wat doen we hier?' zei Neilsen. 'We moeten naar kantoor. Er is geen enkele reden waarom ik niet zou kunnen werken.'

Reacher bemoeide zich ermee. 'Baglin zal gegarandeerd merken dat er iets aan de hand is als hij een bespreking belegt. Wil je dat soms?'

Neilsen schoot met moeite naar voren op zijn stoel. 'Misschien blijf ik dan maar een poosje op mijn kamer. Spreken we om zes uur af voor het eten?'

'Tuurlijk. Doe het rustig aan. En bedankt dat jij daar het zware werk hebt gedaan.'

'Alsjeblieft zeg. Je kent me toch. Ik zeg nooit nee tegen een gratis borrel.'

Reacher en Smith namen beide auto's mee naar het taskforcegebouw, voor het geval Neilsen het briljante idee zou krijgen om ergens naartoe te rijden. Ze lieten hun identiteitsbewijzen zien aan de bewaker en gingen in de gang ieder hun eigen weg. Reacher ging zijn kantoor binnen. Er waren drie nieuwe faxen binnengekomen. Hij pakte de vellen op, koos er een uit en liet de andere op het bureau vallen. Hij keek de lijst met namen door. Daarna ging hij op de stoel zitten, pakte de telefoon en koos het nummer van het Chemisch Korps in Fort McClellan. Er werd snel opgenomen, maar de twintig minuten daarna werd hij van het ene naar het andere bureau doorgestuurd en luisterde hij naar de ene zwakke poging tot obstructie na de andere. Toen hij eindelijk ophing, bedacht hij dat hij twee dingen had bereikt. Hij had aan een hoop deuren gerammeld. Hopelijk genoeg om iedereen die iets over Typhon wist nerveus te maken. De offensieve tegenhanger van Project 192. Misschien had hij wat paniek veroorzaakt. En misschien zouden ze zich niet kenbaar maken. Verder had hij een aantal mensen geïdentificeerd die in de jaren zestig zijdelings met het werk te maken hadden gehad en die klootzakkerig genoeg waren om te zorgen dat hij er niet wakker van zou liggen als Baglin hun de schuld in de schoenen probeerde te schuiven wanneer het misging.

Reacher probeerde weer het nummer van zijn broer Joe en deze keer nam die op.

'Reacher,' zei Joe.

'Joe.'

'Alles goed?'

'Prima. Met jou?'

'Prima. Luister, ik heb een update voor je. Die Gary Walsh blijkt een schuilnaam te gebruiken. Hij is net lange tijd undercover geweest. Een nare zaak. Hij was een beetje de kluts kwijt toen hij terugkwam, en er bestaat het vermoeden dat de groep waarin hij infiltreerde zijn spoor had opgepikt. Ik vermoed dat hij deels als therapie en deels voor zijn veiligheid aan jullie taskforce is toegevoegd. Afgezien daarvan lijkt hij een prima kerel te zijn, heb ik gehoord.'

Ze kletsten nog een paar minuten door, vooral over muziek, daarna hing Reacher op. Hij leunde achterover op zijn stoel, deed zijn ogen dicht en luisterde in gedachten naar Howlin' Wolf. Zo verstreek er een aangenaam uur, toen werd de muziek onderbroken door gepiep vanuit zijn zak. Het was zijn semafoon. Hij werd weer ontboden.

Christopher Baglin zat al op zijn stoel toen Reacher de kamer binnenkwam. Smith kwam direct na hem binnen, nog voordat de deur was dichtgevallen. Walsh zat aan de andere kant van de tafel uit het raam te turen en zag eruit alsof hij zich sinds die morgen niet had verroerd.

Reacher liet zich op zijn stoel zakken en zei: 'Het heeft geen zin om op Neilsen te wachten. Hij is ziek. Hij moest terug naar het hotel.'

Baglin fronste. 'Namen uit de jaren zestig?'

Reacher gaf hem een vel papier met twee namen erop. Smith had niets. Walsh ook niet.

Baglin vouwde Reachers velletje dubbel, stak het in zijn zak en zei: 'Oké. Luister. Er heeft zich een belangrijke ontwikkeling voorgedaan. De dader dook vanmorgen op bij het huis van de laatste wetenschapper, Neville Pritchard. Hij kwam voorbij de bewakers, en wist binnen te geraken.'

'Dus Pritchard is dood?' zei Reacher.

'Nee. Pritchard was er niet. In plaats daarvan zaten er binnen vier agenten te wachten.'

'Dus de dader is gevangengenomen? Gedood?'

'Geen van beide. De agenten in het huis hebben geprobeerd hem te arresteren, maar zonder succes.'

'Dus de man is ontkomen?'

'Dat klopt.'

'Hebben de agenten hem goed kunnen zien? Hebben we een signalement?'

'Gedeeltelijk. Maar het grote nieuws is dat onze dader feitelijk een meisje is. Een vrouw. Geen man. Jullie nieuwe hoogste prioriteit is dus om jullie zoekparameters aan te passen.'

Niemand stond op.

'Waar wachten jullie op?' zei Baglin. 'Wegwezen!'

Smith stond op. Walsh krabbelde even later overeind. Reacher bleef zitten waar hij zat. Het nieuws maakte voor hem geen verschil. Het was nooit bij hem opgekomen om vrouwen uit te sluiten van zijn zoektocht. In plaats van op te staan zei hij: 'Een vraag. Pritchard. Zit hij in verzekerde bewaring?'

Baglin aarzelde. 'Op het moment niet.'

'Dus er is wel een poging gedaan om hem op te pakken?'

'Dat klopt.'

'Waar is Pritchard nu?'

'Dat is niet bekend. Hij blijkt moeilijk te vinden. Wat op het moment ons enige lichtpuntje is. De moordenaar wist niet dat Pritchard verdwenen was, anders zou ze niet naar zijn huis zijn gegaan. Zij weet ook niet waar hij is. Dat geeft ons enig respijt. Al is dat misschien van korte duur. We moeten hem vinden voordat zij hem vindt. En hem vermoordt.'

15

Reacher, Smith en Neilsen ontmoetten elkaar om zes uur in de lobby van het hotel, zoals afgesproken. Ze liepen weer naar hetzelfde restaurant en gingen aan dezelfde tafel zitten. Reacher en Smith bestelden bier. Neilsen begon meteen met whisky.
'Wat nou?' zei hij toen hij de blikken van zijn tafelgenoten zag. 'Vinden jullie dat ik het beter bij wodka kan houden?'
Smith hield haar hand achter haar oor. 'Wat hoor ik nou? O, het is je lever. Hij vindt dat je het beter bij water kunt houden.'
Reacher en Smith brachten Neilsen op de hoogte van de bespreking van die ochtend terwijl ze op hun eten wachtten. Toen dat werd gebracht, bestelde Neilsen nog een glas whisky en zei: 'Het bestaan van een geheime zenuwgasfabriek verdoezelen is een veel sterker motief dan tests met antigiffen stilhouden. Dat bevalt me veel beter. Ik heb vanmiddag wat telefoontjes gepleegd. Hier en daar aan wat bomen geschud. We zullen zien of er iets uit valt.'
'Ik heb hetzelfde gedaan,' zei Reacher.
'Die nieuwe informatie over Neville Pritchard betekent dat hij de sleutel moet zijn tot de mogelijke onthulling van het hele illegale programma. Daarom is hij de enige die ze in beschermende bewaring wilden nemen. Ik vermoed dat hij meer spion dan wetenschapper was. Langley's man ter plaatse. Of die van het Chemisch Korps. Degene die nu aan de touwtjes trekt moet destijds de algehele leiding hebben gehad. Want hij heeft het meest te verliezen als de waarheid aan het licht komt. Met de publieke opinie van tegenwoordig zou dat het eind van zijn carrière kunnen betekenen.

En nog heel wat meer kapot kunnen maken.'

'Degene die aan de touwtjes trekt is een cynische klootzak,' zei Reacher. 'Hij had al die wetenschappers in beschermende bewaring kunnen nemen. Maar dat heeft hij niet gedaan. Hij had er geen moeite mee om de anderen aan hun lot over te laten, om ze als lokaas te laten fungeren. Hij heeft geprobeerd ze te gebruiken om de moordenaar te pakken te krijgen voordat ze Pritchard wist te bereiken.'

Neilsen ademde langzaam uit. 'Dat is ijskoud, man. Je kunt wel zien hoe die kerel de top heeft bereikt.'

Smith nam het woord. 'Juist, maar wat ik niet snap is dit: bekijk het eens vanuit het oogpunt van de moordenaar. Als Pritchard de sleutel is tot het onthullen van het geheim, waarom zou je hem dan tot het laatst bewaren? Ik zou als eerste achter hem aan gaan. De informatie vergaren die ik nodig had. En daarna doorgaan naar de tweede fase: de VS in verlegenheid brengen, de regering chanteren, of wat dan ook. Dan zou ik de anderen niet hoeven te vermoorden. Daarmee zou ik tijd besparen, en risico's vermijden.'

Neilsen nam een flinke slok. 'Misschien heeft ze Pritchard met opzet tot het laatst bewaard om de spanning waaronder hij stond op te drijven. Ze zou moeten zorgen dat hij behoorlijk gestrest was om hem zover te krijgen dat hij meewerkte.'

'Zou kunnen.'

'Of misschien kende ze niet vanaf het begin alle namen,' zei Neilsen. 'Misschien heeft ze onderaan moeten beginnen en zich naar boven moeten werken om van elk slachtoffer een nieuwe naam te krijgen.'

Smith haalde haar schouders op. 'Het is mogelijk.'

'Misschien kende ze wel alle namen, maar wist ze niet welke van belang was,' zei Reacher. 'Het kan toeval zijn dat Pritchard als laatste aan de beurt was.'

Smith schudde haar hoofd. 'Hij kan niet puur toevallig de laatste zijn geweest.'

'Natuurlijk wel,' zei Reacher. 'Het is een versie van de gokkersfout. Het is net zo waarschijnlijk dat Pritchard als laatste werd gekozen als op elke andere plaats. Het is niet zo dat de kans dat ze bij zijn naam uitkomt na elke mislukking groter wordt.'

'Weet je zeker dat het zo werkt?'

'Absoluut. Maar dat is misschien helemaal niet relevant. De moorden lijken me nog steeds persoonlijk. Misschien was het haar er wel gewoon om te doen iedereen op het lijstje te vermoorden. Als ze hen alleen maar alle zeven koud wilde maken, doet de volgorde er niet toe. En als ze weet hoe belangrijk Pritchard is, is het zinnig om hem tot het laatst te bewaren omdat hij het best beveiligd zou worden. Tot nu toe was het elke keer raak. Als ze eerst achter Pritchard aan was gegaan, was ze misschien wel meteen uitgeschakeld.'

'Precies,' zei Neilsen. 'Maar dat is theoretisch. Misschien wil ze gewoon het geheim rond Typhon onthullen. Misschien is ze gewoon een potje aan het moorden geslagen. Maar of ze nou informatie wil of haar lijstje lijken compleet wil maken, ze zal nog altijd achter Pritchard aan gaan. Ze moet wel. Dus moeten wij haar vinden, haar een halt toeroepen, en zorgen dat wij niet de schuld krijgen.'

'Nee.' Smith zette haar lege glas neer. 'Je ziet iets over het hoofd. Als ze informatie wil, heeft ze Pritchard niet nodig. Er is nog iemand die van Typhon op de hoogte is. Iemand die kennelijk bewijzen heeft. Foto's. Weliswaar uit de tweede hand, maar misschien is dat goed genoeg. Of zelfs beter.'

'Flemming. De journalist,' zei Neilsen.

'Misschien verandert ze van tactiek en gaat ze achter hem aan.'

'Als ze van zijn bestaan weet.'

'Wij weten van zijn bestaan en we zijn hier nog maar twee dagen bij betrokken. Hoelang is zij al met haar onderzoek bezig? Ze leek heel veel over de andere slachtoffers te weten.'

'We gaan morgen bij Flemming langs. Meteen na de ochtendbriefing van Baglin.'

'Nee,' zei Reacher. 'Vanavond. Nu. Morgen kan het al te laat zijn.'

Het adres dat Sarbotski hun voor Flemming had gegeven, bleek een verlaten gebouw te zijn op een smalle strook land tussen de I-295 en de Potomac. Het telde twee verdiepingen, was gebouwd van baksteen met een vreemde oranje kleur en had een heel onregelmatige vorm. Op de ene plek staken er stukken muur uit, op een andere waren die terug naar binnen getrokken, op een manier die deed vermoeden dat er een of andere complexe verborgen bedoeling achter het ontwerp zat. Uit de bovenkant van de muren was een reeks happen genomen als de kantelen van een oud Europees kasteel. Alle ramen waren dichtgemaakt met platen roestend metaal en rond het hele gebouw stond een hek zoals aannemers dat gebruiken om bouwplaatsen te beveiligen.

Smith stopte aan het eind van de oprit van het gebouw. Ze liet de lampen en de motor aan. Neilsen zat naast haar voorin. Reacher hing nonchalant op de achterbank.

'Wat is dit hier?' zei Neilsen. 'Het ziet er akelig uit. Als een gekkenhuis in een griezelfilm. Misschien is Jack Nicholson wel binnen.'

'Ik denk dat het inderdaad een soort inrichting is,' zei Smith. 'Of was. Een dependance van het St. Elizabeth. Het is in de jaren zestig gesloten. De hoofdlocatie is nog steeds open. Het is berucht. Het was een van de eerste psychiatrische ziekenhuizen in het land. Er gebeurden allerlei vreselijke dingen. Elektroshockbehandelingen. Gedwongen lobotomieën. Proeven met waarheidsserums tijdens de Koude Oorlog. Allemaal dingen die nu niet meer mogen. Het bedrijf is nu veel kleiner. Er gaan geruchten dat het St. Elizabeth zelf binnenkort ook gesloten wordt.'

'Ik krijg er de kriebels van,' zei Neilsen. 'Laten we gaan. We zitten hier duidelijk op het verkeerde spoor. We zouden een jerrycan benzine en een doosje lucifers moeten kopen en nog eens bij die eikel van een Sarbotski langsgaan.'

Smith zette de auto in de versnelling, maar nog voordat ze haar voet van de rem had gehaald,' zei Reacher: 'Wacht.' Hij voelde een tinteling onder in zijn nek. Een instinctieve reactie. Een signaal van zijn reptielenbrein. Het deel dat geprogrammeerd was om aan te voelen wanneer hij in de gaten werd gehouden. Het soort signaal dat Reacher had geleerd niet te negeren. 'We zijn nu toch hier. Het kan geen kwaad om te gaan kijken.'

Smith en Neilsen bleven zwijgen en kwamen niet in beweging.

'Blijf maar in de auto zitten als jullie willen. Dan ga ik wel.'

'Nee.' Smith draaide de contactsleutel om, trok hem eruit, stak haar hand uit naar het knopje van de binnenverlichting om die uit te doen en deed toen het portier open. 'Ik ga mee. Maar laten we wel bij elkaar blijven, oké?'

Neilsen morrelde aan zijn portiergreep. 'Dan zal ik ook maar meegaan. Om een oogje op jullie te houden.'

Reacher liep voorop langs de buitenkant van het hek. Hij maakte geen haast. Zijn blik ging telkens van de grond naar de gevels en het dak van het gebouw. Hij zocht naar draden, of naar de glinstering van metaal of glas. Hij zag niets. Het was te donker om veel details te kunnen zien. Maar hij kon de kolossale aanwezigheid van het gebouw bijna voelen, alsof het een reusachtig prehistorisch wezen was, wel in leven, maar slapend.

Ze maakten hun rondje af zonder dat er iets voorviel en kwamen uit voor wat de hoofdingang van de inrichting moest zijn geweest. Er stak een reusachtige overkapping uit de gevel. Die werd ondersteund door sierlijke pilaren en was oorspronkelijk bedoeld om nieuw aangekomen patiënten te beschermen tegen de regen of de zon. Reacher controleerde de verbinding tussen de twee dichtstbijzijnde delen van het hek. Alle andere die hij had gezien waren vastgezet met twee klemmen als vlindervleugels, met een bout en moer door het midden van de klem. Hier zat maar één klem en de moer ontbrak. De bout was gewoon in het gat geduwd en werd nergens door op zijn plaats gehouden. Reacher keek omlaag naar de betonnen voet waar de metalen staanders van het hek in stonden. Op de ene zaten krassen. Er was een deel van een boog in het ruwe oppervlak geschaafd. Reacher trok de bout eruit en maakte de klem los. Hij tilde de staander op en duwde ertegen. De staander bewoog. De klemmen die de boel vastzetten aan het volgende stuk hek dienden als scharnieren. En ze knarsten niet. Ze waren onlangs nog geolied.

Reacher wurmde zich door de opening die hij in het hek had gemaakt en liep naar de overkapping. Smith en Neilsen kwamen achter hem aan. Hij liep door naar een stel dubbele deuren van een reusachtig formaat, gemaakt van donker hout met zwarte metalen sierspijkers, en de panelen waren voorzien van kunstig houtsnijwerk. Een staaltje vakmanschap van hoge kwaliteit. Dat was duidelijk, ook al was het oppervlak nu dof en ruw. Het resultaat van jarenlange verwaarlozing en vochtige lucht, vermoedde Reacher.

Neilsen bekeek een hangslot met een beugel en een oog dat de ene deur vastzette aan de andere. Het slot was behoorlijk groot. Gemaakt om kracht uit te stralen en eventuele indringers te ontmoedigen het slot proberen open te krijgen. Maar het was oud en roestig. Het was vast al jaren niet open geweest. Neilsen schudde zijn hoofd en draaide zich om om weg te lopen. Reacher pakte hem bij zijn arm en hield hem tegen.

'Wat doe je?' fluisterde Neilsen. 'Dit is tijdverspilling. Dat slot zit hartstikke vast. Dat krijgen we nooit open.'

'Dat hoeft ook helemaal niet,' zei Reacher. 'Hierlangs gaat niemand er in of uit. Denk eens na. Je kunt een hangslot niet van binnenuit bedienen.'

Reacher hurkte neer en inspecteerde de onderste panelen van de deuren. De onderkanten waren er het slechtst aan toe. Hij vermoedde dat dat kwam door opspattende regen en verplaatste dus zijn aandacht naar de rij erboven. Hij drukte tegen een van de panelen. Dat gaf niet mee. Evenmin als het volgende dat hij probeerde. Maar het derde gaf wel een klein beetje mee. Hij probeerde de andere kant en het paneel zwaaide terug, onder spanning van de een of andere veer. Er ontstond een opening van ongeveer vijftien bij twintig centimeter. Reacher stak zijn arm erdoorheen. De binnenkant was onregelmatig. Nog meer houtsnijwerk, dacht Reacher. Toen raakten zijn vingers iets wat glad, recht en smal was. Een smalle plank. Reacher duwde, trok en draaide tot de plank losliet. Hij liet hem vallen, trok zijn arm terug en duwde tegen het derde paneel. Deze keer zwaaide er een heel stuk naar binnen. Negen bij negen panelen. Als een kleine deur in een deur.

Het kostte Reacher heel wat moeite en hij moest zich in allerlei bochten wringen, maar hij slaagde er toch in zijn lijf door de opening te wurmen. Hij stond op en voorzichtig schuifelend en met een arm uitgestrekt in de donkere leegte, stapte hij opzij. Smith voegde zich bij hem. En daarna Neilsen. Ze bleven allemaal staan en wachtten tot hun ogen aan het donker gewend waren. Na een paar minuten begonnen ze wat details te zien. Op de vloer lagen zwart-witte tegels met een dikke laag stof erop. De kroonlijst rond het plafond hoog boven hen zat onder het vuil en de spinnenwebben. Op verschillende plaatsen op de muur hingen hele stukken pleisterwerk los. Voor hen zagen ze vaag de contouren van een meubelstuk. Misschien een balie.

'Doe even jullie ogen dicht,' zei Smith.

Reacher hoorde geritsel en toen een klik. Hij deed een oog open en zag dat Smith een dunne zaklamp vasthield. Ze had het licht teruggedraaid tot een smalle straal en scheen daarmee om zich heen. In het midden van het plafond hing een kroonluchter. Aan weerszijden van de ruimte waren dubbele deuren. Recht voor hen was een wand van glas, die inmiddels bedekt was met lagen vuil. Het voelde aan als een statig maar verlopen grand hôtel. Reacher kon het voor zich zien met piccolo's in uniform die deftige bagage wegdroegen en opgedirkte gasten die heen en weer liepen tussen eetzalen, balzalen en de strakke tuinen die buiten waren aangelegd. Al wist hij dat het leven hier totaal niet had geleken op de voorstelling die hij zich er nu van maakte. Gedwongen zijn hier te wonen. Er konden weinig plekken in het land erger geweest zijn dan deze, als Smiths herinnering klopte.

Smith liet de straal van de zaklamp op de grond schijnen. Daarmee onthulde ze verschillende sets voetafdrukken die over een pad in het stof heen en weer liepen. Ze begon die te volgen.

'Stop,' zei Reacher.

Hij was te laat. Hij had een kleine onderbreking in de reeks voetafdrukken gezien. Een smalle strook waar niet op gelopen was. Dat kon maar één ding betekenen. Er hing een struikeldraad boven. De zaklamp bevestigde dat. De draad was kleurloos. Zo dun als een haar. Hij liep over de hele breedte van het vertrek. En Smith raakte hem met haar rechterscheenbeen. Het hele vertrek baadde onmiddellijk in het licht van ergens boven hen. Het was niet fel en scherp, zoals het in films zou zijn. Het was niet genoeg om hen te verblinden. Of om de man te verblinden die door de deuropening aan de rechterkant stapte. Hij was misschien een meter tachtig, maar kromgebogen. Hij had een bleke huid en hij was blootsvoets. Zijn lange, grijze haar hing in slierten langs zijn gezicht. Hij droeg een spijkerbroek met wijd uitlopende pijpen en een kleurig paisleyoverhemd met een heel brede kraag. En hij hield een geweer vast. Een heel oud geweer. Een Winchester Model 97. Een loopgravengeweer, zoals de infanterie tijdens de Eerste Wereldoorlog het noemde. Hij richtte het op Smith, maar Reacher en Neilsen stonden pal achter haar, waardoor ze samen met haar aan flarden zouden worden gereten als de man de trekker overhaalde.

16

De man met het geweer zei: 'Stop. Wie zijn jullie? Waarom hebben jullie bij me ingebroken?'

Reacher schoof langzaam naar rechts. Hij wilde wat afstand scheppen tussen hemzelf en de anderen. Hij hield zijn blik op de wijsvinger aan de trekker gericht, stak zijn handen op tot schouderhoogte en zei: 'We zijn op zoek naar Spencer Flemming. Ben jij dat?'

'Blijf staan. Wat willen jullie?'
'Ben jij Flemming?'
'Wie wil dat weten?'
'Mijn naam is Jack Reacher.'
'Ben je van de politie? FBI? CIA? Wat?'
'Amerikaanse leger.'
'Serieus?'
'Serieus. Mijn identiteitsbewijs zit in mijn zak.' Reacher liet langzaam zijn rechterhand zakken.

'Nee. Niet bewegen. Wat moet het leger hier? Jullie mogen niet op Amerikaanse bodem worden ingezet.'

'We zijn hier om je te helpen. Als je Spencer Flemming bent.'
De man reageerde niet.

'Kom op,' zei Reacher. 'Wat kan het voor kwaad om ons te zeggen hoe je heet? Jij bent de man met het geweer. Ben je Flemming?'

De man knikte. Een heel kleine beweging. 'Misschien.'

'Dan ben je in gevaar. Er is iemand op uit om je te vermoorden. Wij proberen dat te voorkomen.'

'Mij vermoorden? Onmogelijk. Dan moeten ze me eerst zien te vinden. Niemand weet dat ik hier woon.'

'Wij weten het.'

'Ja.' Flemming bracht het geweer iets verder omhoog. 'Dat is waar. Hoe komt dat?'

'Een vriend van je heeft het ons verteld. Maksim Sarbotski.'

Flemming zweeg even. 'Wie?'

'Maksim Sarbotski. Hij zei dat je journalist was.'

'O. Die gast. Klein, mager. Albanees. Op welke arm zat zijn tatoeage ook weer?'

'Hij is een Rus. We hebben zijn armen niet gezien. En hij is niet klein en mager. Hij is net een worstelaar.'

'Hij gebruikt nu een Franse naam. Welke?'

'Het is een Engelse naam. Of dat moet het voorstellen. Prins Sarb. Maar ik betwijfel of iemand die naam serieus neemt.'

'Oké.' Flemming zweeg even. 'Ga door. Waarom wil iemand me vermoorden? En wat kan jullie dat schelen?'

'Vanwege Project Typhon.'

'Wat weten jullie daarover?'

'Niet genoeg. Daarom kan het ons iets schelen. Het is de reden dat we hier zijn. We willen dat je ons erover vertelt. Dat zal ons helpen degene tegen te houden die achter je aankomt. Maar als je onze hulp niet wilt, prima. Dan gaan we weg en vallen we je niet meer lastig. We zullen alleen de overlijdensberichten in de gaten houden om te kijken wanneer je naam daarin verschijnt.'

Flemming reageerde niet.

Reacher liet zijn handen zakken en draaide zich om. 'Prima. Tot ziens. Maar je moet wel weten dat degene over wie we het hebben al vijf mensen heeft vermoord.'

'Willekeurige mensen?' vroeg Flemming.

'Specifieke mensen. Allemaal wetenschappers die aan het project hebben gewerkt.'

'Waarom zou ik me dan zorgen maken? Ik ben geen wetenschapper. Ik had niets met het project te maken.'

'De moordenaar wil informatie over Typhon. De enige overgebleven wetenschapper die informatie heeft, wordt vermist. De enige andere persoon die ervan op de hoogte is ben jij. Ga je gang. Reken maar uit.'

Flemming deed een stap achteruit. 'Ik ga hier niet weg. Ik sla niet op de vlucht. Ik ga me niet verstoppen.'

'Help ons, dan hoeft dat niet.'

'Hoe weet ik dat dit geen valstrik is?'

'Hoe kan het nou een valstrik zijn?'

'Ik zit hier al tweeëntwintig jaar. Weet je waarom?'

'Je hebt een excentrieke smaak qua interieur?'

'Vanwege het artikel dat ik over Project 192 heb geschreven. Eind '69, begin '70. Ik was toen verslaggever. Een verdomd goeie. Het artikel zou inslaan als een bom. Het beste wat ik ooit heb geschreven. Het was al helemaal klaar, twee dagen voor het ter perse zou gaan. We waren van plan het op een zondag groots te brengen. We gingen voor maximale impact. Ik liep terug naar huis na een afspraak, gelukkig, dromend over promotie, de Pulitzerprijs en boekcontracten. Ik zag een busje voor mijn flatgebouw staan. Een blauwe Ford. Ik vond het toen niet iets bijzonders, maar ik zal het nooit meer vergeten. En ik zal ook nooit de geur van de kap vergeten die ze over mijn hoofd trokken. Mijn wereld werd zwart. En die bleef zwart, voor mijn gevoel wekenlang. In feite was het drie dagen. Eerst lag ik achter in het busje. Daarna in een kleine kamer. Ik weet niet waar het was, maar het was er koud. De vloer en de wanden waren van hard beton. Er was geen bed. Geen stoel. Geen wc. Ze gaven me nauwelijks water en geen eten. Toen ging er eindelijk een lamp aan. Het licht deed pijn aan mijn ogen. Er kwam iemand binnen. Hij bleef staan. Ik lag op de vloer en kon me niet bewegen. Hij gaf me een keus. Hem al mijn aantekeningen, kladjes, concepten en foto's geven en nooit iemand vertellen wat ik wist, of de rest van mijn leven in zo'n zelfde kamer doorbrengen. In het donker. In de kou. Hongerig. Alleen.'

'En Sarbotski hielp je met het artikel?'

'Hij was een bron, inderdaad. Hij dacht waarschijnlijk dat hij mij gebruikte. En ik dacht dat ik hem gebruikte. De waarheid? Die ligt waarschijnlijk in het midden. Maar ik heb nooit iets gedrukt wat niet waar was. Ik controleerde elk detail drie keer. Ik werkte niet voor de Sovjets. Ik ben geen verrader.'

'Dus je gaf de man in die kamer wat hij wilde en ging toen hierheen?'

'Nou en of ik hem gaf wat hij wilde. En ik ging niet meteen hierheen. Ik heb geprobeerd weer aan het werk te gaan. Maar het lukte niet. Die man zei dat ze me in de gaten zouden houden. Als ik ooit lastig zou worden, als ik ooit mijn neus ergens instak waar die niet hoorde, als ik op welke manier dan ook de aandacht trok, dan zou het voor mij einde verhaal zijn. Hij zei dat ze de kamer voor me zouden bewaren, voor het geval dat. Hij zei dat ze al een bordje op de deur hadden gehangen met mijn naam erop. Ik zal eerlijk zijn. Het maakte me gek. Ik kon geen artikel meer schrijven zonder me af te vragen hoe het zou kunnen worden geïnterpreteerd. Ik kon niet meer over straat lopen zonder een hartverzakking te krijgen zodra ik een busje langs het trottoir zag staan. Het leek me het beste om te verdwijnen.'

'Je denkt dat we hier zijn om je te testen. Om te kijken of je weer in staat bent moeilijkheden te veroorzaken.'

'In mijn ervaring komen mensen die onverwachts opduiken naar me toe om me iets aan te doen, niet om me te helpen. Waarom zou het deze keer anders zijn?'

'En als er nou iemand voor ons kan instaan?'

'Wie?'

'Sarbotski. Je kent hem. En hij heeft al een deal met de overheid. Hij heeft wat hij wil. Het levert hem niets op als hij jou verraadt.'

Flemming dacht even na. 'Oké,' zei hij toen. 'Dat zou best eens kunnen werken.'

'We zullen je naar hem toe brengen,' zei Reacher. 'Dan kunnen jullie met elkaar praten en brengen wij je daarna meteen terug.'

'Ik ga hier niet weg. Dat heb ik al gezegd. We bellen hem wel.'

'Hoe dan?'

Flemming wees naar een deur in de glazen wand aan de andere kant van de ruimte. 'Jullie lopen voor me uit. Probeer niet iets uit te halen.'

De deur kwam uit op een vierkante binnenplaats. Die werd helemaal ingesloten door de vier zijden van het gebouw, afgezien van een hek ter grootte van een auto dat was gebarricadeerd met oude autobanden. Reacher vermoedde dat het hek oorspronkelijk voor leveringen werd gebruikt en dat de binnenplaats bedoeld was geweest om licht toe te laten aan de binnenzijde van de afdelingen. Het kon ook een plek zijn geweest waar de patiënten wat lichaamsbeweging konden krijgen. Misschien waren er vroeger tuinen, paden en bankjes geweest. Mogelijk zorgvuldig onderhouden. Nu groeide er niets op het terrein, afgezien van wat onkruid dat tussen de brokken steen uit piepte. Het midden van de binnenplaats was leeg. Op drie van de muren zat alleen graffiti. Maar tegen de westelijke muur stonden drie campers dicht tegen het metselwerk aan. De buitenkant was van aluminium. Dat was nu mat, maar Reacher vermoedde dat het had geglommen toen ze nieuw waren.

Flemming wees naar de linker camper. 'Dat is mijn kantoor. De middelste is mijn woonkamer. In de andere slaap ik.'

Hij trok de deur van de kantoorcamper open, leunde naar binnen, zette een schakelaar om en het licht ging aan. Onder het raam stond een bureau. Het was simpel en doelmatig, met een metalen onderstel en een glad houten blad. Een stoel op wieltjes die betere tijden had gekend. De bekleding was op diverse plaatsen gescheurd en de vulling puilde er in smoezelige oranje bulten uit. En een leren leunstoel, die er niet veel beter aan toe was. Voor de rest was de ruimte gevuld met boekenkasten. Ze leken zelfgemaakt en zaten boordevol boeken, bundels papieren en stapels tijdschriften. Eén wand hing vol dingen in lijstjes. Diploma's. Prijzen. Kopieën van artikelen. En één foto. Van Flemming toen hij nog een stuk jonger was. Hij was magerder en zijn haar was donkerbruin. Hij zat op een boot op een rivier in een oerwoud. Het leek Vietnam.

Reacher knikte naar de stapels papieren op het bureau. 'Werk je nog steeds?'

Flemming haalde zijn schouders op. 'Ik blijf bezig. Schrijven doe ik niet meer. Niet onder mijn eigen naam in elk geval. Dat is te riskant. Maar ik help wat mensen. Met research. Redactie. Dat soort dingen.' Hij verschoof wat papieren op het bureau, haalde een telefoon tevoorschijn en nam de hoorn op.

'Doet dat ding het?' vroeg Smith.

Flemming keek haar aan. 'Denk je dat ik ga doen alsof ik een telefoongesprek voer? Natuurlijk doet-ie het. Alles hier werkt. Als je zoveel tijd doorbrengt in sommige landen waar ik je over zou kunnen vertellen, word je best goed in het lenen van dingen. Hier wat stroom. Daar wat water. En ergens een kiestoon. In de andere twee campers heb ik ook kabel.'

Flemming hield het geweer vast, klemde de telefoonhoorn tussen zijn schouder en zijn kin en draaide uit zijn hoofd een nummer. Reacher kon de trage, lome beltoon horen. Daarna een lage bromstem. De woorden kon hij niet verstaan.

'Sorry, man,' zei Flemming. 'Ja, ik weet hoe laat het is, maar dit is een noodgeval. Er staan hier drie lui die zeggen dat jij ze hebt gestuurd.' Hij beschreef Reacher, Smith en Neilsen en luisterde toen even. Daarna zei hij: 'Bedankt. Ik laat je weten hoe het gaat.'

Flemming legde de hoorn weer op de haak en hief het geweer. Hij zette het tegen zijn schouder, richtte op Reacher en zei: 'Sarbotski kent jullie niet.'

'Bel hem terug,' zei Reacher. 'Herinner hem aan de brand. Ik heb hem heel duidelijk gemaakt waar hij zal zijn wanneer ik alles in de fik steek.'

Flemming liet het geweer zakken. Er verscheen even een vage glimlach op zijn gezicht. 'Sarbotski zei dat je oké was als je daarover begon. Dus. Wat willen jullie weten?'

Reacher ging dichter bij hem staan. 'Is het waar dat er een programma parallel aan Project 192 liep? Een waarbij offensieve biowapens werden ontwikkeld? Project Typhon?'

'Ja. Absoluut. Al kwam die naam van de KGB. Die is nooit officieel geweest.'

'Hoe weet jij ervan?'

'Research. Ik was ooit heel goed, vergeet dat niet. Ik ging tot het uiterste. Hier, en in India. Ik weet het deels door feiten die ik samenvoegde. Het soort chemicaliën dat naar de locatie werd getransporteerd. De apparatuur die er werd gebruikt. De beschermende kleding die werd afgeleverd. De voorzorgsmaatregelen die werden genomen. Stukjes en beetjes informatie die ik van laboranten en schoonmakers kreeg. Maar vooral de lijken.'

'Zijn er mensen gestorven?'

Flemming knikte. 'Ik ben bang van wel.'

'Werd er op mensen geëxperimenteerd?'

'Nee. Het was een ongeluk. Een lek. Op een avond in december '69.'

'Een ongeluk?' zei Reacher. 'Weet je het zeker? Want als ik iets over een ongeluk hoor en weet dat de CIA betrokken is, dan slaat mijn bullshitradar op tilt. Sorry, Neilsen.'

'Geen probleem,' zei Neilsen. 'Ik dacht precies hetzelfde.'

'Laat me even een stukje teruggaan,' zei Flemming na een korte stilte. 'Ik leg het niet goed uit. Bij het incident waarbij de doden vielen was sprake van sabotage. Honderd procent zeker. Geen twijfel mogelijk. Maar die actie was gericht tegen Mason Chemical Industries. Het civiele bedrijf dat als dekmantel voor de geheime operatie werd gebruikt. De dader was gewoon een ontstemde medewerker. Morgan Sanson heette hij. Hij had geen idee dat Project 192 zelfs maar bestond. Laat staan een parallel project om offensieve wapens te ontwikkelen. Die trof hij per ongeluk.'

'Wat was zijn verhaal?'

'Triest, eigenlijk. Hij had allerlei klachten. Noem maar op. Slechte betaling. De arbeidsomstandigheden. Te weinig vakantiedagen. Gebrek aan doorgroeimogelijkheden. Niemand van het management wilde naar hem luisteren. Er was geen vakbond, dus hij kon als individu niets voor elkaar krijgen. En dus had hij het geniale idee om wat met de apparatuur te rommelen. Het bedrijf op kosten te jagen. Op die manier de aandacht te trekken. Op een avond sloot hij de watertoevoer van een of ander koelsysteem af. Hij dacht dat het niet belangrijk was. In feite was het uiterst kritiek voor 192 en Typhon, maar er hingen natuurlijk nergens bordjes waar dat op stond. Er stond niets over in het handboek van het bedrijf. De temperatuurstijging veroorzaakte overdruk in een opslagtank, die barstte, en er lekte een heleboel gas weg. Er vielen veel doden. Burgers, plaatselijke bevolking. Het was niet mooi om te zien. Ik was daar. Ik heb foto's gemaakt.'

'Over hoeveel slachtoffers hebben we het?'

Flemming stak zijn vinger op. 'Nu wordt het interessant.' Hij liep naar een van de boekenkasten en tuurde even naar wat daar lag opgestapeld. Toen trok hij er een dossiermap uit, blies er wat stof af, bladerde tot hij de juiste pagina had gevonden en gaf de map aan Reacher. Smith en Neilsen kwamen ieder aan een kant naast hem staan en ze lazen gedrieën het artikel. Het was uit de *New York Times*. De datum was 13 januari 1970. Het papier was vergeeld en zag er dun en kwetsbaar uit in zijn beschermende plastic hoesje. Bovenaan de pagina stond een foto van een vrouw in een labjas. Haar haar was naar achteren gebonden. Ze droeg een bril, zag er jong, serieus en aantrekkelijk uit. In de tekst rondom haar foto werd een deel van wat Flemming had verteld, beschreven. Over een radicale werknemer. Vandalisme. Een gaslek. Een experimenteel ontsmettingsmiddel waar arme bevolkingsgroepen veel profijt van zouden hebben zodra het was goedgekeurd voor gebruik. Het artikel had het over zeven doden en benadrukte dat het aantal veel hoger geweest zou zijn als het reddingsteam van het bedrijf niet zo snel had gereageerd. Op een tweede foto waren de lijken te zien. Ze lagen in een veld met hoog gras en bloemen. Ze droegen schone, lichte kleding. Hun gezichten zagen er kalm uit. Bijna sereen. Het was alsof ze net terug waren van een wandeling in de omgeving en hadden besloten een tukje te doen in de middagzon.

Reacher keek Smith en Neilsen aan. Hij had totaal niet verwacht zoiets te zien. Hij kon aan hen merken dat ze ook verrast waren. En niet in positieve zin. Hij had het gevoel dat de grond onder zijn voeten iets was verschoven. Het artikel sprak van een tragedie. Dat zeker. Maar buitengewoon schokkend was het niet. Het bood geen motief voor meerdere moorden. Hij voelde dat hun theorie begon te wankelen.

Flemming nam de map aan. 'Dat is wat er in de *New York Times* verscheen. Het is niet wat ik heb geschreven.' Hij pakte een andere map van de plank en gaf die aan Reacher. 'Mijn artikel zit hierin. Denk erom dat ik niet geacht word het te hebben. Ik heb gezworen dat ik hun alles heb gegeven. Je mag niemand vertellen dat je dit hebt gezien.'

Deze map bevatte geen krantenknipsel. Alleen gewone vellen papier met een op regelafstand twee getypte tekst. Die vertelde een verhaal dat op sommige punten overeenkwam met het andere. Ook hier was sprake van een saboteur. Een gaslek. Dode burgers. Maar op andere punten week het sterk af. Er werd melding gemaakt van een geheim onderzoek door de overheid. De CIA. Zenuwgassen. Een bedrijf dat in paniek raakte over een potentiële pr-ramp. Een doofpotaffaire. Maar het meest dramatische verschil zat in het dodental. Deze versie had het niet over zeven doden, maar over duizendzeven mensen die het leven hadden verloren.

'Sla de bladzijde om,' zei Flemming toen hij aan hun gezichten zag dat ze klaar waren met lezen. 'Maar alleen als je een sterke maag hebt.'

Het volgende plastic hoesje bevatte een foto van vijfentwintig bij twintig centimeter. Deze was in kleur en veel scherper dan de foto in de krant. Er was een heel ander veld op te zien. Er groeiden geen bloemen, geen gras. Niets wat leefde. Alleen zand, stenen en lijken. Het was een panorama-opname om alles helemaal te kunnen vastleggen. Het terrein besloeg een enorme oppervlakte en lag vol met lijken. Ze lagen in vreemde, bizarre houdingen, alsof de slachtoffers onmiddellijk na blootstelling onder vreselijk pijnlijke stuiptrekkingen waren bezweken.

'Sla nog eens om,' zei Flemming.

In het volgende plastic hoesje zat nog een foto. Een close-up van het gezicht van een slachtoffer. Ze had haar ogen dichtgeknepen. Haar huid, vol vreemde paarse vlekken, zat strak over de jukbeenderen getrokken. Haar mond was opengesperd in een eeuwige schreeuw.

'Nog eens.'

Er zaten nog vierendertig foto's in de map. Allemaal van lijken. Sommige alleen. Andere met elkaar verstrengeld. Ze waren duidelijk allemaal een gruwelijk pijnlijke dood gestorven.

'Verschrikkelijk,' zei Smith. 'Gewoonweg verschrikkelijk. Ik snap wel waarom de overheid absoluut niet wilde dat dit naar buiten kwam. Maar dat rechtvaardigt nog niet wat ze met jou hebben gedaan.'

'Dank je.' Flemming pakte de map weer aan en legde hem terug op de plank.

'Ik wil meer weten over de saboteur,' zei Reacher. 'Die Sanson.'

'Er valt verder niet veel te vertellen. Hij was een wetenschapper. Gefrustreerd op het werk, maar thuis tevreden, naar wat ik heb gehoord. Hij was getrouwd. Zijn vrouw heette Alisha, geloof ik. Ze hadden vier kinderen. Robbie, Ronnie, Ritchie, en hoe heette die andere jongen ook weer? Ryan, misschien?'

'Wat is er na het incident met hem gebeurd?'

'Hij werd door de pers aan het kruis genageld. Zijn rol raakte pas na een paar dagen bekend, maar toen dat gebeurde, werd het heel snel heel naar. Ook al dachten de mensen dat hij maar aan zeven sterfgevallen schuldig was. Of het nu de lasterpraat was of het feit dat hij de waarheid wist over de aantallen en dat niet aankon, weet ik niet. Maar twee weken later, toen hij terug was in Amerika, pleegde hij net voor Kerstmis zelfmoord.'

'Als ik iets over zelfmoord hoor en de CIA erbij betrokken is...' zei Reacher.

'Ik weet het, ik weet het. Maar er was geen verband met de CIA. Daar heb ik lang en grondig onderzoek naar gedaan tijdens mijn research voor het artikel. Bovendien zou het nergens op slaan als de CIA hem vermoordde. Ze zouden hun eigen project niet hebben laten ontsporen. Misschien kende hij de waarheid over het dodental, maar dat gold ook voor mij. En voor mijn redacteur. Mij hebben ze niet vermoord. En haar ook niet.'

'Kan hij van de KGB zijn geweest?'

'Absoluut niet,' zei Smith. 'De KGB is erg loyaal aan zijn agenten. Als een van hen een groot Amerikaans wapenprogramma had vernacheld, zouden ze hem als een held hebben teruggehaald naar Moskou. Hem een medaille hebben gegeven, en misschien een iets groter dan gemiddeld appartement met een enigszins minder deprimerend uitzicht. Dan had Sanson misschien alsnog zelfmoord gepleegd, maar niet in de VS en niet om dezelfde reden.'

'Hoe zit het met de slachtoffers?' vroeg Reacher. 'Is hun identiteit bekend?'

Flemming schudde zijn hoofd. 'En daar kom je ook nooit meer achter. Het is te lang geleden. Te ver weg. Het was niet in het belang van het bedrijf om die gegevens bij te houden. En zeker niet in dat van de CIA. Of het leger. En de families zijn allemaal betaald om hun mond te houden, dus langs die kant kom je ook niet verder.'

'En getuigen? Het valt niet mee om ruim duizend lijken te verbergen.'

'Verbergen? Je denkt als een westerling. We hebben het over een plek waar regelmatig miljoenen mensen de hongerdood sterven. En een groot deel van de bevolking gelooft in een voorbeschikt lot. En voor wie toch problemen zou willen veroorzaken, was er nog altijd ouderwets zwijggeld.'

'Er is nog iets wat me dwarszit,' zei Reacher. 'De vrouw op de foto in de *New York Times*. Ik zag geen naam staan. Waarom komt ze me bekend voor?'

'Dat was een heel jonge Susan Kasluga,' zei Flemming. 'Het was haar eerste baan na de universiteit.'

'Susan Kasluga... de vrouw van Charles Stamoran?' vroeg Reacher. 'De minister van Defensie?'

'Precies.' Flemming knikte. 'Ze kwam na het incident terug naar Amerika, nam ontslag bij Mason Chemical en richtte AmeriChem Incorporated op. Ze maakte het tot een van de grootste bedrijven ter wereld. Ze werkt er nog steeds. Als de CEO.'

'Vindt niemand anders dat vreemd?'

'Wat is daar vreemd aan?'

'Nou,' zei Reacher. 'Stamoran heeft de taskforce opgezet om te voorkomen dat er iets over Project 192 bekend wordt gemaakt en nu komen we erachter dat zijn vrouw er deel van uitmaakte? Dat moet op z'n minst eigenbelang zijn.'

'Kasluga had niets te maken met Project 192,' zei Flemming. 'Of met Typhon. Ze werkte voor Mason Chemical. De overheid maakte gebruik van de overlap tussen wapenontwikkeling en civiele research om de geheime programma's waaraan ze werkten te verbergen. Geen van de werknemers van Mason was op de hoogte van de geheime werkzaamheden. Kijk maar naar Sanson, de saboteur.'

'Kasluga's foto stond in de kranten. Ze maakte deel uit van de doofpotaffaire.'

'Geloof niet alles wat je in de kranten leest. Ik heb onderzoek naar haar gedaan voor mijn artikel. Iedereen zei hetzelfde. Het waren de jaren zestig. Ze was een vrouw, net afgestudeerd. Ze zou misschien alleen in het geheime lab hebben kunnen komen als ze haar binnen hadden gelaten om schoon te maken. Als ze geen knap snoetje nodig hadden gehad om voor de camera's te zetten, zou ze nooit vermeld zijn. In de oorspronkelijke versie van het artikel had ze een actieve rol in het reddingsteam. Tegen de tijd dat het ter perse ging was ze niet meer dan een spreekbuis. Ze was net zo min onderdeel van Project 192 of Typhon als de lijken in de *New York Times* de echte slachtoffers waren. Wacht even. Ik zal je nog iets anders laten zien.' Flemming liep terug naar de boekenkasten en zocht in een stapel bruine enveloppen. Hij haalde er eentje onderuit, gooide de inhoud op het bureau en koos een vel papier uit met een stroomdiagram erop getekend. 'Dit is een organigram dat ik heb gemaakt toen ik research deed voor een ander artikel, over een chemische fabriek in Sri Lanka. Het was hetzelfde verhaal als in India. Een op het publiek gerichte civiele fabriek als dekmantel voor een geheim overheidslaboratorium. Het geheime lab had twee missies. Antigiffen ontwikkelen tegen Sovjet-biowapens. En onze eigen biowapens ontwikkelen.

De voorman ter plaatse coördineerde beide en rapporteerde aan een contactpersoon in de vs. Daar waren geen lekkages of velden vol lijken, dus werd het artikel door 192 en Typhon naar de achtergrond geschoven.'

Reacher pakte het diagram van Flemming aan en bestudeerde het. De namen van de wetenschappers waren allemaal anders, wat hem niet echt verbaasde. Maar het vak waar de leider van het programma moest staan, was leeg. Geen naam, geen rang, geen functie.

Dat zou niet lang meer zo blijven, dacht Reacher.

17

Reachers derde hele dag in D.C. begon op grotendeels dezelfde manier als de vorige twee. Hij nam een douche, kleedde zich aan, nuttigde snel een ontbijt, pakte een extra koffie voor onderweg en legde de korte afstand naar het kantoor van de taskforce af. Die dag koos hij ervoor te gaan lopen. Hij had niet goed geslapen en hoopte dat een beetje beweging samen met de cafeïne en wat in de hoofdstad moest doorgaan voor frisse lucht, zouden helpen. Hij was de hele nacht geplaagd door een steeds terugkerend beeld van iets waar hij in Flemmings camper over had gehoord. Hij stelde zich een man voor die zich stiekem in de schaduw van een complexe machine verborg. Die een ventiel of een kraan dichtdraaide. Omdat hij iets duidelijk wilde maken. Niet omdat hij iemand kwaad wilde doen. En die wakker werd met het nieuws dat hij ruim duizend onschuldige mensen had gedood. Nu, tientallen jaren later, waren er aan de andere kant van de wereld nog eens vijf mensen dood. Het kon niet anders of het maakte deel uit van hetzelfde plaatje, maar er ontbrak iets. Dat wist Reacher zeker. Hij had het gevoel dat alle elementen voor zijn neus lagen, maar dat hij sommige niet goed kon zien. Alsof hij door een deken van mistflarden naar een ver panorama keek. Hij wist dat die mist zou optrekken en dat de verbanden dan zichtbaar zouden worden. Hij kon niets doen om het proces te versnellen. Dat wist hij uit ervaring. Maar dat wilde nog niet zeggen dat hij er blij mee was.

Christopher Baglin begon de ochtendbespreking met een nieuwe aankondiging.

'Luister even, allemaal. De agenten die betrokken waren bij het debacle van gisteren in het huis van Neville Pritchard zijn weer uit het ziekenhuis en hebben eindelijk verslag uitgebracht. Er is één heel nuttig stukje informatie boven water gekomen. De moordenaar werkt niet alleen. Ze heeft een partner of medeplichtige. Ook een vrouw. Ze reed in een gestolen UPS-wagen die de moordenaar voor het huis afzette. Daarna blokkeerde ze het zicht van de desbetreffende agent in de auto terwijl de moordenaar zich toegang tot het huis verschafte. We gaan ervan uit dat ze ook bij de ontsnapping van de moordenaar betrokken was. Het is op dit moment niet duidelijk of ze ook met de andere moorden te maken heeft gehad, maar mij persoonlijk zou het verbazen als dat niet zo was. Ze hebben duidelijk een of andere verstandhouding met elkaar. Wat voor relatie of dynamiek er precies tussen hen bestaat is nog niet bekend. Maar het is duidelijk belangrijke informatie, dus jullie moeten je zoekparameters opnieuw bijstellen. Dit zou moeten helpen het zoekveld aanzienlijk te beperken.'

'Niet wat het leger betreft, helaas. Er waren geen vrouwelijke soldaten ongeoorloofd afwezig binnen het relevante tijdsbestek, dus het maakt niet uit of we naar een of twee vrouwen zoeken. En ik heb toch al niets gevonden over vrouwelijke veteranen met relevante ervaring of training die – hetzij door bloedverwantschap, hetzij door een huwelijk – familie zijn van de mensen die in de jaren zestig betrokken waren bij Project 192.'

'Hier hetzelfde,' zei Neilsen. 'We zitten op een dood spoor, vanuit het perspectief van de CIA.'

Er zei verder niemand iets, dus Baglin vroeg: 'Smith?'

'Ik krijg geen hits voor mensen die we op dit moment op onze radar hebben,' zei Smith. 'Het is denkbaar dat er een slapende spion is, of dat er meerdere zijn van wie we tot dusver niet op de hoogte waren en die nu zijn geactiveerd. Of dat een paar mensen zonder strafblad onlangs zijn geïnfiltreerd. Maar naar mijn mening zijn die scenario's zeer onwaarschijnlijk.'

Baglin knikte. 'Walsh, heeft het zin jou iets te vragen?'

Walsh wendde zijn blik van het raam af en zei: 'Nee.' Toen draaide hij zijn hoofd weer om en tuurde opnieuw in de verte.

'Oké,' zei Baglin. 'Jullie weten allemaal waar we naar op zoek zijn. Ga zoeken. Fanatiek.'

De tijd die Veronica Sanson aan de telefoon doorbracht, bleek lonend. Ze was uitgegaan van de vooronderstelling dat Neville Pritchard zo min mogelijk tijd op de weg zou willen doorbrengen. Een basisprincipe voor ontsnapping en ontwijking. Minimaliseer je blootstelling. Ze ging er ook van uit dat Pritchard gezien zijn staat van paraatheid van tevoren een veilige plek zou hebben geregeld. Dus belde ze alle camperplaatsen en kampeerterreinen in een straal van vijfenzeventig kilometer rond zijn huis. Dat werd gemakkelijker gemaakt door het feit dat hij zo dicht bij de kust woonde. Bijna de helft van het potentiële gebied viel af doordat het in zee lag. Ze legde iedereen die ze sprak uit dat ze onlangs met haar man vanuit Annapolis hierheen was verhuisd en graag een plek wilde vinden waar ze regelmatig van een weekendje weg konden genieten. Ze hadden geen kinderen of honden en zouden de voorkeur geven aan een plek zonder al te veel jonge gezinnen. Hoe meer afgezonderd hoe beter, zelfs. Ze waren ervaren campers en hadden dus niet allerlei faciliteiten nodig. En ze waren niet zo dol op veranderingen, dus als het beviel wilden ze er graag een langdurige reservering van maken, zodat dezelfde plek altijd voor hen beschikbaar zou zijn. Bij twee locaties konden ze alle wensen afvinken. Ze besloten de dichtstbijzijnde het eerst te proberen.

Reacher was na de ochtendbijeenkomst nog geen tien minuten terug in zijn kantoor toen er op de deur werd geklopt. De deur ging open voordat hij iets had gezegd en Smith stapte naar binnen. Van dichtbij zag ze bleek en had ze donkere kringen onder haar ogen.

'Reacher, kunnen we even met elkaar praten?'

Hij vroeg waarover.

'Ik denk dat we Baglin moeten vertellen wat we weten. Wat we gisteravond van Flemming te weten zijn gekomen.'

'Vind je? Waarom?'

'Zoals ik het zie, is ons doel niet veranderd. We moeten de moordenaar tegenhouden. Pritchard redden. Zorgen dat Project 192 geheim blijft. Er is geen reden om aan te nemen dat het motief van de moordenaar is gewijzigd. Het gaat nog steeds om wraak, of onthulling. Misschien beide. Maar wat wel is veranderd, is de lijst verdachten. Die is zelfs onherkenbaar gewijzigd. We hebben het niet meer over een handvol oude KGB'ers. Niet over een paar militairen of spionnen met familieleden die schade hebben ondervonden van het project. Nee, we hebben het over de verwanten van meer dan duizend getroffen gezinnen. Dat zijn misschien wel, zeg eens wat, vijfduizend mensen? Tienduizend?'

'Zou kunnen.'

'Dat zijn er veel te veel. En denk eens aan de logistiek. We zouden contact moeten opnemen met het civiele bedrijf, Mason Chemical, als dat tenminste nog bestaat en als het dossiers heeft bewaard van zo lang geleden. We zouden de medewerking van de Indiase overheid nodig hebben. En ook van het Indiase leger, als we gelijk hebben over de militaire training. Wat waarschijnlijk zo is.'

'En dat is ook weer een probleem. Het Indiase leger laat pas sinds kort vrouwen toe. Geen tijd dus voor onze verdachten om zo getraind te worden,' zei Reacher.

'Dus we zouden moeten kijken naar gezinnen of personen die geëmigreerd zijn naar landen met legers die al wel – hoelang, vijf jaar? – vrouwen toelaten. Dat maakt het nog gecompliceerder. En dan zouden we ook nog de hulp nodig hebben van de immigratie- en naturalisatiedienst, om te bevestigen wie er in de desbetreffende periode in de VS was. Dat krijgen we niet met ons drieën voor elkaar. Dat is gewoon onmogelijk. Vooral van duizenden kilometers afstand. En terwijl we niet op onze normale manier te werk kunnen gaan. De gezinnen zijn afgekocht, nietwaar? Nou, we kunnen niet het geld volgen, want het is betaald door de CIA, in een ander land, en dus ongetwijfeld via een zootje lege vennootschappen en vage routes. We zouden nog meer kans hebben om Bigfoot te vinden.'

'Misschien kunnen we kijken naar het effect dat het geld heeft gehad. Gezinnen die plotseling een groot nieuw huis hebben gekocht. Die een bedrijf zijn begonnen, met een overvloed aan contanten. Of die het dorp hebben verlaten en naar de stad zijn vertrokken. Of naar het buitenland.'

'Allemaal goede suggesties,' zei Smith. 'Maar nogmaals, allemaal dingen waar we op eigen houtje niet achter komen. Daarom moeten we het aan Baglin overdragen. We zouden hem moeten inlichten, dan kan hij alle contacten leggen en meer mensen inschakelen.'

'Klinkt zinnig. Maar er is nog een ander probleem. Dat kan allemaal onmogelijk worden gedaan zonder te onthullen dat we op de hoogte zijn van Typhon. De ruim duizend doden. Dat liep voor Flemming niet bepaald goed af.'

'Klopt. En ik wil echt mijn leven niet slijten in een donkere cel, of als een rat in een of andere ruïne. Maar we hebben een morele verplichting. Iemands leven staat op het spel. En mogelijk ook de reputatie van het land.'

Er werd weer op de deur geklopt. Neilsen stapte binnen. Hij kneep zijn ogen tot spleetjes toen hij zag dat Smith er al was.

'Waar hebben jullie het over?'

'Over gisteravond,' zei Reacher. 'Wat we te weten zijn gekomen. Wat we daarmee moeten doen.'

'Wat we ermee moeten doen?' zei Neilsen. 'Dat is duidelijk. Baglin ermee opzadelen. Laat hem ook maar eens werken voor de kost. Luister, als we blijven doen wat we doen, dan zal dat hetzelfde opleveren als het tot nu toe heeft opgeleverd. Met andere woorden, niets. Neville Pritchard zal vroeg of laat ergens dood worden gevonden, er zal informatie over Project 192 boven water komen, of allebei, en wij zullen hier achterblijven met de woorden GEEF ONS MAAR DE SCHULD op ons voorhoofd getatoeëerd. Ik weet niet hoe jullie erover denken, maar ík zie dat niet zitten.'

'Oké,' zei Reacher. 'Maar we kunnen onmogelijk Baglin erbij

betrekken zonder Flemming erbij te lappen. Willen jullie dat dan? Volgens mij heeft die man al genoeg pech gehad in zijn leven.'

Neilsen haalde zijn schouders op. 'Ik wil hem er niet bij lappen, nee. Maar, hé. Waar gehakt wordt vallen spaanders. En luister eens, misschien sluiten ze hem dan op, maar hij leeft nu ook niet bepaald als een vorst. En zolang het verhaal niet naar buiten komt, geloof ik niet dat ze hem in een isoleercel zullen stoppen.'

'Het zou voor ons ook gevolgen kunnen hebben, omdat we weten wat we weten.'

'Dat geloof ik niet. We zijn professionals. Geen verslaggevers die een schandaal van de daken willen schreeuwen. We weten hoe we met geheimen moeten omgaan. We doen niet anders.'

'Dus, Reacher, wat vind jij?' vroeg Smith. 'Vertellen we het Baglin? Of niet?'

Reacher keek haar aan. 'Volgens mij is er nog iets anders waarover we moeten nadenken voordat we beslissen. Er zijn ruim duizend mensen gestorven. Onschuldige mensen. Hun dood is onder het tapijt geveegd. Volgens mij hebben we wat dat betreft ook een morele verplichting. We weten wat er gebeurd is. We hebben de foto's gezien. Zou het juist zijn om daar onze ogen voor te sluiten?'

'Het zou juist zijn om geen slapende honden wakker te maken,' zei Neilsen. 'Er is geen misdrijf gepleegd. Niemand heeft ervan geprofiteerd. Het recht is geen geweld aangedaan. We kunnen de doden niet meer tot leven wekken. Wat er is gebeurd, is dat sabotage tot een ongeluk heeft geleid. De saboteur is dood. De gezinnen van de slachtoffers hebben compensatie ontvangen. Dus we zouden ons moeten focussen op het probleem dat we voor ons hebben liggen. Niet op het blootleggen van het verleden. Vooral niet wanneer dat verleden begraven is in een mijnenveld.'

'Ik weet het niet zeker,' zei Smith. 'Ik ben het met Reacher eens. We moeten er eerst verder over nadenken. Ik bedoel, wat nou als het geen sabotage was?'

'Wat kan het anders zijn?' zei Neilsen. 'De CIA heeft niet zijn eigen feestje verpest. Daar kun je zeker van zijn. En het was niet de KGB. Dat heb je zelf gezegd.'

'Het kan ook nalatigheid zijn geweest,' zei Reacher. 'Of laksheid. Of iets wat gewoon op zich al gevaarlijk was. Kijk naar de locatie die ze hebben gekozen. Er was geen risico voor Amerikaanse levens. Als het veilig was, waarom deden ze het dan niet in New York of Californië?'

Smith knikte. 'We hebben meer gegevens nodig voor we een beslissing nemen. Laten we beginnen met het gezin van Morgan Sanson. Hij had een vrouw. Vier kinderen. Wat voor man was hij? Gelukkig? Depressief? Hield hij een dagboek bij? Is het waar dat hij een conflict had met het chemische bedrijf?'

'Mooi,' zei Reacher. 'Kun jij proberen hen op te sporen? En intussen zouden we met Neville Pritchard moeten praten. Als de opzet hetzelfde was als op de locatie in Sri Lanka waar Flemming naar heeft gekeken, had Pritchard wellicht ook de leiding over zowel Typhon als 192. Hij zou ons kunnen vertellen wie zijn contactpersoon in de VS was.'

'Ben je vergeten dat Pritchard verdwenen is?' zei Neilsen.

'Dan gaan we hem zoeken.'

'Hoe?'

'Ik wil zijn huis zien. Uitzoeken waar hij naartoe is gegaan.'

'Dat kan niet. Het zal in zijn hele wijk wemelen van de agenten, voor het geval hij terugkomt.'

'Ik hoef er niet fysiek naartoe. Een satellietfoto is goed genoeg. Die heeft de CIA, toch?'

'Misschien.'

'Je moet me een kopie van de laatste foto van dat gebied bezorgen.'

Neilsen haalde zijn schouders op. 'Ik kan het proberen.'

'En ik heb een kaart nodig. Van Maryland en de omringende staten.'

'Ik heb er eentje in mijn auto,' zei Smith.

'We verknoeien onze tijd. Zelfs als we hem vinden, zal hij toch niet praten.'

'Natuurlijk wel,' zei Reacher. 'Als we het vriendelijk vragen.'

Roberta en Veronica Sanson meenden dat een Ford Explorer wel geschikt zou zijn. Het soort voertuig dat echte buitenmensen gebruiken om caravans te trekken, fietsen mee te nemen en kinderen en honden te vervoeren. Veelzijdig, maar niet te opvallend. Dus jatten ze er eentje van ongeveer twintig jaar oud van het parkeerterrein bij een Walmart, acht kilometer buiten de stad. Daarna reden ze nog eens vijfenveertig kilometer naar het noorden en westen, tot ze de ingang vonden van het afgelegen kampeerterrein Whispering Pines.

Het terrein besloeg veertig hectare. Het bestond voornamelijk uit bos, maar er waren een paar vijvers om in te vissen, wat rotsen om te beklimmen en een heleboel paden waar je kon wandelen of fietsen. In het midden stond een groep gebouwen die bekendstond als The Oasis. Daar was een kantoor. Een winkel waar je eten en basisartikelen voor het onderhoud aan een camper kon kopen. Een toiletgebouw. En een douchegebouw. Ten oosten daarvan lagen de full-service camperplaatsen met aansluitingen voor elektra, drinkwater en riolering. Die sloegen Roberta en Veronica over. Ze lagen te dicht bij elkaar. Te dicht bij de gebouwen die andere mensen zouden aantrekken. Misschien nieuwsgierige mensen. Misschien mensen met een goed geheugen. In plaats daarvan reden ze rond op zoek naar afgelegen plekken. Hoe geïsoleerder en lastiger bereikbaar, hoe beter. Telkens wanneer ze de keus hadden, kozen ze voor de smalste, minst voor de hand liggende weg.

Na twintig minuten rond- en heen-en-weer rijden zag Veronica in de verte tussen de bomen een glimp witte verf. Roberta reed nog een kleine vijfhonderd meter door en stopte toen. Ze stapten uit de Ford en gingen te voet terug. Ze bleven even staan op de plek vanwaar Veronica het voertuig had gezien. Slopen toen dichterbij. Keken eens goed. Het was beslist een veelbelovende kandidaat. Een camper. Wit met groene en bruine strepen. Een gedateerd, hoekig model. Ramen aan de zijkanten en een onelegante slaaptent boven de cabine. De camper stond laag op zijn veren. Hij was dus zwaar. Met tanks vol water, zoals Pritchard volgens hen zou hebben.

Ze kropen er door het struikgewas omheen, zodat ze de camper van de voorkant konden naderen. Ze vermoedden dat Pritchard – of iemand anders als het niet Pritchards camper was – in de woonruimte achterin zou zijn. Niet in de cabine. Roberta kroop erheen. Veronica volgde. Gebukt slopen ze dichterbij, elke voet zorgvuldig plaatsend, dode takken en droge twijgjes ontwijkend. Tien meter bij de camper vandaan splitsten ze zich op, Roberta ging naar links, Veronica naar rechts. Ze legden nog eens vijf meter af. Toen richtte Roberta zich op en rende recht naar voren.

'Nee, nee, nee,' riep ze. 'Waag het niet.'

Ze had een slang gezien die leek op de slang die ze hadden gevonden in de garage die Pritchard in de tuin van de buren gebruikte. Alleen was deze niet met een waterleiding verbonden, maar met de uitlaat van de camper. Hij hing vanaf de uitlaat omlaag, liep over de grond, toen omhoog en door een keurig gat onderaan de toegangsdeur de camper in.

Veronica liep naar haar zus. De motor van de camper liep niet. Roberta legde haar hand op de motorkap. Ze schudde haar hoofd. 'IJskoud.' Toen trok ze haar trui uit en wikkelde die om haar hoofd. Ze pakte de deurgreep vast en trok. De deur zwaaide open. Er dreef een grijsblauwe mist naar buiten. Roberta aarzelde even en stapte toen naar binnen. Ze zag een keukenblok met een spoelbak, een enkelpits kooktoestelletje en een minikoelkast. Een fragiel tafeltje met aan weerskanten een bankje. Een smalle deur naar een simpel badkamertje. En een bank helemaal achterin. Die besloeg de hele breedte van de camper. Neville Pritchard lag erop uitgestrekt. Hij had zijn ogen open, met een nietsziende blik, en was volkomen bewegingloos. Binnen was alles bedekt met een dun, olieachtig laagje. Ook Pritchards huid, waardoor hij eerder een geest leek dan een mens.

Roberta sprong naar buiten en vertelde het nieuws aan Veronica.

Veronica krijste en stampvoette. 'Dit kan niet! Het verpest alles.' Ze was even stil en zei toen: 'Denk je dat hij het zelf heeft gedaan?'

'Geen sprake van,' zei Roberta. 'Niemand ontsnapt en pleegt

vervolgens zelfmoord. Mensen maken zichzelf van kant omdat ze niet kúnnen ontsnappen. Nee. De achtste man heeft het gedaan. Om zijn identiteit geheim te houden. Een andere verklaring is er niet voor.'

Veronica liet zich langs de zijkant van de camper omlaagzakken tot ze op de grond zat. 'Het was allemaal voor niets. Pritchard is dood en daarmee is ook onze laatste kans verkeken om de achtste naam te weten te komen. Schiet me maar dood.'

Roberta gaf Veronica zachtjes een schop. 'Het is niet voor niets geweest. Bij lange na niet. Zeven van die klootzakken zijn dood. Er is er dus nog maar één over. We hebben gezworen dat we ze zouden laten boeten omdat ze hebben gezwegen en alle schuld op papa hebben geschoven. Dat hebben we gedaan, in stijl. En afgezien van Buck met zijn kanker, riekt hun dood naar zelfmoord, stínkt hun dood naar zelfmoord, bij allemaal. Dus nu moeten hún families daarmee leren leven. Hoe anders zouden onze levens zijn geweest als wíj dat niet hadden gehoeven? Als mam niet het gevoel had gehad dat ze het land moest ontvluchten? Dan zou Richard nog leven. Ryan zou niet in de gevangenis zitten. Wij zouden niet in het leger hebben hoeven gaan om aan de waanzin te ontsnappen. We hadden kunnen doen wat we maar wilden. Bovendien geef ik de zoektocht naar de achtste naam nog niet op. Of het geld dat die klootzak heeft verdiend aan papa's ellende. Ik heb een idee. Misschien is er nog iemand anders die ons kan helpen erachter te komen.'

'Wie?'

'We hebben het er onderweg wel over. We moeten een telefoon zoeken. Het alarmnummer bellen. Het slaat nergens op dat Pritchard dood is als niemand het weet.'

18

Het duurde twee uur en hij moest zeker tien mensen om een gunst of een wederdienst vragen, maar Neilsen wist de satellietfoto te regelen. Of althans een gefaxte kopie. En dat was het beste waar ze onder de omstandigheden op mochten hopen. Hij ging bij Smith langs, die de kaart al uit haar auto had gehaald, en ze liepen samen terug naar Reachers kamer.

Neilsen legde de foto op Reachers bureau. 'Ik moet er even tussenuit,' zei hij. 'Een maatje van me meldde zich, hij heeft informatie over 192. Iets belangrijks dat teruggaat tot de jaren zestig. Hij wilde het er niet aan de telefoon over hebben. Als ik niet terug ben voordat jullie er voor vandaag mee stoppen, zie ik jullie wel in de bar.'

Smith kwam naast Reacher staan en tikte met haar vinger op het midden van de foto. 'Dat is Pritchards huis. Zegt het je iets?'

Reacher bestudeerde de afbeelding een minuut lang en zei toen: 'Als je iemand wilt vinden, moet je denken zoals hij. Dus stel je voor dat je hier woont. Je bent een beetje paranoïde. Bang dat vijandelijke agenten je 's nachts zullen komen opzoeken. Wat zou jij dan doen? Je weet dat het huis van twee kanten kwetsbaar is. De voorkant en achterkant. Daar kun je niets aan veranderen. Aanvallers kunnen langs de voorkant komen en de achterkant in de gaten houden. Of ze komen langs de achterkant en houden de voorkant in de gaten. Of ze komen van twee kanten tegelijk. Dus zorg je voor een ontsnappingsroute langs een van de zijkanten. Niet de oostkant. Die is te open en je zou vanaf daar nergens heen kunnen. Dus kies je voor het westen. Je maakt een geheime uitgang via de garage.'

'Hoe?'

'Doet er niet toe. Dat kan op allerlei manieren. Het belangrijkste is dat het je hier uit zou komen.' Reachers vingers waren te dik, dus wees hij met de punt van zijn pen op de foto. 'Je zou onzichtbaar zijn. Afgeschermd door de beplanting, hier en hier. En vanaf daar zou je vrije toegang hebben tot het hek. Het zou gemakkelijk zijn om daar een onopvallende doorgang in te maken. Dan zou je in de tuin van de buren zijn en heb je het moeilijkste achter de rug. En dan... wat is dit?' Hij wees naar een rechthoekig gebouwtje.

'Ziet eruit als een schuurtje? Nee, het heeft een oprit. Het is een garage.'

'Alle huizen in de wijk hebben een aangebouwde garage. Waarom staat er hier eentje extra? Ver van het huis. Niet echt handig. Als de buren een extra garage nodig hadden, waarom hebben ze dan geen stuk aangebouwd? Ik wed dat Pritchard dat stuk grond heeft gehuurd en de garage erop heeft laten zetten. Of nee. Ik wed dat hij het hele perceel heeft gekocht en de rest weer heeft verhuurd aan de bewoners. En dat hij de extra garage gebruikt voor een vluchtvoertuig. Zie je hoe de oprit bij zijn eigen huis vandaan buigt? Hij is veel langer dan hij zou hoeven zijn. Waarom die extra kosten maken? Zodat hij zijn voertuig zonder de motor te starten naar de weg kan laten rollen, bijna geluidloos. Geen wonder dat die agenten hem hebben gemist.'

'Het vluchtvoertuig zal wel onder een valse naam geregistreerd zijn. Daar kun je zeker van zijn. Maar wat voor een is het? Hoe vinden we het?'

'Het ligt eraan wat Pritchards doel is. Als hij het land uit wil vluchten, is het een auto. Comfortabel. Betrouwbaar. Met een tank die groot genoeg is om een vliegveld, een haven of zelfs de grens te bereiken. Als dat zijn plan was, is hij allang weg. Dan vinden we hem nooit. Dan zit hij al op het strand ergens in een land zonder uitleveringsverdrag.'

'Dat klinkt niet best.'

'Anderzijds, een dergelijke manier van vluchten is meer iets voor een jonge vent. Het is stressvol. Lichamelijk zwaar. Je moet snel zijn, veel meesjouwen, en luchthavens zijn natuurlijke knelpunten. Daar is beveiliging. Politie. Het aantal uitgangen is beperkt. En Pritchard is oud. Hij is gepensioneerd. Het soort man dat eerder gebruikmaakt van zijn ervaring dan van zijn spierkracht. Hij laat zijn verstand het zware werk doen. Ik zie hem wel ergens aan een rustig meer op een fijne plek zitten vissen, wachtend tot het hele gedoe is overgewaaid. Of tot zijn makkers aan voldoende touwtjes hebben getrokken, waardoor het gevaar is geweken. In dat geval zou hij een camper kiezen. Daar lijkt de garage groot genoeg voor.'

'Ik gok op de camper. Dus waar zou hij naartoe rijden? Dat kan overal in het land zijn. Zelfs in Canada. Mexico. Campers zijn mobiel. Daar gaat het bij die dingen juist om.'

Reacher dacht even na. Hij had geen ervaring met campers, maar volgens hem was een camper in principe net zoiets als een infanteriegevechtsvoertuig van het leger. Ontworpen voor bescherming en mobiliteit. Dus misschien zoiets als een Bradley, alleen met meer huiselijk comfort en minder wapens. In staat om een bepaalde hoeveelheid benodigdheden te vervoeren. Water. Brandstof. En voedsel, alles voor persoonlijk gebruik. Maar de hoeveelheden waren natuurlijk beperkt. Pritchard zou op een gegeven moment zijn voorraden moeten aanvullen. Reacher vermoedde dat er speciale zaken waren om in die behoefte te voorzien. Hij pakte de kaart van Smith en spreidde die naast de foto uit.

'Hoe hard rijdt een camper?' vroeg hij.

Smith haalde haar schouders op. 'Geen idee. Negentig?'

'Ik denk dat Pritchard minder dan een uur onderweg zou willen zijn. Dus we moeten kijken op welke plekken binnen een straal van pakweg zestig kilometer van zijn huis je vers water kunt krijgen. Neem contact op met de plaatselijke politie. Fax ze de recentste foto van Pritchard die je kunt vinden. Laat ze een agent naar elke potentiële locatie sturen en informeren of iemand daar hem heeft gezien. Zeg dat ze voorzichtig te werk moeten gaan. Dat ze een bevestigde waarneming moeten melden en niet op hem af moeten gaan. Pritchard is paranoïde. Hij staat nu in de vluchtstand. Maar dat kan gemakkelijk veranderen.'

'De zakenvrouw annex wetenschapper? Waarom zij?' Veronica Sanson leunde achterover in haar stoel.

'Omdat ze erbij was.' Roberta zette de auto in de versnelling en haalde haar voet van de rem.

'In India? Hoe weet je dat?'

Roberta voegde in op de snelweg. 'Je bent vast te jong om je de persconferenties op tv te herinneren. Haar foto stond destijds ook in alle kranten. Ze was de spreekbuis van het chemische bedrijf.'

'Was zij dat? Daar heb ik niet bij stilgestaan. Ik had de link niet gelegd. Maar ze was een burger. Niet van de CIA of het leger. Hoe kan zij ons helpen?'

Roberta drukte het gaspedaal in. 'Toen ik in Pritchards huis was liet ik me door de vierde agent in de boeien slaan. Ik bracht mezelf in een heel nadelige positie. Dus hoe kreeg ik de bewakers op straat weg? Hoe kwam het dat hij bewusteloos op de vloer lag toen jij binnenkwam? Dat kwam doordat hij me onderschatte. Een vrouw. Mannen onderschatten vrouwen altijd. Dus wat doe je dan? Susan Kasluga is pienter. Kundig. Vindingrijk. Waarschijnlijk ook nieuwsgierig en weetgierig. Dat moet wel om te kunnen bereiken wat zij heeft bereikt. Wie weet wat ze daarginds heeft gezien? Wat ze heeft gehoord? Welke conclusies ze heeft getrokken? Ik wed dat niemand de moeite heeft genomen haar ernaar te vragen, omdat ze een vrouw was. Ze was jong. En ook al realiseert ze zich het belang ervan niet, wellicht zit het geheim ergens ver weggestopt in haar hoofd. We kunnen niet opgeven voordat we dat op z'n minst hebben gecontroleerd.'

'Oké, ik begrijp je redenering. Maar hoe komen we dicht genoeg bij haar in de buurt om het te vragen? Ze is de CEO van een bedrijf dat miljarden waard is. Haar man is de minister van Defensie. We kunnen niet zomaar haar kantoor binnenlopen. We kunnen niet zomaar bij haar aanbellen.'

'We doen wat we altijd doen. Kijken. Wachten. En wanneer we onze kans schoon zien, dan slaan we toe.'

De telefoon in het Pentagon ging om 14.27 uur Eastern Standard Time over. Niet de afgesproken tijd voor een telefoontje.

De man die opnam luisterde zwijgend, hing toen op en belde het nummer in de werkkamer aan de achterkant van Charles Stamorans huis.

Stamoran zat in gedachten verzonken in zijn luie stoel toen het gerinkel hem stoorde, dus het toestel ging een paar keer over voordat hij de kamer door was gelopen en had opgenomen. Hij schraapte zijn keel en zei: 'Wat is er?'

De man herhaalde het bericht dat hij een minuut geleden in zijn geheugen had geprent. 'Neville Pritchard is dood. De oorzaak is koolmonoxidevergiftiging. Hij zat in een camper waar een slang aan de uitlaat bevestigd was, waarschijnlijk door hemzelf, ook al is er geen zelfmoordbriefje aangetroffen. Zijn lichaam werd gevonden na een anoniem telefoontje naar het alarmnummer. Volgens een voorlopige schatting van de noodarts is hij al een dag of vier dood.'

Stamoran bleef even staan met de hoorn naast zich. Dit was geen zelfmoord. Als Neville Pritchard iemand van kant zou maken, dan waren het de agenten die in zijn huis hadden ingebroken, of de vrouwen die hem van kant wilden maken. Niet zichzelf. En er klopte iets niet met de timeline. Als hij al vier dagen dood was, dan zou hij op dezelfde dag zijn vermoord als Geoff Brown, helemaal in New Orleans. Dat zou dan een gecompliceerde bedoening zijn geweest. Met telefoontjes om hem weg te lokken en paddengif. Het zou tijd hebben gekost om dat allemaal te regelen. En het was te ver weg. Het was logistiek onmogelijk. Het kon niet anders dan dat de noodarts ernaast zat met zijn conclusie. Al was het maar een paar uur. Pritchard moest zijn vermoord op de avond dat hij zijn huis was ontvlucht. De vrouwen waren hem blijkbaar gevolgd. In een camper schud je tenslotte niet zomaar iemand af. Hij was 'm vast gesmeerd vanwege de vrouwen. Niet vanwege de agenten die hij had gestuurd om Pritchard op te pakken. Maar dat was van ondergeschikt belang. De echte vraag was of Pritchard iets had gezegd. Of hij het geheim had onthuld. Waarschijnlijk niet, aangezien de vrouwen de andere wetenschappers ook hadden vermoord. Maar waarschíjnlijk niet was heel wat anders dan zéker niet. En het zou ergens wel logisch zijn als ze de hoofdprijs voor het laatst bewaarden.

Stamoran bracht de hoorn naar zijn oor en zei: 'Drie dingen: zoek na de autopsie op Pritchard uit of zijn lichaam sporen van marteling of dwang vertoont. Haal de agenten bij zijn huis weg. En houd de taskforce actief. Zeg hun dat ze hun inspanningen om die vrouwen te vinden moeten verdubbelen.'

Stamoran verspilde niet graag middelen. Maar als er een kans bestond dat er een paar moordenaars achter hem aan zaten, kon het geen kwaad om te weten wie ze waren.

Reacher en Smith waren klaar met hun lijstjes van plekken waar Pritchard zich in zijn camper zou kunnen schuilhouden. Het waren twee velletjes papier. Smith stopte ze tussen haar kaart en liep naar de deur toen haar pieper afging. Die van Reacher ging ook. De zijne klonk net iets lager en piepte niet helemaal in de maat.

Christopher Baglin stond met zijn rug naar de tafel uit het raam te kijken. Reacher en Smith liepen naar hun plaats. Walsh kwam na hen binnen. Baglin draaide zich om en keek naar de deur. De uitdrukking op zijn gezicht hield het midden tussen woede en angst.

'Komt Neilsen ook nog?' vroeg hij.

Reacher schudde zijn hoofd. 'Hij onderzoekt een aanwijzing en kan nog wel een poosje weg zijn.'

'Dan beginnen we zonder hem. Ik zal het kort houden. Neville Pritchard is dood. Hij is gevonden in een camper op vijfenvijftig kilometer van zijn huis. Er was een slang aan de uitlaat vastgemaakt.'

Smith was meteen bij de les. 'Dus onze moordenaars hebben zes van de zes doelwitten te pakken en het andere team heeft niemand meer over. Kunnen we dan nu terug naar ons gewone werk?'

Baglin keek haar chagrijnig aan. 'Jullie mogen blij zijn dat je dat nog hebt. Jullie zijn allemaal net zo effectief geweest als toupetjes tijdens een orkaan. Dus nee. Nog niet. Er lopen een paar seriemoordenaars rond. We hebben ze niet kunnen tegenhouden, maar we zullen ze te pakken krijgen, verdomme. Jullie weten wat je moet doen. Wegwezen.'

Walsh stak zijn hand op. Er volgde even een ongemakkelijke stilte, toen zei hij: 'Ik heb iets.'

Baglin was al half opgestaan, maar ging weer zitten. Reacher en Smith keken elkaar even aan.

'Ik weet dat ik niet veel heb bijgedragen als het om het identificeren van verdachten gaat en daar voel ik me niet prettig bij. Bovendien begon het uitzicht uit het raam te vervelen, dus heb ik gedaan wat ik normaal doe. Ik ging op zoek naar geld. Ik ben diep in de financiën van alle slachtoffers gedoken. Die zagen er niet geweldig uit. Slechte verhouding tussen inkomsten en uitgaven. Inconsistente omgang met bezittingen en schulden. Zo'n beetje normaal, dus. Behalve in Pritchards geval. Om maar even een vakterm te gebruiken, die man was stinkend rijk.'

'Hoe rijk precies?' vroeg Baglin.

'Héél rijk. Ik kan u de getallen bezorgen, als u wilt.'

'Ja, doe dat. Waar kwam het geld vandaan?'

'Dat is het volgende interessante punt. Het oppervlakkige antwoord is rente en dividend van een aantal behoorlijk conservatieve aandelen. Maar dat is maar klein bier vergeleken met wat het startkapitaal moet zijn geweest. En waar dat vandaan kwam heb ik nog niet ontdekt.'

'Oké. Mooi zo. Zoek verder. Kijk waar je uitkomt. Reacher en Smith... bezorg me de identiteit van de moordenaars.'

'Ik heb eerst nog een vraag,' zei Reacher. 'Pritchards lichaam. Was er sprake van fysieke verwondingen? Sporen van elektrocutie? Drugs in zijn lijf?'

'Nee. Waarom vraag je dat?'

Reacher haalde zijn schouders op. 'Wat zal ik zeggen? Ik heb een zucht naar kennis.'

Smith verscheurde hun lijst van kampeerterreinen zodra ze samen met Reacher zijn kamer binnenstapte.

'Dat bespaart de politie een hoop moeite,' zei ze. 'En Pritchard is ook dood. Wat denk jij daarvan?'

'Het doet me denken aan toen ik klein was en mijn vader op de Filippijnen werd gestationeerd. Ons onderkomen was een beetje sjofel, denk ik. Daarom besloot mijn moeder potplanten op te kweken. Om het wat gezelliger te maken. Alleen ging een bepaalde soort die ze mooi vond telkens dood. Wat ze ook probeerde om die planten in leven te houden, het maakte geen verschil. De ene na de andere plant verschrompelde en verdween in de vuilnisbak. Het werd een obsessie om er een in leven te houden. Uiteindelijk vond ze in de bibliotheek op de basis een boek over tuinieren. Ze keek in het gedeelte probleemoplossing. Daar werd precies haar probleem beschreven. Er stond dat de oorzaak te veel water was, of te weinig water.'

'Dus het is onmogelijk te zeggen wat zijn dood betekent.'

'Misschien vergaat de wereld. Of misschien maakt het helemaal niks uit.'

'Wat vind je ervan dat Walsh tot leven is gekomen? Dat had ik niet zien aankomen,' zei Smith.

'Ik ben er eerlijk gezegd blij om. Ik kreeg een telefoontje van mijn broer. Die werkt ook op het ministerie van Financiën. Walsh heeft pas undercover gezeten. Een hele tijd. Weer een van die vervalsingszaken die steeds weer opduiken. Het liep niet goed af. Hij schijnt er ptss aan over te hebben gehouden.'

'Dat wist ik niet. Arme kerel. Ik dacht dat hij gewoon een luie donder was. Laten we hopen dat het nu de goede kant opgaat met hem. Maar al dat geld dat Pritchard volgens hem heeft? Denk je dat het van belang is?'

'Ben je ooit tijdens een onderzoek naar iemand op diens geheime geldvoorraad gestuit en bleek dat vervolgens niet van belang te zijn?'

Reacher en Smith bleven tot de gebruikelijke tijd op kantoor. Tien over vijf. Neilsen was nog niet terug. Hij was ook niet in de receptie van het hotel toen ze daar om zes uur doorheen liepen en hij zat niet in de bar op hen te wachten toen ze hun vaste tafel innamen.

Smith ging tegenover Reacher zitten, plantte haar ellebogen op het tafelblad en boog zich naar voren. 'Je bent niet getrouwd, is het wel, Reacher?'

Reacher glimlachte. 'Ik? Nee. Jij?'

Smith wendde haar blik af en net op dat moment kwam de serveerster naast haar staan.

'Zijn jullie maar met z'n tweeën vandaag?' vroeg ze.

'Voorlopig wel,' zei Reacher. Hij zag aan haar gezicht dat ze een beetje teleurgesteld was. Haar fooi zou een stuk bescheidener zijn zonder Neilsens drankrekening.

'Kan ik jullie alvast iets te drinken brengen?'

Ze bestelden bier en hun eten, omdat ze het menu al uit hun hoofd kenden. Toen de serveerster wegliep, hield Smith haar linkerhand voor Reacher op.

'Geen ring,' zei ze.

Dat klopte, maar Reacher meende een vage indruk rond haar vinger te zien, waar er wellicht recent nog een ring had gezeten.

Smith boog zich weer naar voren. 'Nog ideeën voor morgen? Ik heb iets gehoord van de collega die voor mij onderzoek naar de Sansons heeft gedaan. Na Morgans zelfmoord is zijn vrouw met de kinderen naar Israël verhuisd. Het is ze niet echt goed vergaan. Een van de jongens, Richard, is dood. Een overdosis drugs. Ryan zit in de gevangenis wegens dealen. En van Robert of Ronald ontbreekt voorlopig elk spoor. Ik heb mijn collega gezegd te blijven graven.'

Hun maaltijd werd gebracht. Toen ze hun bord leeg hadden, vroeg Reacher: 'Hoe denk jij over Susan Kasluga?'

Smith haalde haar schouders op. 'Ik weet niet veel over haar. Alleen een paar dingen die ik in de krant heb gelezen.'

De serveerster kwam hun lege borden halen en toen ze buiten gehoorsafstand was, zei Reacher: 'Ik denk maar steeds aan het feit dat Kasluga destijds in India was. Misschien kende ze Sanson. Wellicht heeft ze informatie die ons kan helpen. En daar komt nog bij dat ze met de minister van Defensie getrouwd is.'

Er verscheen een frons in Smiths voorhoofd. 'Ik geloof niet dat de baan van haar man relevant is.'

'Hij heeft opdracht gegeven een taskforce op te stellen die draait om een of andere wandaad in een chemische fabriek. En zij werkte in die fabriek. Ik hou niet van toeval.'

'Soms is toeval gewoon maar toeval, Reacher. En bovendien werkte ze niet in het geheime laboratorium. Ze werkte voor het civiele bedrijf. Mason Chemical. En ik heb ooit een stuk over haar gelezen. Ze heeft Charles Stamoran pas in '72 ontmoet. Ze zijn in '75 getrouwd. Hij was toen een hoge pief bij de CIA. Denk je eens in hoe grondig ze gescreend zal zijn. Ze is waarschijnlijk de eerlijkste persoon die je ooit zou kunnen tegenkomen.'

'Waarom heeft ze dan gelogen?'

'Wanneer heeft ze gelogen?'

'In '69. Ze zei dat er bij het ongeluk zeven mensen om het leven waren gekomen. Ze liet die andere duizend weg.'

Smith bleef even stil. 'Het is alleen een leugen als je weet dat wat je zegt niet waar is. Hoe moet zij van het werkelijke dodental geweten hebben? Ik betwijfel of de CIA en het leger ter plaatse rondleidingen gaven. Ze hebben haar waarschijnlijk voor de camera's gezet omdat ze jong en knap was. En erop vertrouwd dat ze naïef genoeg was om gewoon voor te lezen wat ze haar zeiden voor te lezen.'

'Misschien.'

'Het lijkt me een goed idee om haar naar Sanson te vragen. Ik vind dat we het moeten doen.'

'Laten we nog...'

Er klonk een hard scheurend geluid bij de deuropening, en toen een bons. Neilsen was gearriveerd. Hij was verstrikt geraakt in het plastic gordijn dat aan het deurkozijn hing en in een poging zijn evenwicht te bewaren was hij gevallen. Hij stond op, veegde zijn gekreukte pak af, liep naar hen toe en ging naast Reacher zitten.

'Waar is de serveerster? Ik heb whisky nodig. Onmiddellijk.'

'Zo te zien heb je genoeg whisky gehad,' zei Smith.

Neilsen hield zijn hoofd schuin. 'Precies. Gehád! Verleden tijd. En daarom heb ik nu meer nodig.'

'Je informant had zeker dorst.'

'Geen informant. En nee, Frank drinkt niet. Dit,' zei hij, naar zijn loshangende stropdas en een vlek op zijn overhemd wijzend, 'is allemaal na zijn vertrek gebeurd.'

'Heb je de hele middag zitten drinken?'

'Als ik voor het ontbijt met hem had afgesproken, had ik de hele dag zitten drinken. Dus maak je niet zo druk.'

'Had hij slecht nieuws?' vroeg Reacher.

'Slecht? Dat is zo'n inadequaat woord. Hij vertelde me alleen dat de CIA geen gegevens heeft over Project Typhon. Niets waaruit blijkt dat het ooit heeft bestaan. Het is begraven. Dat doen ze nou eenmaal met tijdbommen. Maar Frank is heel grondig. Zie je, ik vroeg hem wie de leiding had over het project. En toen hij daar geen antwoord op kon geven, ging hij door met iets wat hem ook relevant leek. Degene die de leiding had over alle 19x-projecten. Allemaal. En alle spin-offs. Dus ook 192 en Typhon. Zin om een gokje te wagen?'

Smith schudde haar hoofd. Reacher zei niets.

'Charles Stamoran.'

19

Neilsen kreeg zijn whisky. Een dubbele. Smith nam er ook eentje. Een enkele, met water erbij. Reacher stapte over op koffie. Zwart, met een vleugje espresso.

'Er is een heel klein beetje licht aan de horizon,' zei Neilsen. 'De vraag of we in Typhon moeten duiken? Die is beantwoord. Dat was de baby van het ministerie van Defensie. Daar lopen we dus met een kilometers grote boog omheen.' Hij dronk zijn glas leeg. 'En dan nog iets wat zwaar klote is. We hebben ons lot niet meer in eigen hand. Het hangt nu allemaal van die moordzuchtige vrouwen af. En van Neville Pritchard. Als hij kan verdwijnen, zitten we goed. Als ze hem pakken en alleen maar willen vermoorden, zitten we goed. Maar als ze hem pakken en hij begint te kletsen, zijn we de klos. Stamoran zal echt niet zomaar de schuld op zich nemen voor al die lijken. Hij zal links en rechts de schuld afschuiven. Op ons, of op een of andere arme kloothommel uit de jaren zestig. Wacht. Dat is een goed punt. We moeten hem een kloothommel uit de jaren zestig geven. Daar gaan we meteen morgenvroeg naar op zoek. Of naar een andere KBG'er. Smith, heb jij er nog eentje achter de hand? Niet dat ik er een achter je hand zie zitten, maar je weet wat ik bedoel.'

'Misschien moet je nog maar een whisky nemen,' zei Reacher

'Natuurlijk. Wacht even. Waarom?'

'Pritchard is dood.'

'Serieus? Wanneer?'

'We hebben het vanmiddag gehoord.'

'Heeft hij gekletst?'

'Dat valt nog te bezien.'

Neilsen wenkte de serveerster.

Smith nam een slok van haar borrel. 'Dit heeft nog iets anders tot gevolg. We kunnen een gesprek met Susan Kasluga wel vergeten. Ofwel ze weet ervan, of ze weet er niet van. En als ze er wel van weet, zal ze niets zeggen. Zeker niet nu het hoofd van haar man op het hakblok ligt.'

Neilsen bewoog zich overdreven voorzichtig naar de uitgang van de bar en bleef toen een paar meter voor Reacher en Smith lopen. Hij zwalkte een beetje, maar wist het hotel te bereiken zonder gewond te raken. Ze namen samen de lift naar hun verdieping. Daarna liepen ze de gang door, Neilsen weer voorop. Toen ze bij zijn deur kwamen, haalde hij zijn sleutels tevoorschijn. En liet ze vallen. Reacher bukte al om ze op te rapen, maar Neilsen gebaarde dat hij weg moest gaan.

'Ga weg,' zei hij. 'Het is maar een deur. Ik kan dit wel.'

Smith ging haar kamer binnen en Reacher liep door naar de zijne. Hij schudde zijn jas uit en hing hem op een hangertje. Kort daarna werd er zacht, maar aanhoudend op de deur geklopt. Hij draaide zich om, keek door het spionnetje en deed open. Smith stond in de gang, op blote voeten, haar sleutel in de ene hand en haar wapen in de andere.

'Mijn kamer is doorzocht,' zei ze. 'De jouwe ook?'

Reacher gebaarde dat ze binnen moest komen. Hij keek om zich heen. Zijn plunjezak lag op de vloer onder de hangertjes. Misschien een paar centimeter dichter bij de deur dan waar hij hem had achtergelaten. Zijn schone kleren lagen op het tweede bed. Misschien niet helemaal zo recht. In de badkamer stond zijn tandenborstel in het glas bij de wasbak. Net wat schuiner dan hij eerst had gestaan.

Reacher keek haar aan. 'Er zijn een paar dingen verplaatst, geloof ik. Maar doorzocht? Ik weet het niet. Het kan ook door de schoonmaakster zijn gedaan.'

Smith schudde haar hoofd. 'Bij mij niet. Er zijn dingen binnen in mijn koffer verplaatst. Dat is opzettelijk gedaan.'

'Heb je die dan niet uitgepakt?'

'Ik pak hem elke morgen opnieuw in. Dat is voor mij de standaardprocedure. Als ik snel moet vertrekken pak ik mijn koffer en ben ik weg. Geen tijd verspild.'

Reacher haalde zijn schouders op. Er lag niets in zijn kamer dat waardevol genoeg was om voor terug te gaan als hij haast had, dacht hij. 'Heb je het aan Neilsen gevraagd?' vroeg hij.

Smith schudde haar hoofd. 'Ik ben eerst naar jou toe gekomen.'

Ze haastten zich de gang op en Reacher klopte op Neilsens deur. Er kwam geen reactie. Hij klopte nog eens wat harder. Weer geen reactie. Hij bonkte, zo hard dat hij half en half verwachtte dat de andere gasten hun kamers uit zouden komen om tegen hem tekeer te gaan, maar Neilsen gaf nog steeds geen kik.

'Wat denk je?' vroeg Smith. 'Laveloos?'

'Waarschijnlijk wel,' zei Reacher. 'Maar we moeten het zeker weten. Ik haal een loper.'

Reacher nam beide keren de trap en was al een paar minuten later terug bij Neilsens kamer. In zijn hand had hij een sleutel aan een extra grote koperen ketting. Hij draaide de sleutel in het slot om. Duwde tegen de deur. En zag Neilsens voeten uit de badkamerdeur steken, met schoenen en al. Reacher stapte naar binnen. Smith volgde. Neilsen lag voorover op de vloer. Hij verroerde zich niet. Zijn hoofd lag bij de douchebak. Er zat een veeg bloed op het witte porselein en er lag een keurig rond plasje op de tegels. Het was alsof Neilsen zijn wang op een rood etensbord had gelegd. Reacher boog voorover en drukte twee vingers tegen zijn halsslagader. Hij hield ze er een volle minuut tegenaan. Toen draaide hij zich om naar Smith en schudde zijn hoofd.

'Serieus?' Er stond woede op Smiths gezicht te lezen. 'Op de dag dat hij erachter komt wie de leiding had over een supergeheim overheidsproject valt hij en gaat hij de pijp uit? Denken ze dat we achterlijk zijn?' Ze hurkte neer en veegde een lok haar weg uit Neilsens geopende, in het niets starende oog. Haar stem klonk plotseling zacht, bijna op het punt te breken. 'Weet je, dit is erger. Stalin had gelijk. De duizend doden in India, dat is maar een getal vergeleken met het lijk van één iemand die je zelf hebt gekend.'

Reacher dacht aan iets anders. Aan het feit dat de moordenaar in de kamer moest hebben staan wachten toen ze Neilsen goedenacht wensten. Of vaarwel, zoals nu bleek. En aan dat hij degene zou vinden die de moordenaar had gestuurd en dat die – wanneer hij hem had gevonden – meer dan een tik tegen zijn hoofd zou krijgen.

Reacher en Smith stapten de badkamer uit en deden de deur naar de gang dicht. Ze wilden niet dat er pottenkijkers op afkwamen.

'Hoe is je acteertalent?' vroeg Reacher.

'Niet geweldig,' zei Smith. 'Waarom?'

'Tijd om je beste beentje voor te zetten. We moeten ons van de domme houden. Alles volgens het boekje doen. Ervoor zorgen dat degene die Neilsen heeft vermoord, denkt dat alles wat Neilsen wist mee het graf in gaat.'

'Je bedoelt Stamoran.'

'Daar ziet het wel naar uit. Dus dit is ons verhaal. We hebben Neilsen vanavond niet gezien. Hij is niet naar de bar gekomen. We hebben gegeten, kwamen terug, merkten dat onze kamers waren doorzocht, klopten bij hem aan en maakten ons zorgen toen hij niet opendeed. Omdat hij altijd zoveel dronk. We haalden de loper, keken binnen en troffen hem dood aan. Dat is alles. Afgesproken?'

'Ik denk het wel. Maar de bar dan? De serveerster heeft ons samen gezien.'

'Ik praat wel met haar. Herinner haar aan het verhaal van de kip met de gouden eieren. Zorg ervoor dat ze de hint snapt.'

'Dus nu moeten we de politie bellen?'

'Nee. Baglin. Hij regelt het maar met de politie. De CIA. Stamoran. Wie dan ook. Maar eerst moeten we Neilsens telefoongegevens hebben.'

'Hoe?'

'De receptie heeft die wel. Ze moeten immers weten hoeveel telefoonkosten ze op de rekening van zijn kamer moeten zetten.'
'Waarom is dat van belang?'
'Dat is het niet. Maar we moeten zijn contactpersoon Frank vinden. En hem waarschuwen. En kijken met wie hij verder contact heeft gehad. Hij zei dat hij aan wat bomen had geschud. Misschien heeft hij iets verkeerds in het verkeerde oor gefluisterd. Daardoor kan er een alarm zijn afgegaan. Je bereikt de top niet door overmatig veel vertrouwen in anderen te hebben. Stamoran zal struikeldraden hebben gespannen. Allerlei verdedigingsmechanismen ingesteld. We weten alleen niet hoeveel. Of waar.'

Christopher Baglin was binnen een halfuur nadat Reacher hem had gebeld ter plaatse. Hij beoordeelde de situatie en belde de commissaris van politie van D.C. Binnen nog eens twintig minuten arriveerden er twee rechercheurs, al snel gevolgd door een busje voor het onderzoek van de plaats delict. Er werd geel-zwart tape voor deuropeningen en dwars door gangen gespannen. Er werden vaste routes aangewezen om naar binnen en naar buiten te gaan. Een jong uitziende geüniformeerde agent werd neergezet met een klembord om de namen te noteren van iedereen die kwam en ging. Er werden foto's gemaakt. Mannen in papieren overall en elastische sloffen gingen met allerlei poeders en sprays aan de slag. Op een gegeven moment kwamen er twee mannen in zwarte pakken. Ze neusden overal rond, maar stelden zich aan niemand voor. Dat was niet nodig. Alle aanwezigen wisten meteen dat het CIA-agenten waren. Uiteindelijk reden een paar ambulanceverplegers Neilsens lijk op een brancard naar buiten en kwamen de rechercheurs de verklaringen van Reacher en Smith opnemen.

Ze werden daarvoor naar aparte, geïmproviseerde verhoorkamers gebracht. Er waren geen paniekknoppen of doorkijkspiegels, maar verder werkten de rechercheurs hun hele repertoire af. Ze probeerden elk trucje. Zeiden dat de ander was geflipt en dat het tijd werd om te bekennen, vóór de onvermijdelijke aanklacht. Dat er getuigen waren. Dat er maar eentje een deal kon sluiten en dat de ander op het punt stond te breken. Niets werkte. En al die tijd hing er een man van de CIA in de hoek tegen de muur geleund. Zonder iets te zeggen.

Toen het stof was neergedaald en de meerderheid van het politiepersoneel was vertrokken, nam Baglin Reacher en Smith apart. 'Gaat het met jullie?' vroeg hij. 'Het kan niet aangenaam geweest zijn, wat jullie hebben meegemaakt.'

'Ik kan wel betere manieren bedenken om mijn avond door te brengen,' zei Smith.

'Zijn jullie kamers door dezelfde man doorzocht?' vroeg Baglin.

'Onze kamers zijn doorzocht,' zei Reacher. 'We gaan ervan uit dat het dezelfde man was. Daar is geen bewijs van, maar het zou anders wel verdomd toevallig zijn.'

'Ik weet zeker dat de rechercheurs jullie dit al hebben gevraagd, maar kunnen jullie een reden bedenken waarom iemand achter Neilsen aan zou willen gaan?'

Reacher schudde zijn hoofd. 'Nee. Ik kan me maar moeilijk voorstellen dat deze aanslag verband houdt met de taskforce. We weten dat twee vrouwen een reeks moorden hebben gepleegd, en we hebben een aardig idee waarom, maar dat is alles. We hebben geen identiteit. Geen beschrijving. Geen fysiek bewijs. Ze zijn duidelijk goed getraind en zeer bekwaam, dus als ze denken dat het net zich om hen sluit, zou het voor hen het verstandigste zijn om terug te keren naar hun normale leven. Misschien serveren ze ons wel elke dag koffie in dat tentje op de hoek, maar beseffen wij dat niet. Ze hadden geen reden om iemand van ons te vermoorden. Dat zou tactisch een retrograde actie zijn. Helemaal niets voor hen.'

'Wat is er dan vanavond gebeurd?'

'Wat ik denk? Een inbraak die uit de hand is gelopen. Er wordt continu ingebroken in hotels. En kijk naar de volgorde van onze kamers. Die man is begonnen met de mijne en vond niets wat de moeite waard was om mee te nemen. Ging door naar die van agent Smith.'

'Niets van waarde in mijn kamer,' zei Smith.

'Dus ging de dader door naar Neilsens kamer. Hij was aan het rondneuzen op zoek naar spullen, toen Neilsen naar binnen strompelde. Te oordelen naar de stank kunnen we veilig stellen dat hij vanavond had gedronken. De indringer was misschien niet eens van plan hem te vermoorden. Misschien heeft hij hem alleen maar een duw gegeven in een poging weg te komen.'

Baglin sloeg zijn armen over elkaar. Reacher had het gevoel dat hij er niets van geloofde. Even zweeg iedereen, toen zei Baglin: 'Ik moet me bij jullie verontschuldigen. Het was een tactische fout om jullie allemaal in hetzelfde hotel onderbrengen, en dan ook nog in aangrenzende kamers. Het heeft jullie aan onnodig risico blootgesteld. Daar is iets aan gedaan. Jullie worden naar nieuwe hotels overgebracht. Verschillende hotels, in verschillende delen van de stad. Met onmiddellijke ingang.'

'Ik heb geen auto,' zei Reacher.

'Dat is geregeld. Misschien is hij al afgeleverd. Vraag er bij de receptie naar wanneer je vertrekt.'

'Dank u,' zei Smith. 'En wat doen we morgenochtend?' Ze keek op haar horloge. 'Vanochtend, trouwens.'

'Wat denk je?' zei Baglin. 'Kom op de gebruikelijke tijd naar kantoor. We moeten nu drie moordenaars oppakken.'

Er stond een auto voor Reacher klaar op het parkeerterrein. Het was een huurauto. Een Ford sedan. Een klein ding met smalle stoelen, te veel knoppen op het dashboard en te weinig ruimte achter het stuur. Maar Reacher maakte zich niet druk om de ontwerpfouten. Hij was niet van plan er veel tijd in door te brengen.

Het hotel dat Reacher was toegewezen, verschilde als dag en nacht van het vorige. Het eerste leek ontworpen met horden luidruchtige schoolkinderen uit het midwesten in gedachten, het tweede was duidelijk gericht op gasten uit het politieke en diplomatieke circuit. Zijn kamer was gigantisch. In feite waren het twee kamers. Eentje met een bed, een badkamer en een inloopkast. En een aparte kamer met een eet- en een zitgedeelte. Bij de wastafel en douchebak stonden grote flessen met diverse wasproducten die hij niet herkende. Het soort dingen dat hij normaal van z'n leven niet zou gebruiken. Er lagen reusachtige handdoeken. Zachte badjassen. Zoveel sierkussens dat, als je bij brand het gebouw moest ontvluchten, je ze uit het raam kon gooien en ze zelfs van tien verdiepingen hoog je val zouden breken. Reacher had geen belangstelling voor al die dingen. Hij wilde gewoon de dag afsluiten en de volgende ochtend fris weer beginnen. Hij liep rond om lampen uit te doen en gordijnen te sluiten en zag dat de deur van een kastje niet helemaal dicht was. Het was een minibar. Dat zou Neilsen leuk hebben gevonden, dacht hij. Hij haalde er een miniatuurflesje Maker's Mark-whisky uit, opende het en dronk het op in een stilzwijgende toost op afwezige vrienden.

20

Reacher en Smith reden de volgende morgen binnen een minuut na elkaar het parkeerterrein bij het taskforcegebouw op. Reacher kwam uit het zuiden, Smith uit het noorden. Ze liepen samen de receptie binnen en zagen dat er twee bewakers dienst hadden. Als het kalf verdronken is, dacht Reacher, en hij liet zijn ID zien. Hij liep achter Smith aan de gang door en de directiekamer in. Zij ging zitten en hij schonk een mok koffie voor zichzelf in.

'Denk je dat ze een vervanger voor Neilsen zullen sturen?' vroeg ze.

'Dat betwijfel ik. Het was een gok voor Stamoran om iemand van de CIA te sturen. Achteraf gezien een vergissing. Neilsen kon alleen achter de waarheid komen omdat hij bij zijn makker kon aankloppen. Die man zou tegen ons nooit iets gezegd hebben. Of tegen Walsh, nu die is ontwaakt. Stamoran dacht waarschijnlijk dat het er verdachter uit zou zien als de CIA niet vertegenwoordigd was. Hij hoopte vast dat een dronkaard als Neilsen niet in staat was hem schade te berokkenen.'

'Weet je, dat vind ik triest. We hebben nooit de kans gekregen om erachter te komen wat Neilsens verhaal was. Hij was een goede agent. Dat was duidelijk. Zelfs als hij dronken was. Hij kan niet vanaf het begin van zijn carrière zoveel gedronken hebben. Dat had zijn lever niet overleefd. En als hij niet was gestorven, zouden ze hem eruit hebben getrapt. Er moet iets met hem gebeurd zijn. Iets traumatisch. Ik wou dat ik hem goed genoeg had gekend, dat hij met me had gedeeld wat het was.'

Reacher zei niets.

Smith onderdrukte een geeuw. 'Heb je geslapen?' vroeg ze.

'Van mij had het wel wat langer gemogen.' De waarheid was dat zijn ogen dicht waren gevallen binnen een minuut nadat zijn hoofd het kussen had geraakt en dat hij zich net voordat het tijd was om op te staan pas weer had verroerd. Maar hij had door de jaren heen geleerd dat mensen die een dergelijke vraag stellen gewoonlijk niet uit zijn op een positief antwoord.

'Ik heb nauwelijks een oog dichtgedaan,' zei Smith. 'Ik ben kapot. Dit is echt erg, Reacher. Neilsens dood, Charles Stamoran, Typhon, meer dan duizend lijken... Ik bleef me maar afvragen wat we met dat alles moeten doen.'

'We doen hetzelfde als wat we zouden doen bij elk onderzoek naar wie dan ook en welk misdrijf dan ook. We volgen het bewijs. Als dat bevestigt dat Stamoran schuldig is, dan halen we hem neer.'

'Maar hij is de minister van Defensie.'

'Zoals ik al tegen Sarbotski zei: dit is Amerika. De wet geldt voor hem net zo goed als voor ieder ander.'

'Maar het maakt het wel moeilijker om iets tegen hem te ondernemen.'

'Dus moeten we slimmer te werk gaan.'

'Heb jij ideeën?'

'Mijn instinct zegt dat Neilsens dood begint met iemand die hij bij de CIA heeft gesproken. Waarschijnlijk heeft Neilsen Typhon genoemd. Gevraagd of het bestond. Of er bewijzen waren. Wie de leiding over het programma had gehad. Iets wat gevoelig lag. Vanaf daar zie ik drie mogelijke scenario's. Een, Neilsens contactpersoon kwam hierheen en deed het zelf. Twee, hij stuurde iemand anders om het te doen. Drie, hij gaf Neilsens vragen door aan iemand anders en die arrangeerde de moord.'

'En Stamoran zou in het derde scenario passen?'

'Precies.'

'Hoe bewijzen we dat?'

'We zoeken uit met wie Neilsen heeft gesproken. Ik neem contact met hem op. Ik laat hem weten dat ik met Neilsen samenwerkte en dat ik weet wat hij wist. Dan wacht ik tot er iemand in mijn hotelkamer komt rondsnuffelen. En in plaats van op de vloer van de badkamer te eindigen, krijg ik van degene die komt opduiken een naam. Daarna doen we hetzelfde nog eens tot we helemaal bovenaan de voedselketen uitkomen. We weten al wie Neilsen vanuit het hotel heeft gebeld. Nu moeten we een lijst hebben van de telefoontjes die hij hiervandaan heeft gepleegd. Denk je dat de FBI dat voor ons kan regelen?'

Smith strekte haar arm en pakte de telefoon van het midden van de tafel. Ze koos een nummer, gaf een paar snelle instructies, voornamelijk in jargon en acroniemen die Reacher niet snapte, en hing toen op. Ze schoof net de telefoon terug toen de deur openging. Gary Walsh haastte zich naar binnen. Hij liep naar zijn gebruikelijke plaats bij het raam, draaide zich toen om en bleef wat ongemakkelijk staan schuifelen. 'Ik heb gehoord wat er gebeurd is,' zei hij. 'Ik vind het echt heel erg. Ik neem aan dat jullie het goed met elkaar konden vinden. Als ik ook maar iets kan doen...'

De deur ging weer open en de oorspronkelijke bewaker kwam binnen. 'Bericht van meneer Baglin. Hij kan vanochtend niet aanwezig zijn bij de bespreking. Hij zegt dat jullie allemaal weten wat je moet doen.'

Walsh wachtte tot de deur dicht was, ging toen op Baglins plaats zitten en zei: 'Wat er met Neilsen is gebeurd... had dat iets te maken met de reden waarom hij gisteren de bijeenkomst heeft gemist?'

Reacher en Smith wisselden een blik.

Walsh zei: 'Ik weet dat ik jullie geen reden heb gegeven om dit te geloven, maar jullie kunnen me vertrouwen. Ik was er tot nu toe niet echt bij omdat ik wat dingen moest verwerken, maar dat wil ik rechtzetten. Alsjeblieft, laat me toe. Ik kan helpen.'

Reacher zei niets. Smith keek omlaag naar de tafel.

'Reacher?' zei Walsh. 'Ik ken je broer. Van gezicht, althans. Bel hem. Hij zal voor me instaan. En Amber? Twee jaar geleden heb ik wat getallen gekraakt voor Phil voor iets waar hij aan werkte. Hij vertelde me...'

'Neilsen had een afspraak met een contactpersoon,' zei Smith. 'Hij was nog niet terug toen we weggingen, en toen we na het avondeten terugkwamen in het hotel, waren onze kamers doorzocht. We wilden Neilsen vragen of dat bij hem ook zo was, maar hij was dood. Ze wilden het laten voorkomen dat hij was gevallen, maar daar trappen we niet in.'

'De ontmoeting met de contactpersoon. Ging die over het Project?'

Smith pakte de vraag niet op. Ze tuurde naar de zijwand.

'Daar ziet het wel naar uit,' zei Reacher.

'Dan zullen de agenten voor de show het een en ander ondernemen, maar ze zullen helemaal buiten de feitelijke zaak worden gehouden. Proberen jullie zelf Neilsens moordenaar te vinden?'

Reacher knikte.

'Maken jullie al vorderingen?'

'We hebben een lijst met nummers die hij vanuit het hotel heeft gebeld.' Reacher legde zijn theorie uit dat Neilsen paniek had veroorzaakt in Langley en dat ze moesten weten wie hij had gesproken.

'Mag ik de lijst eens zien?' vroeg Walsh. 'Getallen zijn mijn ding. Zelfs als er geen dollarteken voor staat.'

Smith reageerde niet. Reacher porde in haar arm. 'Sorry. Wat?' zei ze.

'Laat Walsh de lijst met telefoonnummers vanuit het hotel zien.'

Smith gaf hem het vel papier dat de receptioniste die nacht had geprint nadat ze haar FBI-identificatie had laten zien.

Walsh bestudeerde de lijst wel een minuut en zei toen: 'Oké, er is één nummer dat eruit springt. Het nummer met vier nullen op het eind. Dat is van een centraal schakelpaneel. Langley? En al die nummers waarbij alleen de laatste vier cijfers verschillen? Dat zijn doorkiesnummers. Dat zal ook Langley zijn. Dan zijn er nog een paar met hetzelfde netnummer. Dat zullen de privénummers van mensen van Langley zijn, vermoed ik. En een paar die nergens bij horen. Misschien nummers van vrienden? Behalve dit ene nummer. 18002669328. Dat heeft hij verschillende keren gebeld.'

Walsh grinnikte en schudde zijn hoofd. 'Hij was ongelooflijk.'

'Ik snap het niet,' zei Smith. 'Wat betekent het?'

Walsh keek haar aan. 'Ik neem aan dat het in advertenties alfanumeriek wordt weergegeven...'

Reacher zette de cijfers uit zijn hoofd om. '1800 BOOZE 2 U. Een bezorgdienst, waarschijnlijk. De slijterijen aan de oostkust zullen om Neilsens overlijden rouwen. Dat is zeker.'

'In wat voor wereld leven we toch?' zei Smith. 'Oké. We moeten ons op de Langley-nummers richten. Hoe bepalen we welke prioriteit hebben? Aan het nummer van het schakelpaneel hebben we niets als we niet weten naar wie hij heeft gevraagd.'

'Misschien als we wisten of hij ook gebeld is door een van die nummers. Dat zou op interactie over en weer duiden. Niet zomaar een afscheping of een ingesproken bericht op een antwoordapparaat. In het hotel zal dat niet mogelijk zijn – telefoontjes naar de hotelkamers gaan via de centrale – maar hier zou het moeten kunnen.'

Smith trok de telefoon weer naar zich toe en pleegde nog een telefoontje. Nadat ze had opgehangen zei ze: 'Er wordt aan gewerkt. Maar het zal even duren. Kunnen we in de tussentijd iets anders doen? Laten we een beetje paniek zaaien. Proberen ze zover te krijgen dat ze vanavond weer een moordenaar sturen. Wat vind je daarvan, Reacher?'

'Hoe eerder, hoe beter. Laat die gast maar komen.'

'Misschien is er nog wel iets wat we kunnen doen.' Walsh klonk aarzelend. 'Het is een grote gok, maar het kan geen kwaad het te proberen. Weten jullie of Neilsen het type was dat fanatiek zijn berichten wiste?'

Roberta en Veronica Sanson besloten deze keer geen auto te stelen. Ze wisten dat ze dan de wetshandhavers van alle mogelijke diensten op hun nek zouden krijgen. Dus leek een auto huren hun een goede investering. Ze dachten dat een Suburban wel goed over zou komen. Die zou gemakkelijk opgaan in het soort omgeving waarin ze verwachtten aan de slag te gaan, maar het duurde een poosje voor ze een verhuurder hadden gevonden die er geen moeite mee had om het contant af te handelen.

Al binnen tien minuten bleek dat het geen weggegooid geld was. Zo lang duurde het namelijk voordat ze Susan Kasluga het huis uit zagen komen waar ze samen met haar man woonde. Ze zat op de achterbank van een zwarte Town Car. Die reed hun versterkte poort uit en mengde zich in het trage ochtendverkeer. Kasluga zat de *Wall Street Journal* van die ochtend te lezen. Ze werd gereden door een chauffeur en er zaten nog twee andere mensen in de auto. Mannen in goedkope pakken met oortjes in en gekrulde kabeltjes die onder hun kraag verdwenen. Beveiligers. Van een particulier bureau, zo te zien. Perfect, vanuit het oogpunt van de zussen.

Roberta reed bij de stoep vandaan. Ze zat vier auto's achter Kasluga en switchte zodra de snelheid van het verkeer dat toeliet. Soms zat ze drie auto's achter haar. Soms vijf. Een paar keer, op langere stukken zonder zijstraten, reed ze kort naar voren, maar liet de Town Car weer de eerste positie innemen voordat die ergens zou kunnen afslaan. Dat hield ze zo twintig minuten vol. Toen sloeg de Town Car rechts af, naar de ingang van een parkeergarage onder een kantoorgebouw. Een negentien verdiepingen tellende kolos van blauw spiegelglas en een stalen geraamte, met rechte hoeken in strakke symmetrie. Het hoofdkwartier van AmeriChem Incorporated. Het bedrijf dat Kasluga na haar terugkeer uit India had opgericht.

Roberta reed rechtdoor en sloeg toen twee keer snel na elkaar links af. Ze werden niet gevolgd. Dat had ze ook niet verwacht, maar het kon geen kwaad voorzorgsmaatregelen te nemen. Ze reden nu door een rustige straat, dus ze stopte, draaide zich naar Veronica toe en vroeg: 'Wat denk jij?'

'Ideaal zou zijn om haar minimaal een week in de gaten te houden. Maar ze weten nu dat we met z'n tweeën zijn. En er zijn geen wetenschappers meer over. Ze zouden de puzzelstukjes aan elkaar kunnen gaan leggen. Dus moeten we roeien met de riemen die we hebben. Laten we haar werkrooster bekijken. Als ze morgen weer op kantoor is en we vanmiddag kunnen halen wat we nodig hebben, stel ik voor dat we het morgenochtend doen.'

Roberta zette de auto weer in de versnelling. 'Akkoord.'

Neilsens kantoor was afgesloten. Smith haalde een smal leren etui uit haar tas en koos twee dunne slothaakjes. Ze stak het platte haakje onder in het sleutelgat. Het spitsere stak ze er bovenaan in, bewoog het wat heen en weer en dertig tellen later ging de deur open. Walsh ging als eerste naar binnen. Reacher volgde en hij kreeg al snel het gevoel een indringer te zijn, zoals altijd wanneer hij de kamer van een dode binnenging. Smith deed de deur achter hen dicht. Walsh liep naar Neilsens bureau en drukte een knop op het antwoordapparaat in. Er ging een donker plastic klepje open, maar daar zat niets onder. Hij probeerde het faxapparaat. De papierlade voor inkomende berichten was leeg.

'Nou, het ziet ernaar uit dat de CIA al heeft opgeruimd,' zei Walsh. 'Verdomme. Al is er wel één ding dat we...'

Hij tikte een paar cijfers in op het toetsenbord van de fax. Het apparaat begon te zoemen en een paar tellen later kwam er een vel papier uit. Walsh hield het voor de anderen op. Er stonden kolommen op met data, nummers, tijd en duur. 'Dit is het transmissielog. Hier staan alle faxen op vermeld die Neilsen heeft verzonden en ontvangen.' Toen wendde hij zich tot Smith. 'Mag ik die lijst nog even?' Hij controleerde iets en knikte toen. 'Ja, kijk. Hetzelfde nummer komt op beide voor.'

'Schieten we daar iets mee op?' vroeg Reacher. 'Moordenaars faxen hun plannen gewoonlijk niet van tevoren door.'

'Ik denk ook niet dat hij een fax heeft gestuurd,' zei Walsh. 'Kijk. Duur: een seconde. Ontvangen aantal pagina's: nul.'

'Wat heeft hij dan gedaan?'

'In het kantoor dat ze mij hebben gegeven, verschilt het telefoonnummer één cijfer van het faxnummer. En bij jullie?'

'Hetzelfde,' zei Smith, en Reacher knikte.

'Dan kunnen we veilig aannemen dat voor Neilsen hetzelfde gold. Dus ik denk dat iemand per ongeluk naar zijn fax heeft gebeld en toen meteen heeft opgehangen.'

'Waarom zou je dat doen?' vroeg Reacher.

'Als Neilsen een bericht bij diegene had ingesproken, heeft hij wellicht het verkeerde nummer doorgegeven. Of de beller heeft het verkeerd ingetoetst.'

Smith pakte de telefoonlijst en het faxlog. 'Qua timing klopt het wel. Neilsen belde het nummer vanuit het hotel vlak nadat we bij Sarbotski waren geweest. Hij had al die wodka achterovergeslagen, weet je nog? Je vergist je gemakkelijk in een cijfer als je amper op je benen kunt staan. En hij is die avond, toen wij in de bar zaten, teruggebeld.'

'Dus Neilsen laat een provocerend bericht achter. De ontvanger probeert hem te bereiken, maar slaagt daar niet in. En doet wat? Het doorgeven aan een meerdere? En degene die boven hem staat stuurt iemand om het probleem op te lossen?' Waarbij 'degene' Stamoran is, dacht Smith, maar dat zei ze niet hardop.

'Het klinkt plausibel,' zei Reacher. 'De moeite waard om erachteraan te gaan. Maar waarom zei je dat die man meteen zou hebben opgehangen?'

'Heb jij nog nooit per ongeluk naar een fax gebeld?' vroeg Walsh.

'Hoe moet ik dat nou weten?'

Walsh wees naar Neilsens telefoon. 'Probeer het maar eens. Bel naar de jouwe.'

Reacher tikte het nummer in. De verbinding kwam tot stand. En meteen werd zijn oor geteisterd door een jankende, krijsende elektronische kakofonie. Hij smeet de hoorn op de haak. 'Wat was dat, verdomme?'

Walsh gniffelde. 'Sorry, Reacher. Dat is hoe faxapparaten met elkaar communiceren. Je begrijpt nu wel waarom de beller niet aan de lijn wilde blijven.'

Smith boog zich vorrover en pakte de hoorn weer op. Ze belde en toen er werd opgenomen, ratelde ze weer dezelfde opeenvolging van acroniemen af die ze eerder had gebruikt en vroeg om een lijst van andere telefoontjes die waren gepleegd door het nummer dat had geprobeerd Neilsen te bereiken. Daarna vroeg ze om te worden doorverbonden en gaf ze instructies om het nummer door een omgekeerde zoekfunctie te halen. Ze zweeg een paar tellen, schudde toen haar hoofd en hing op. 'De lijst van telefoontjes wordt straks naar me gefaxt. Het nummer staat op naam van ene John Smith. Geen familie.'

21

De receptie van het hoofdkwartier van AmeriChem was een weelderige ruimte vol dure materialen en kunst van museumniveau, maar als je dat allemaal wegdacht, dan was de ruimte er maar met één reden: mensen buiten de deur houden. Tenzij ze een pasje hadden om de tourniquets mee te openen. Personeelsleden hadden die. Bevoegde bezoekers konden ze krijgen. Veronica Sanson was geen van beide. Dus haar eerste stap naar toegang tot het gebouw begon ernaast, bij een Starbucks. Ze ging in de rij staan en terwijl ze wachtte haalde ze een sleutelkoord uit haar zak. Dat had ze jaren geleden gekocht in een souvenirwinkeltje in Tel Aviv. Het was geel en bedrukt met tekenfilmaapjes. Ze hing het om haar nek en stopte de clip onder haar jasje, alsof ze een pasje had maar dat onderweg naar haar werk niet aan iedereen wilde laten zien. Toen ze aan de beurt was, bestelde ze vier *venti lattes*. Dat waren de grootste bekers koffie die ze hadden. Ze vroeg om een kartonnen draagtray, stak de bekers in de uitsnijdingen op de hoeken en legde een bergje suikerzakjes en roerstokjes in het midden.

Veronica liep de koffiezaak uit en door naar de draaideuren van AmeriChem. Ze hield de draagtray voor zich uit en bewoog zich voorzichtig, alsof het ding elk moment kon inzakken, waardoor ze zich zou branden. Ze liep naar de dichtstbijzijnde tourniquet en zat toen vast. Ze kon de koffie niet met één hand vasthouden en zonder handen kon ze haar pasje niet tevoorschijn halen. Er vormde zich al een rijtje mensen achter haar. Ze begon te blozen. Ze probeerde de tray anders vast te pakken en liet hem bijna vallen. Ze deed haar best hem recht te houden en net dicht genoeg naar de sensor toe te buigen om het apparaat te activeren zonder haar jas open te knopen. Er gleden drie pakjes suiker op de vloer. Ze probeerde een arm onder de tray te wurmen, maar toen viel er bijna een beker koffie uit. Haar gezicht kleurde vuurrood. Ze zag eruit alsof ze elk moment kon gaan huilen. Toen kwam een man in pak met zilverkleurig haar en een snor naast haar staan. Hij boog vooroever en gebruikte zijn eigen pasje om de tourniquet te openen. Ze stapte erdoorheen en liep naar de liften. 'Heel erg bedankt,' zei ze toen de man haar inhaalde. 'Ik schaamde me dood daarnet. Dit is pas mijn tweede dag. Ik vergeet nu vast nooit meer om mijn pasje klaar te houden.' Zachter vervolgde ze: 'U kunt zeker niet even voor me op de knop drukken, of wel? Ik wil geen herhaling van het gedoe van daarnet. Ik moet op mevrouw Kasluga's verdieping zijn.'

Susan Kasluga had het grootste hoekkantoor op de bovenste verdieping. Een extra voordeel als je de grote baas was, dacht Veronica.

Een ander voordeel was waarschijnlijk dat je een uitstekend gekwalificeerde assistente had, dus ze dumpte de bekers koffie in de dames-wc, haastte zich de gang door en stormde het kantoor van Kasluga's assistente binnen. Een vrouw in een sjiek zwart broekpak keek geschrokken op vanachter een breed antiek bureau. Ze had naar achteren gekamd grijs haar, een fijn gevormd gezicht en strenge blauwe ogen.

'U bent toch degene die ze bedoelen?' zei Veronica. 'Kunt u reanimeren?'

De vrouw met het grijze haar sprong meteen overeind. 'Heeft er iemand een hartinfarct?'

'Beneden. Bij de liften. Het alarmnummer is wel gebeld, maar u weet hoelang die lui er soms over doen.'

Veronica deed alsof ze met de oudere vrouw mee zou gaan, maar zodra die de kamer uit was, draaide ze zich om. Ze liep om het bureau heen. Een computermonitor nam bijna de helft van het bureau in beslag. Het was een enorm beige geval en aan de achterkant hing een wirwar van kabels. Er stond een telefoon. Een groot, ingewikkeld ding met allerlei lampjes en knoppen. Een leren bureaulegger. Een paar trollenpoppetjes van tien centimeter met ruig, fluorescerend haar. Vast een cadeautje van een kleinkind, dacht Veronica. Er lag een schrijfblok met een pen. Een rolodex. Veronica vroeg zich af hoeveel ze zou kunnen vangen voor sommige van de namen en nummers die erin moesten staan. En helemaal aan de zijkant lag een grote, in leer gebonden agenda. Veronica sloeg hem open en bladerde door naar de huidige week. Ze keek naar de afspraken voor de volgende dag en zag dat er om zes uur 's ochtends eentje begon met *Serge, Conference Prep, directiekamer*, die zonder pauze doorging tot zes uur 's avonds.

Sorry, Serge, dacht Veronica. Je staat morgen voor niets zo vroeg op.

Reacher en Walsh liepen achter Smith aan Neilsens kantoor uit. Smith gebruikte haar lockpicks om de deur weer op slot te doen en ging hun toen voor naar haar eigen kantoor. Dat voelde minder gruwelijk dan blijven rondhangen in het kantoor van een dode en bovendien waren ze dan in de buurt van Smiths faxapparaat. Waar de informatie zou binnenkomen die ze had opgevraagd over de telefoontjes.

Reacher en Walsh verdwenen even om de stoelen uit hun eigen kantoor te halen, daarna gingen ze min of meer in een driehoek zitten wachten. Iedereen hield het faxapparaat in de gaten, ook al deed het helemaal niets. Smith deed een paar pogingen om een gesprek te beginnen. Walsh vertelde wat over zijn ideeën over de financiële vooruitzichten van het land. Reacher zei niets.

Na veertig minuten begon het display van de fax te knipperen en even later gleed er een enkel vel papier uit. Smith pakte het op, keek ernaar en hield het toen de anderen voor.

'Telefoontjes vanaf het nummer waarmee Neilsen contact had,' zei ze. 'Maar één nummer nadat hij Neilsens fax had gebeld. Een minuut nadat hij had opgehangen. Laten we eens kijken wie het was.'

Smith pakte de telefoon op en sprak weer met de man van de omgekeerde zoekactie. Ze luisterde. Vroeg hem toen te herhalen wat hij had gezegd. Daarna bedankte ze hem en hing op. Het duurde even voordat ze zich omdraaide en Reacher en Walsh aankeek.

'Degene naar wie Neilsens contactpersoon heeft gebeld?' zei ze. 'Charles Stamoran. Een privélijn in zijn huis. Zijn naam staat op de factuur.'

Roberta parkeerde de Suburban langs de weg en Veronica sprong eruit. Ze dook een telefooncel in en belde Inlichtingen voor het nummer van het centrale kantoor van de brandweer. Toen ze ze aan de lijn had, deed ze zich voor als een student aan de Johns Hopkins University, met als hoofdvak journalistiek. Ze zei dat ze een artikel schreef over openbare infrastructuur in verschillende stedelijke omgevingen en daarvoor wilde ze weten onder welke brandweerkazernes bepaalde gebouwen in de stad vielen. Ze ging haar lijstje af. De National Cathedral. Het Dumbarton Oaks Museum. De Library of Congress. Het Kennedy Center. En het hoofdkwartier van AmeriChem Inc.

De brandweerkazerne waarvoor ze belangstelling hadden, stond op een driehoekig perceel waar twee straten in een v-vorm bij elkaar kwamen. Een strategisch en efficiënt punt. Het betekende dat de brandweerwagens en ambulances er aan de ene kant in en aan de andere kant uit konden zonder dat ze hoefden te keren of achteruit hoefden te rijden. De hoge, brede deuren stonden open toen Roberta en Veronica aankwamen. Ze hadden te horen gekregen dat zulke gebouwen in de Verenigde Staten als openbaar werden beschouwd en over het algemeen open waren, zodat mensen gewoon binnen konden lopen, maar het kwam toch vreemd op hen over.

Roberta parkeerde langs de straat die niet grensde aan het voorplein van de kazerne en ging samen met haar zus naar binnen. Er stonden vier voertuigen in de materieelruimte. Drie brandweerwagens en een ambulance. De wagens waren niet even groot. Eentje had een gigantische ladder, die over de hele lengte liep. Een andere had een waterkanon op het dak gemonteerd. De derde zag er eerder uit als een roodgeverfde bestelwagen. Ze stonden allemaal netjes tussen op de vloer geschilderde strepen geparkeerd. Laarzen, helmen en andere persoonlijke uitrustingsstukken stonden klaar in parallelle groepen. Drie sets dubbele deuren links leidden naar het binnenste gedeelte van het gebouw. Roberta en Veronica vermoedden dat daar de kantoren, de keuken en de slaapvertrekken zouden zijn. En de wachtruimte. De zussen hoorden stemmen en het enthousiaste commentaar op een of andere sportwedstrijd op tv.

Veronica ging op een plek staan waar ze meteen gezien zou worden wanneer er iemand door de deuren kwam. Roberta liep snel om de voorkant van de ladderwagen heen. Ze ging op haar tenen staan, opende het bijrijdersportier en hees zichzelf omhoog in de cabine. Op de plek waar de schakelaars en meters zaten, voelde ze onder het dashboard en raakte toen met haar hand de rand van een stugge waterdichte zak die met klittenband op zijn plaats werd gehouden. Ze trok de zak los, haalde een mes tevoorschijn en sneed de kabelbinder door waarmee de zak dichtzat. Ze bladerde door de papieren die erin zaten, bekeek ze allemaal tot ze vond wat ze nodig had. Ze ademde even diep in, concentreerde zich op de informatie die erop stond en sloeg die in haar geheugen op. Daarna stopte ze de papieren terug en plakte de zak weer op z'n plaats.

Roberta ging op Veronica's plek in het zicht van de deuren staan. Haar zus liep naar de andere kant van de ruimte, waar de ambulance geparkeerd stond. Terwijl ze tussen de ambulance en de muur liep, zwol het gejuich en geroep even aan. Er waren twee mensen de wachtruimte uit gekomen. Een man en een vrouw. Beiden droegen zwart-groene uniformen. Toen ze Roberta zagen, kwamen ze haar kant op.

'Kan ik u helpen?' vroeg de vrouw. Haar blik was zowel vriendelijk als een beetje argwanend.

Veronica keek over haar schouder. De mensen die naar buiten waren gekomen konden haar niet zien, dus ze liep door tot ze voor een groot mededelingenbord stond.
 'Zijn jullie ambulanceverplegers?' vroeg Roberta.
 De man en de vrouw knikten allebei.
 'Fantastisch. Daarvoor ben ik hier. Ik wil me aanmelden voor de opleiding. Dus kwam ik informeren hoe het werkt. Er moeten vast formulieren worden ingevuld. Hoe zit het met minimale opleidingseisen? Hoe hoog ligt de lat?'
 'Wacht hier even,' zei de man. 'Er is een informatiepakket. Daar staat alles in. Je kunt het mee naar huis nemen en bestuderen. En als je het echt ziet zitten, kun je alles in gang zetten.'

Veronica scande de papieren op het mededelingenbord. De meeste waren onbelangrijk of officieus. Sommige waren gedateerd. Maar het papier dat ze zocht, hing precies in het midden. Een lijst van adressen waar de brandweer naar was uitgerukt en waar ze met wapengeweld te maken had gekregen. Het waren er veertien, elk met een set vinkjes ernaast. Het idee was de bemanningen te waarschuwen dat ze extra voorzichtig moesten zijn als ze naar een van die locaties werden gestuurd. Dat ze bij het eerste teken van problemen de politie moesten waarschuwen. Veronica vergeleek ze even en leerde toen de drie met de meeste vinkjes uit haar hoofd.

De man kwam terug en gaf Roberta een stapeltje gekopieerde bladzijden. 'Succes,' zei hij, maar hij bleef niet met haar praten. Evenmin als de vrouw. Ze liepen naar de andere kant van de ambulance. De kant waar Veronica naartoe was gegaan. En die was daar nog steeds.
 'Wacht even!' Roberta zette een grote stap naar voren. 'Dit is geweldig. Bedankt. Maar mag ik nog even één ding vragen? Zijn er bepaalde fysieke eisen? Moet je een kilometer binnen een bepaalde tijd lopen, of een specifiek gewicht kunnen dragen?'

Veronica liet zich op de grond vallen en rolde onder de ambulance.

'Het staat daar allemaal in,' zei de man. Hij liep door. De vrouw had nauwelijks haar pas ingehouden.

Veronica rolde aan de andere kant onder de ambulance uit. Ze stond op, controleerde of iemand haar gezien had en liep toen samen met Roberta terug naar hun SUV.

'Dat is een vergissing,' zei Walsh. 'Dat moet wel. Charles Stamoran?'

Smith schudde haar hoofd. 'Het is geen vergissing. Mijn mannetje heeft het drie keer gecheckt. Het is Stamorans nummer. Geen twijfel mogelijk. Hij heeft zelfs gecontroleerd of het geen andere Charles Stamoran was.'

'Het is niet te geloven.'

'Je wilt het niet geloven,' zei Reacher. 'Dat is wat anders.'

'Dat de minister van Defensie een moord heeft laten plegen? Belachelijk.'

'Is dat zo? Waarom? Kunnen alleen mensen met bepaalde beroepen moordenaars zijn? Ik pak moordenaars op voor de kost. Geloof me, ze zijn er in alle vormen en maten.'

'Geloof je echt dat het waar is?' vroeg Smith.

'Ik geloof dat het plausibel is. Er is sprake van een duidelijke opeenvolging van gebeurtenissen. Neilsen belt die "John Smith" om "aan de boom te schudden", zoals hij het noemde. John Smith probeerde Neilsen terug te bellen, maar kreeg per ongeluk zijn fax. Daarna belde John Smith Stamoran. En even later was Neilsen dood. John Smith lichtte zijn baas in toen hij niet verder kwam en Stamoran nam geen risico's. Dat lijkt me niet ondenkbaar voor een minister van Defensie. Je bereikt de top niet als je geen meedogenloze beslissingen kunt nemen.'

'Je bent...'

Smiths telefoon ging. Ze nam op, luisterde even en zei: 'Waarom?' Toen: 'Bullshit. Iemand moet dat kunnen.' En tot slot: 'Oké dan. Bedankt dat je het hebt geprobeerd.'

'Dat klonk niet erg bemoedigend,' zei Walsh.
'Dat was mijn mannetje van de telefoongegevens,' zei Smith. 'We kunnen geen details krijgen over telefoontjes via de kantoorlijnen. Ze vallen onder een of andere speciale bepaling van het ministerie van Defensie. Er zijn geen gegevens opgeslagen, inkomend noch uitgaand.'
'Dus we hebben maar één aanwijzing?'
'We hebben er maar eentje nodig,' zei Reacher. 'Als het de juiste is.'
'De timing klopt wel,' zei Smith. 'Neilsens activiteiten... en zijn dronkenschap. Het hangt ermee samen, dat kan niet missen.'
'Er is maar één manier om erachter te komen.' Reacher stak zijn hand uit, pakte de telefoon en koos een nummer. 'Mijn beurt om aan de boom te schudden.'

Roberta Sanson reed naar het eerste adres dat Veronica van het mededelingenbord in de brandweerkazerne had gehaald. Ze stopte langs het trottoir, maar liet de motor lopen. Het huisnummer correspondeerde met een groene deur in de lange, kale zijmuur van een bakstenen gebouw zonder bovenverdieping. Geen teken van activiteiten. Niet op dat tijdstip.
'Goktent?' zei Roberta.
'Waarschijnlijk,' zei Veronica. 'Het bevalt me niet. Maar één ingang. Niet te zien hoe het binnen is. Ik zeg laten schieten.'
'Ik ook.' Roberta trok soepel op en reed naar het tweede adres op de lijst. Ze kon meteen zien waarom er zoveel schotwonden werden gemeld in die wijk. De ramen van het huis in kwestie waren aan de binnenkant zwart geschilderd. Er lag een hele zwik plastic flessen bij de voordeur. Lege zakken kattengrit. Een stapel emmers, allemaal gedeukt en vervormd. En zelfs vanuit de auto roken ze ammoniak. Het was een methlab. Dat was duidelijk. En de huizen aan weerskanten waren dat waarschijnlijk ook geweest, voordat ze waren afgebrand.
De Suburban stond er nog geen minuut toen er een man uit een van de naburige huizen naar buiten kwam. Hij kwam lang-

zaam dichterbij vanaf de andere kant van de straat. Hij was lang. Broodmager. Hij droeg een pet van de Mets. Een baseballjack zonder logo. Gescheurde jeans. En sneakers die misschien ooit wit waren geweest. Veronica opende het portier net ver genoeg om uit te kunnen stappen. De man zag het niet. Hij had alleen oog voor Roberta. Hij liep door tot naast haar raam. Ze liet het een paar centimeter omlaagzakken.

'Ben je de weg kwijt, meisje?' vroeg hij met een grijns.
'Spiritueel?' vroeg Roberta. 'Of geografisch?'
'Huh?'
'Ik ben de weg niet kwijt. Ik ben hier voor zaken.'
'Wat voor zaken denk je dat we hier doen?'
Roberta knikte naar het huis. 'Volgens mij wordt daar wat gekookt.'
'Ben je van de politie?'
'Ik ben het tegenovergestelde van de politie.'
'Kan me niet schelen, ik mag je niet. Ophoepelen.'
'Maar ik ben er net. En het is zo'n leuke buurt.'
'Je gaat weg.'
'En als ik dat nou niet wil?'
De man rechtte zijn rug en opende zijn jack. Hij had aan beide kanten een pistool in zijn jeans gestoken, met de kolf naar het midden, zodat hij zijn armen zou moeten kruisen om ze te trekken.
Roberta verhief haar stem een beetje. 'Wauw, twee pistolen? Misschien is het toch niet zo'n leuke buurt.'
'Heb je iets...' begon de man.
Veronica kwam achter de Suburban vandaan. Ze liep naar de man toe. In haar linkerhand had ze een bandenlichter waarmee ze in de rondte zwaaide. Ze kwam dichterbij, zette haar voeten stevig neer en draaide vanuit haar middel om extra kracht te zetten. Het gebogen einde raakte de man tegen zijn slaap. Zijn hoofd zwaaide naar opzij en zijn ogen draaiden weg. Zijn knieën veranderden in pudding en hij zakte voor Veronica's voeten in elkaar. Ze boog zich vooroverover en pakte de wapens. Controleerde zijn zakken op extra munitie. Vond twee extra magazijnen. Nam die ook mee,

liep toen om de auto heen en stapte weer in.

'Dat was onze dagelijkse goede daad voor de gemeenschap,' zei Roberta. 'Nu is het tijd om inkopen te gaan doen. We hebben kleren en portofoons nodig. En wat rekwisieten, voor het geval ze niet meewerkt. Wat wil je als eerste gaan halen?'

Reacher en Walsh waren nog in het aan Smith toegewezen kantoor toen alle drie de piepers afgingen. Ze liep samen door de gang en stapten de directiekamer binnen. Christopher Baglin zat al aan het hoofd van de tafel. Reacher en Smith namen hun plaats in. Walsh liep naar het raam. Ze deden allemaal hun best om niet naar Neilsens lege stoel te kijken.

Baglin nam het woord. 'Het spijt me dat ik jullie vanmorgen in de steek heb gelaten, maar ik weet zeker dat jullie begrijpen dat er bepaalde dingen geregeld moesten worden. Ik vertrouw erop dat jullie niettemin een productieve dag hebben gehad. Wat hebben jullie te melden?'

Reacher had niets. Smith schudde haar hoofd. Toen stak Walsh zijn hand op. 'Ik heb meer over Neville Pritchard. Over hoe hij aan zijn kapitaal is gekomen. Ik heb bewijzen gevonden dat hij meerdere malen grote hoeveelheden obscure buitenlandse valuta heeft verkocht en vervolgens aangekocht.'

'Leg uit, alsjeblieft,' zei Baglin. 'Hoezo is dat van belang? En graag op het niveau van financieel niet-onderlegde mensen.'

'Het heet het leensysteem vreemde valuta. Geen flitsende naam, maar wel zeer toepasselijk. Het komt erop neer dat je heimelijk geld overmaakt en het tegelijk een herkomst geeft.'

'Dus geld smokkelen en witwassen tegelijk?' zei Reacher.

'Zoiets. Alleen is dit legaal. En het vergt enige vaardigheid. Je moet accuraat voorspellen welke valuta op het punt staat flink in waarde te dalen. Het werkt als volgt: stel je voor dat ik voor een miljoen dollar aan Venezolaanse bolivars koop en die aan Reacher leen. Hij zou ze meteen kunnen verkopen, dan heeft hij een miljoen dollar. Ja, toch?'

Niemand sprak hem tegen.

'Stel je nu eens voor dat de waarde van de bolivar met twintig procent daalt. Dan zou Reacher er evenveel terug kunnen kopen als hij net heeft verkocht, maar dat zou hem maar 800.000 dollar kosten. Dan zou hij mij de bolivars terug kunnen geven en zo zijn lening helemaal aflossen. En hij zou er 200.000 dollar aan overhouden. Ja?'

'Vast wel,' zei Smith.

'Geniaal,' zei Baglin.

Reacher zei niets.

'Reacher zou niet alleen twee ton hebben,' zei Walsh, 'maar het geld zou ook wit zijn. Hij heeft het "verdiend" door speculatie met valuta, en dat is legaal. Hij zou een legitiem papieren spoor van al zijn transacties hebben. Veel beter dan proberen geld te verantwoorden dat is verkregen door de handel in drugs of wapens.'

'Deed Pritchard dat? Weet je het zeker?'

'Pritchard deed het. In begin jaren zeventig. En ja, ik weet het zeker.'

'En de andere wetenschappers?'

'Daar heb ik geen bewijs van gevonden.'

'Blijf zoeken. Goed gedaan. En Reacher? Smith? Ik kan me voorstellen dat jullie het vandaag een beetje rustig aan doen. Maar morgen? Niet dus. Zorg dat jullie er morgen weer met je hoofd bij bent. Begrepen?'

Walsh wachtte tot Baglin weg was en kwam toen naar Reacher en Smith toe. 'Jongens, er is iets wat ik net niet heb verteld. Ik wist niet of het veilig of verstandig was met Baglin in de kamer.'

'Wat dan?' vroeg Reacher.

'De leningen waar Pritchard van heeft geprofiteerd kwamen allemaal van hetzelfde bedrijf. AmeriChem. Dus daar heb ik ook naar gekeken. Voordat Susan Kasluga het oprichtte, had ze al een ander bedrijf opgericht in Grand Cayman, met een partner van de Maagdeneilanden. Het aangegeven doel was om mee te dingen naar een contract voor de bouw van een chemische fabriek in Pakistan. Dat mislukte, dus het bedrijf werd opgeheven. Kasluga kreeg haar geld terug en sleepte haar partner voor de rechter. Dat leverde haar een gigantisch schikkingsbedrag op.'

'Dus had ze nou geluk? Of pech?'

'Het was een manier om geld het land in te krijgen en het meteen legitiem te maken. Het gebeurde kort voor dat gedoe met Pritchard en de buitenlandse leningen. En raad eens wie een van de directeuren was? Charles Stamoran. En dat is niet onwettig. Hij trad in '79 af, toen zijn politieke aspiraties vruchten begonnen af te werpen. En AmeriChem heeft nooit dubieuze overheidscontracten gehad. Maar toch. Gezien onze verdenkingen...'

'Je hebt gelijk dat je het voor je hield. Heel verstandig. En daar heb je die naam weer. Kasluga,' zei Reacher.

'Hoe bedoel je?'

'Haar naam is onlangs een paar keer naar boven gekomen. Misschien ben ik daar meer op gespitst, gezien alles wat er rond Stamoran speelt. Weet je iets over haar? Ik wed dat er een dossier over haar bij Financiën ligt.'

'Ik weet niets van zo'n dossier. Maar ik heb een paar interviews met haar gelezen. Een paar artikelen en beschrijvingen. Ze is een grote speler in de industriële wereld. Een pionier. Haar carrière is bijna smetteloos,' zei Walsh.

'Bijna?'

'Ze begon klein, groeide enorm en bijna alles wat ze aanraakte veranderde in goud. Er was alleen een probleempje toen haar bedrijf nog vrij nieuw was. Het werd voor het gerecht gedaagd. Gedoe over een product dat het ontwikkelde. Niet echt ongebruikelijk, trouwens. Ik kan me de details niet precies herinneren. Maar ik kan er dieper induiken als jullie willen.'

'Zeker weten. Graag,' zei Reacher.

'Geef me vierentwintig uur.'

'Perfect. Heeft er iemand honger?'

'Ja,' zei Smith. 'Maar laten we een andere tent zoeken om te gaan eten, oké? Ik wil nooit meer een voet in die rare, half afgebouwde bar zetten.'

22

Reacher was een liefhebber van symmetrie. Iemand had Neilsens lichaam op de vloer van een badkamer achtergelaten, dus Reacher wilde het lichaam van die persoon achterlaten op de vloer van dezelfde badkamer. Het probleem was dat die vloer zich in een hotel bevond. En Reacher was niet alleen van hotel verwisseld en had daarmee het potentiële patroon verstoord, maar in hotels had je mensen. Mensen hoorden dingen. Ze meldden dingen aan de politie. Zoals geluiden. Het soort geluiden dat je zou kunnen horen als de man die Neilsen had vermoord niet bleek mee te werken. Dus toen Reacher 'John Smith' aan de telefoon had en hem vertelde dat hij alles wist wat Neilsen had geweten, zei hij dat hij die avond om tien uur in een verlaten kerk drie kilometer buiten de stad op hem zou wachten.

Reacher was om acht uur bij de kerk. Zijn gulden regel bij valstrikken was dat je altijd moest zorgen dat je als eerste aanwezig was. Dat gaf hem de kans om het terrein te verkennen. Het oude gebouw was er slecht aan toe. Het dak ontbrak helemaal. Een deel van de wanden was ingestort. Er was nog één glas-in-loodraam aanwezig, boven wat het altaar moest zijn geweest. Er waren twee parallelle rijen pilaren aan weerskanten van het met onkruid overwoekerde schip van de kerk. En je zag nog een paar stompen van steunberen aan de buitenkant van het gebouw. Reacher vond een plek waar een berg neergevallen stenen een goede, diepe schaduw wierp, en ging zitten wachten.

Neilsens moordenaar kwam om negen uur. Hij was ook te vroeg. Alleen niet vroeg genoeg.

Reacher beschouwde zichzelf als een eerlijk mens. Hij deed altijd zijn best geen overhaaste conclusies te trekken. En hij gaf zijn tegenstanders altijd de kans zich over te geven. Bijna altijd. Die avond zou een van de keren zijn dat hij dat niet deed. Want de andere man maakte vanaf het eerste moment duidelijk wat zijn bedoelingen waren. Die waren glashelder. Hij had zich voorbereid. Hij had een hoofdlamp op, zoiets als mijnwerkers op hun helm hebben. Hij had een ladder meegebracht. En een touw. Hij knoopte het touw tot een strop en nam even de tijd om de ruïne te bekijken. Hij koos een bewaard gebleven boog tussen twee pilaren. Precies waar de koplampen van een naderende auto erop zouden schijnen. Ongetwijfeld een markant tafereel. Wat waarschijnlijk precies was wat de man wilde. Hij hoopte de strijd al te winnen voordat het gevecht begonnen was.

De man hing het touw over zijn schouder en zette de ladder op z'n plek. Hij klom tot driekwart van de lengte en zwaaide toen het touw heen en weer met de bedoeling de strop over de boog te gooien. Hij keek omhoog. Intussen kwam Reacher uit de schaduw tevoorschijn. Hij sloop dichterbij en vermeed daarbij zorgvuldig al het puin en de losliggende tegels. Hij bleef op ruim een halve meter afstand staan, bukte zich, pakte de voet van de ladder vast en rukte hem omhoog. De man viel voorover als een fietser die over zijn stuur heen vliegt. Hij raakte de grond. Zijn hoofdlamp viel af en landde op de achterkant, waardoor de lichtstraal recht omhoog scheen en vreemde schaduwen wierp. De man rolde happend naar adem om. Reacher stapte naar hem toe en zette zijn voet op de nek van de man.

'Er is maar één reden waarom ik je strottenhoofd niet heb verbrijzeld,' zei Reacher. 'Nóg niet. Weet je welke?'

De man probeerde zich los te wurmen. Reacher verhoogde de druk van zijn voet. 'Omdat je in staat moet zijn te praten. Zodat je mijn vragen kunt beantwoorden. Klaar? Hier komt de eerste. Heb jij gisteravond Kent Neilsen vermoord?'

De man lag nu stil, maar antwoordde niet.

'Misschien laat ik je strottenhoofd nog een poosje heel,' zei

Reacher, 'maar je hebt nog een hoop andere lichaamsdelen.' Hij hief zijn voet en stampte op de linkerhand van de man.'

De man gilde het uit.

Reacher zette zijn voet weer op de nek van de man. 'Vertel me over Neilsen.'

'Ik had opdracht hem te vermoorden. Dat heb ik gedaan. Wat valt er te vertellen?'

'Wie heeft je opdracht gegeven?'

'Dezelfde kerel die me opdracht heeft gegeven die wetenschapsfreak te vermoorden. Ik weet zijn naam niet. Ik werk nog niet zo lang voor hem.'

'Hoe krijg je je instructies?'

'Per telefoon.'

'Hoe word je betaald?'

'Het geld wordt ergens gedropt. Contant.'

'Waar kennen jullie elkaar van?'

'Ik ken hem niet. Een vriend van me zei dat hij iemand kende die hulp zocht. Ik zocht werk. Het gaat allemaal op afstand.'

'Je zei dat je een wetenschapsfreak hebt vermoord. Neville Pritchard?'

'Ja, ik denk het wel. Namen interesseren me niet zo.'

'Twee op dezelfde dag?'

'Nee, Pritchard was vijf dagen geleden.'

'Zeker weten?'

'Data onthoud ik wel altijd.'

'Hoe heb je hem gevonden?'

'Er was me verteld waar hij zou zijn.'

'In zijn huis?'

'Op een kampeerterrein. In zijn camper. Daardoor wist ik dat ik een slang mee moest nemen.'

De vormen en patronen in Reachers hoofd verschoven en herschikten zich als de scherven in een caleidoscoop. Charles Stamoran was al in beeld voor de moord op Neilsen, maar de moord op Neville Pritchard hadden ze aan de twee vrouwen toegeschreven. Nu bekende deze kerel dat hij ze allebei had vermoord. Op bevel van dezelfde persoon. Dus had Stamoran twee moorden op zijn geweten in plaats van een. En Pritchard was dagen eerder om het leven gebracht dan ze hadden beseft. Stamoran had de andere wetenschappers niet zomaar als aas gebruikt, maar als dekmantel. Hij was nog killer dan Reacher had gedacht.

'Je mag kiezen,' zei Reacher. 'Je kunt wat je me hebt verteld herhalen tegen een rechercheur. Of je kunt hier en nu sterven.'

De man keek naar zijn verbrijzelde linkerhand en wapperde ermee alsof hij de pijn eruit probeerde te schudden. Maar zijn rechterhand was ook in beweging. Die kroop naar zijn middel. Naar zijn broekzak, in de schaduw, buiten het licht van zijn gevallen hoofdlamp. Daardoor zag Reacher het te laat. Hij tilde zijn voet langzaam op. De hand van de man verscheen weer. Hij hield iets vast. Een rond stuk metaal met akelige punten die alle kanten op staken. Hij boog zijn pols. Hij maakte zich klaar om het ding met een snelle beweging van zijn hand te lanceren. Hij had genoeg om op te richten. Reachers dijbeen. Zijn kruis. Zijn maag. Zelfs zijn gezicht of nek. Voldoende belangrijke slagaders op die plekken. Veel belangrijke organen. Een wond van een dergelijk wapen kon kritiek zijn. Misschien zelfs fataal. Dus stampte Reacher zijn voet omlaag. Harder dan de bedoeling was geweest. Hij raakte de hand van de man. Trapte hem omlaag. Recht in zijn buik, mét de vlijmscherpe schijf. Reacher kon niet zien welke schade er was aangericht. Daarvoor was de schaduw te diep. Maar hij proefde meteen de bekende bittere, metalige geur achter in zijn keel.

De man keek kreunend van pijn op en fluisterde: 'Je weet nu vast wel wat je met die rechercheur kunt doen.'

Het was bijna middernacht toen Reacher terugkwam in zijn nieuwe hotel. Smith en Walsh zaten in de bar op hem te wachten. Reacher had geen zin om tussen vreemden te zitten en stelde voor dat ze naar zijn kamer zouden gaan. Hij nam een kop koffie mee. Smith een whisky. Reacher had het idee dat het niet haar eerste was. Walsh hield het bij water.

Toen ze allemaal in de zitkamer van Reachers suite zaten, vertelde hij hun wat er in de ruïne van de kerk was gebeurd. Hij kon zijn frustratie niet verbergen. Hij had gehoopt hun verdenkingen om te zetten in feiten, maar de ontmoeting had hem alleen maar meer theorieën opgeleverd. Theorieën waardoor Stamoran in een steeds kwader daglicht kwam te staan. De moord op Neilsen kon nog worden gezien als een paniekreactie op een naderende dreiging, maar die op Pritchard leek veeleer een koude, bewust geplande actie.

'Ik ben gewoon blij dat je niets mankeert,' zei Smith. Ze huiverde. 'Een strop? Wilde hij je ophangen? Mijn god.'

'Dat had ik niet laten gebeuren,' zei Reacher.

'Hij heeft Pritchard vergast,' zei Walsh.

'Ik ben Pritchard niet,' zei Reacher.

'In elk geval kan die gast van vanavond niemand meer vermoorden,' zei Smith.

'Hij is maar een voetsoldaat. Ik wil de generaal hebben. En mijn geduld raakt op. Ik ga de boel een beetje opschudden.'

'Wat heb je in gedachten?'

'Ik ga met Stamoran praten. Hem de telefoongegevens laten zien. Hem in de ogen kijken en zien hoe hij reageert.'

'Dat kun je niet menen.' Smith keek Reacher aan. 'O, shit. Je meent het wel.'

'Dat kun je niet maken,' zei Walsh. 'Hij is de minister van Defensie.'

'En plaatst dat hem boven de wet?'

'Nee. Dat plaatst hem achter een hoop bodyguards. Je kunt niet zomaar op hem af lopen en hem van van alles en nog wat beschuldigen. En hoe wil je hem vinden? Ze drukken zijn werkrooster niet af in de *Post*.'

'Ik wacht hem op voor zijn huis. Dan doet het er niet toe waar hij naartoe gaat. En ik heb een idee hoe zijn beveiliging uitgeschakeld moet worden.'

'Je kunt niet...'

'Op een onschadelijke manier. En maak jullie geen zorgen. Ik ga het alleen doen. Als er onbedoelde negatieve gevolgen zijn, zullen die jullie niet raken.'

Het gesprek ging nog een minuut of tien door, toen dronk Walsh zijn glas water leeg en stond op. Hij bleef op weg naar de deur even staan, haalde een envelop uit zijn tas en legde die op de minibar. 'Hier is de informatie waar je om vroeg. Over Susan Kasluga. Laat het me weten als je nog iets anders nodig hebt.'

Smith stond op en ging naar de wc in de badkamer. Ze bleef heel lang weg en Reacher begon zich al zorgen te maken dat ze misschien te veel had gedronken. Toen ze er eindelijk uitkwam, ging ze weer op de bank zitten, maar weigerde ze Reacher aan te kijken. Ze schommelde even naar voren en naar achteren en boog toen voorover tot haar gezicht bijna tussen haar knieën zat. Ze sloeg haar armen om haar hoofd en Reacher zag haar hele bovenlijf op en neer gaan. Hij hoorde haar snikken, met diepe uithalen.

Reacher wist niet wat hij moest zeggen. 'Amber? Gaat het wel?' was het beste wat hij kon bedenken.

Het duurde een minuut voordat Smith reageerde. Toen ging ze rechtop zitten en veegde de tranen van haar wangen. 'Je vroeg me laatst in de bar of ik getrouwd was. Ik zei nee. En dat is waar. Als je meegaat in dat gedoe van "tot de dood ons scheidt".'

'Is je man overleden?'

'Hij heette Philip. Hij is vermoord. Door een KGB-agent. Danil Litvinov. Die nu terug is in Moskou, waar ik hem niet kan pakken.'

'Heb je daarom al die namen van agenten aan Baglin doorgegeven?'

Ze knikte, en meteen rolde er weer een dikke traan over haar wang. 'Het is een jaar geleden. Iedereen zegt dat dat lang genoeg is. Dat ik verder moet met mijn leven. Mijn moeder. Mijn zus. Mijn vriendinnen. Ik dacht dat ze misschien gelijk hadden. Ik hield mezelf voor dat de eerstvolgende man die ik tegenkom en die ik aardig vind... Maar ik kan alleen maar aan Philip denken. Ik zit vast. Ik weet niet wat ik moet doen. Mijn privéleven mag geen naam hebben. Mijn professionele leven is een ramp. Ik... sorry hoor. Ik weet niet waarom ik je dit vertel.'

Reacher ging naast haar op de bank zitten en sloeg een arm om haar heen. 'Je hoeft je nergens voor te verontschuldigen. Voor dit soort dingen bestaat geen vaste tijdsduur. Ze duren zo lang als ze duren. En daar heeft niemand iets mee te maken. Misschien voel je je op een dag weer in staat om verder te gaan. Misschien ook niet. Hoe dan ook, je doet niets verkeerd. De schoft die je man heeft vermoord is degene die iets verkeerd heeft gedaan.'

Smith leunde tegen Reachers borst. Hij voelde dat ze weer begon te huilen. Stilletjes deze keer. Na een minuut of tien ontspande haar lichaam. Reacher tilde haar op en droeg haar naar het bed. Hij legde haar neer en dekte haar toe met de sprei. Daarna liep hij naar de andere helft van zijn suite en pakte de telefoon op. Hij belde de sergeant van dienst en gaf opdracht om vóór zes uur in de ochtend zijn gala-uniform bij zijn hotel af te laten leveren. Daarna ging hij op de bank liggen en deed zijn ogen dicht. Hij vroeg zich af wat voor machine onder in de buik van het gebouw de gegevens van zijn telefoontje had opgeslagen. En hij vroeg zich af of dat soort gegevens ooit zou worden gebruikt als aanwijzing wanneer hij leeggebloed op de vloer van een badkamer werd aangetroffen.

23

Vier uur later, om vijf uur in de ochtend, reden Roberta en Veronica de helling af naar de parkeergarage van AmeriChem. Roberta stopte voor de slagboom en voerde de code in die ze de vorige dag in de waterdichte zak in de brandweerwagen had gevonden. Even gebeurde er niets. Haar hartslag schoot omhoog. Er was geen garantie dat de brandweer de gegevens voor noodtoegang up-to-date hield. Als ze de auto niet de garage in konden krijgen, viel hun hele plan in duigen. Maar ze had zich geen zorgen hoeven maken. De slagboom ging omhoog en ze reed naar binnen. Ze parkeerde de Suburban zo ver mogelijk bij de liften vandaan. Daarna gingen ze zitten wachten.

Susan Kasluga las die morgen niet in de auto op weg naar kantoor. Het was niets voor haar om twintig minuten – of tien minuten op dat tijdstip – te verspillen terwijl ze iets productiefs kon doen, maar ze was uitgeput. Ze had niet geslapen omdat ze had liggen wachten op een telefoontje dat maar niet kwam en ze had een slopende bespreking met mediacoach Serge voor de boeg. Ze zou ergens de komende dagen haar nieuwe, grensverleggende overnamedeal bekendmaken, met haar in de hoofdrol, en ze moest in topconditie zijn om zich voor te bereiden. Ze zou in elk geval in topconditie moeten zijn. Maar ze wist dat ze dat niet was. En na de gemiste slaap van die nacht wilde ze alleen maar haar ogen dichtdoen.

Roberta en Veronica zagen de Town Car de garage in komen rijden. Hij stopte onderaan de helling en de twee bodyguards stapten uit. Ze scanden met veel vertoon de omgeving, toen voegde Susan Kasluga zich bij hen en liepen ze naar de lift. Roberta en Veronica wachtten voor de zekerheid tien minuten nadat de glimmende deur was dichtgegleden, en toen druppelde Veronica wat chloroform op een doek. Roberta startte de motor, reed in de richting van de helling en stopte naast de Town Car. Veronica stapte uit en gebaarde naar de chauffeur dat hij zijn raam omlaag moest doen. Toen hij dat deed, boog ze zich naar binnen en drukte de doek op zijn mond en neus. Zodra hij zich niet meer verzette, hielp Roberta haar de uitgeschakelde man om de auto heen te sjorren en in de kofferbak te leggen. Ze knevelden hem, boeiden zijn polsen en enkels en daarna ging Veronica achter het stuur zitten. Ze reed de helling op. Roberta volgde in de Suburban. Tien minuten later reden ze samen weer naar beneden. De Town Car stond nu op het dak van een openbare parkeergarage drie blokken verderop.

Veronica gebruikte het pasje van de chauffeur om de lift te activeren en drukte op de knop voor de hoogste verdieping. Ze gingen naar boven en stapten een lege gang in. Veronica liep voorop naar de kantoorsuite van Susan Kasluga en Roberta opende de deur van de kamer van de assistente. Veronica stapte opzij voor het geval de assistente dezelfde uren werkte als haar baas. Dat was niet zo. De enige aanwezigen waren de twee bodyguards. Eentje zat achter het bureau met de trollen te spelen. De andere lag op een tweepersoons bank.

Roberta stapte naar binnen. 'Jongens, godzijdank hebben we jullie gevonden. We hebben een probleem. Twee mannen, Arabisch uiterlijk, gladgeschoren, met rugzakken om. Ze zijn net de heren-wc bij de liften in gegaan. Kom mee.'

Roberta rende terug de gang in. De beveiligers kwamen achter haar aan. Ze ging hun voor naar de wc's en stapte toen opzij. De man die op de bank had gelegen, zei: 'Bedankt, dames. We kunnen het verder zelf wel aan.'

De beveiligers duwden de deur naar de heren-wc open en stapten naar binnen. Gevolgd door Roberta en Veronica. De eerste man draaide zich om en zei: 'Ik zei toch dat we het wel aankunnen.'

'Is dat zo?' vroeg Roberta. 'Kun je hém aan?' Ze knikte naar de verste hoek van de ruimte.

De man keek die kant op en Roberta sloeg hem tegen de zijkant van zijn hoofd. Eén klap was voldoende. Hij ging neer alsof er een knop was omgedraaid. Veronica volgde bij de andere beveiliger een tweestapsbenadering. Eerst trapte ze hem in zijn ballen. Toen hij dubbelsloeg, ramde ze haar elleboog achter in zijn nek. Twee keer zoveel dreunen, maar hetzelfde eindresultaat.

Roberta ging voor de deur van Susan Kasluga's kantoor staan en stak drie vingers op. Toen twee. Toen een.

Ze duwde de klink omlaag en stoof naar binnen. Kasluga zat achter haar bureau. Het was een ding van glas en chroom met T-poten met niets anders erop dan twee stapeltjes systeemkaarten. Haar stoel was van chroom en groen leer en wekte de indruk dat hij een exoskelet had.

'Mevrouw Kasluga,' zei Roberta, 'we moeten u hier weghalen. Nu meteen. Dit is een tactische evacuatie.'

Kasluga liet de kaart die ze vasthield op het linker stapeltje vallen en zei: 'Dat dacht ik niet. Ik ben aan het werk. En wie zijn jullie precies?'

'Mevrouw, alstublieft,' zei Roberta. 'We hebben geen tijd om hierover te discussiëren. U moet nu met ons meekomen. We brengen u naar huis. Meneer Stamoran is al ingelicht en wacht daar op u.'

'Ik vroeg wie jullie zijn. En waar zijn mijn vaste beveiligers?'

'Mijn naam is Erica Halliday. En dit is mijn collega Caroline Burton. We zijn erbij gehaald voor de duur van de noodtoestand. Dat is de standaardprocedure. Die sluit de mogelijkheid van een samenzwering met vijandelijke partijen uit.'

'Wat voor noodtoestand?'

'Er heeft in de vroege uurtjes van de ochtend een incident plaatsgevonden in de omgeving. Er is een man bij omgekomen.

Uw naam werd genoemd door een persoon die werd gearresteerd. Nog niet alle details zijn bekend, maar het lijkt ons verstandig alle mogelijke voorzorgsmaatregelen te nemen. Dus, mevrouw.' Roberta wees naar de deur. 'Alstublieft.'

Susan Kasluga liet haar blik even op Roberta en toen op Veronica rusten. Ze droegen grijze broekpakken. Niet flatteus, van gemiddelde kwaliteit, maar wel geschikt. Ze waren gewapend. Ze hadden oortjes in met gekrulde draadjes eraan zoals haar vaste beveiligers ook hadden. En ze hadden ID-pasjes aan hun jasjes geklemd, al waren de fotootjes te klein om ze goed te herkennen. Ook net als bij haar vaste beveiligers. Een stemmetje in haar achterhoofd begon al te speculeren over hoe ze dit in haar voordeel zou kunnen gebruiken. *Grootindustrieel overleeft moordaanslag. Buitenlandse rivalen bang voor nieuw machtsimperium, ontstaan door gewaagde overname.* Ze aarzelde nog een moment, pakte toen de systeemkaarten en gooide ze in haar tas. 'Goed dan,' zei ze. 'Laten we gaan. Maar jullie brengen me terug zodra de paniek achter de rug is, oké?'

Smith verliet Reachers kamer om iets over half zes die ochtend. Hij was al wakker. Hij hoorde haar weggaan en nam toen een douche. Hij schoor zich en deed zijn best om zijn haar te temmen. Kleedde zich aan, ging naar beneden en informeerde bij de receptie. Er was niets voor hem afgeleverd. Hij ging ontbijten – bacon en een grote portie pannenkoekjes plus twee mokken koffie – ging daarna terug naar de receptie en informeerde nog eens. Er was net een canvas kostuumhoes met inhoud gebracht. Hij tekende ervoor en ging naar zijn kamer om zich om te kleden.

Er was die morgen weinig verkeer, dus Reacher was eerder dan verwacht op zijn bestemming. De woning van Charles Stamoran. Voor de oprit aan de rechterkant van het huis stond een hek van gepantserd staal met een hoogte van bijna tweeënhalve meter. Reacher reed een blokje om, om zich ervan te vergewissen dat er geen andere uitgang voor auto's was. Toen hij tevreden was, keerde hij terug naar de voorkant van het huis en stopte langs het trottoir.

De rivier lag links van hem. Hij draaide zijn raam omlaag, deed zijn best om het zich in de beperkte ruimte gemakkelijk te maken en ging zitten wachten.

Susan Kasluga protesteerde niet toen Roberta en Veronica Sanson haar op de achterbank van hun Suburban lieten plaatsnemen. Ze had ontelbare keren in zulk soort auto's gezeten. Roberta reed soepel en voorzichtig. De stoelen waren zacht en comfortabel. De verwarming stond hoog en Kasluga merkte dat ze moeite had haar ogen open te houden. Ze legde haar hoofd tegen de hoofdsteun en liet de vertrouwde oriëntatiepunten op weg naar huis aan zich voorbijglijden. De bomen verwelkomden haar en Kasluga wist dat de rivier dichtbij was. Ze voelde het en vond het geruststellend. Toen nam Roberta plotseling een bocht, en reed een korte, steil oplopende weg op. Zo was Kasluga nog nooit gereden. Er stonden bakstenen gebouwen aan weerskanten, met een ontwerp dat was aangepast aan de hellingshoek van het terrein. Roberta sloeg weer rechts af, een ventweg in. Die liep na een poosje dood en aan weerszijden stonden kale, blinde muren. Ze trapte de rem in, zette de auto in z'n vrij en schakelde de motor uit. Veronica sprong uit de auto en stapte snel achterin. Kasluga stak haar hand uit naar haar eigen portiergreep, maar Roberta was haar te snel af door op een knop te drukken en het portier zo op slot te doen.

Kasluga knipperde met haar ogen. 'Wat is hier verdomme aan de hand? Ontvoeren jullie me? Dat moest er een keer van komen, neem ik aan. Maar ik geef jullie de verzekering dat jullie een grote vergissing begaan. Jullie krijgen je geld, maar niet de kans om ervan te genieten.'

'Dit is geen ontvoering,' zei Roberta. 'We willen alleen even met u praten.'

'Hadden jullie niet gewoon een afspraak kunnen maken?'

'Zou u ons hebben ontvangen? Ik denk het niet. Vooral als we u hadden verteld waar we het over wilden hebben.'

'En dat is?'

'India. Negentiennegenenzestig.'

Kasluga moest even slikken. 'India. Ik was natuurlijk daar. Maar ik had amper bevoegdheden. Ik kan jullie niet veel vertellen.'

'Misschien weet u meer dan u beseft. We willen dat u de namen opschrijft van iedereen die u zich uit die tijd kunt herinneren. Alstublieft. Het is belangrijk.'

'Waarom?'

'Omdat een van die mensen onze vader heeft vermoord.'

'Het spijt me,' zei Kasluga na een korte stilte. 'Ik weet niet hoe ik daarop moet reageren.'

'Door een stuk papier te pakken en te beginnen met schrijven.'

'Oké. Prima. Natuurlijk zal ik proberen te helpen. Maar ik heb een vraag. Ik ben al meer dan twintig jaar niet in India geweest. Als jullie vader zo lang geleden is vermoord, waarom zoeken jullie dan nu naar namen?'

'Dat hij vermoord is, weten we nu pas.'

'Denken jullie dat de moordenaar in de fabriek van Mason Chemical werkte?'

'Hij werkte er of was er op een of andere manier bij betrokken.'

'Er werkten daar veel mensen. En er vonden heel veel personeelswisselingen plaats. Die mensen zijn nu vast over de hele wereld verspreid. Sommigen zullen ziek zijn of in bejaardentehuizen zitten. Is er een manier om het zoekgebied te verkleinen waardoor jullie meer kans van slagen hebben ?'

'Nee. Want het gaat om een bepaald onderzoeksteam. Ik weet zeker dat u die mensen weleens zag op het fabrieksterrein. Ze gingen gewoon met de andere werknemers om, maar het werk dat ze deden was geheim. De andere teamleden kenden elkaar allemaal, maar er was nog iemand anders op afstand aan verbonden. Misschien een supervisor, iemand die ondersteuning bood of een technisch specialist. En vanwege die hele Koude-Oorlog-obsessie met geheimhouding wist maar één teamlid wie die persoon was.'

'En jullie weten niet welk teamlid contact met hem had?'

'We hebben wel een idee.'

'Kunnen jullie het hem dan niet vragen?'

'Dat wordt lastig. Hij is dood.'

'Kunnen jullie voor de zekerheid de andere teamleden proberen?'

'Die zijn ook allemaal dood.'

'Hoe zijn jullie dit dan allemaal te weten gekomen?'

'Een van de teamleden heeft het ons verteld voordat hij stierf. Owen Buck. Kende u hem?'

'Nooit van gehoord.'

'Hij heeft al die tijd geweten dat die externe betrokkene onze vader had vermoord, maar hij deed niets. Toen hij erachter kwam dat hij kanker had, kreeg hij plotseling last van zijn geweten.'

'Dat is balen. Jammer dat hij niet eerder iets heeft ondernomen. Meteen, bijvoorbeeld. Maar goed, ik zal dat lijstje maken. En ik heb nog steeds contact met een paar van de anderen. Ik kan eens rondvragen als jullie dat willen. Discreet. Ik zou geen noodgeval op kantoor hoeven te veinzen of me te hoeven voordoen als iemand van het beveiligingspersoneel.'

Roberta schudde haar hoofd. 'Dank u. Maar ik denk dat we maar beginnen met wat u weet. En het dan verder oppakken.'

'Dat klinkt als een plan. Ik moet echter nog wel één ding vragen. Sorry als het ongevoelig overkomt. Heb ik gelijk als ik aanneem dat jullie vader in de fabriek werkte?'

Roberta knikte.

'Mag ik vragen hoe hij heette? Misschien kende ik hem.'

'Ik weet zeker dat u hem wel kent. Hij heette Morgan Sanson.'

Kasluga zei niets. Ze keek alleen maar.

'Ik ben Roberta. Dit is Veronica.'

Kasluga had het gevoel dat er opeens een band om haar borst zat waardoor ze geen adem kreeg. Ze hield zich voor dat het gewoon stress was. Slaapgebrek. 'Robbie en Ronnie? Ik heb jullie namen wel gehoord, maar ik heb altijd gedacht dat jullie jongens waren.'

'Dat dachten de meeste mensen.'

'Ik herinner me alles wat er over jullie vader werd verteld.' Kasluga voelde zich licht in haar hoofd. Misschien zou ze sterker in haar schoenen hebben gestaan als dat telefoontje was gekomen toen het had moeten komen. 'Ik begrijp waarom het belangrijk voor jullie is om de ware toedracht te achterhalen.'

'Die weten we al,' zei Veronica. Ze opende haar tas en haalde er een bruine dossiermap met ezelsoren uit. 'Dit is zijn personeelsdossier. Het bevestigt alles over zijn karakter. Onze vader maakte zich alleen maar zorgen over de veiligheid. Hij had ontdekt dat er iemand geld achteroverdrukte. Als gevolg daarvan werd er onvoldoende onderhoud gepleegd. Daardoor is het lek ontstaan, met als gevolg dat al die mensen overleden. Er was geen sprake van sabotage. Papa was van plan het aan de grote klok te hangen, dus moest iemand hem de mond snoeren.'

Kasluga pakte de map aan en legde hem op haar schoot.

'Hoe komen jullie hieraan?'

'Owen Buck heeft het dossier aan ons gegeven. Hij nam het mee toen hij de fabriek verliet. En zei dat het bewees dat hij altijd heeft willen helpen.'

'Ik zal jullie helpen. En ik wíl niet alleen helpen. Ik doe het ook.' Kasluga's hart bonkte zo dat ze het gevoel had dat het een rib zou breken. Ze had het warm. Ze was bang dat ze zou flauwvallen. 'Maar luister. Koester evengoed niet al te veel hoop. Het is al lang geleden en er is intussen veel gebeurd. Het zal geen peulenschil zijn om die achtste man te vinden. Misschien is het zelfs helemaal niet mogelijk. Daar moeten jullie op voorbereid zijn. En kunnen we nu gaan? Ik moet echt terug naar kantoor.'

24

Na meer dan een uur zag Reacher het zware hek even trillen en openglijden. Hij startte de motor en reed naar voren, stopte en stapte uit. Daarna ging hij midden op Stamorans oprit staan, zijn auto vlak achter hem.

Elk redelijk denkend mens zou het roekeloos noemen. Roekeloos en stom. De minister van Defensie is een van de best beschermde mensen ter wereld. Iedereen die zich vijandig tegen hem opstelt loopt de kans te worden doodgeschoten. Of op z'n minst tegen de grond te worden gedrukt. En de officiële limousine van de minister kon een lichtgewicht huurauto zoals de zijne als een mug aan de kant vegen. Maar geen van die dingen gebeurde die ochtend. Reachers gala-uniform deed zijn werk, zoals hij had gegokt.

Stamorans auto kwam keihard tot stilstand en schommelde op zijn veren. Reacher stapte erheen en liep naar het achterportier aan de linkerkant. Even zag hij niets vanwege het donkere glas, maar toen ging het raam een decimeter open. Stamoran keek hem door de opening aan. 'Dit kan maar beter een ernstig noodgeval zijn, kapitein.'

'Ik denk dat het dat inderdaad is, meneer,' zei Reacher. 'Aangezien het betrekking heeft op de taskforce die u zelf in het leven hebt geroepen. Ik heb een document waar u dringend naar moet kijken.'

Dit had Stamoran niet verwacht. Hij hield niet van verrassingen. Hij was geneigd de MP weg te sturen met een aantekening over een reprimande die hij moest doorgeven aan zijn bevelvoerend officier.

Maar als hij hier was vanwege het werk van de taskforce, kon dat betekenen dat de moordenaars waren geïdentificeerd. Of dat er een aanwijzing was dat Pritchard had doorverteld wat hij wist. Hoe dan ook was het belachelijk overijverig van de kapitein om persoonlijk langs te komen. En hoe dan ook kon het geen kwaad om te kijken wat hij had meegebracht.

Stamoran opende zijn portier. 'Geef dan maar hier.'

Reacher haalde een vel papier uit de zak van zijn jasje, vouwde het open en gaf het aan Stamoran. Er stond één regel tekst op. De gegevens van een telefoontje. Dat van 'John Smith' naar Stamorans privélijn. Het telefoontje dat vooraf was gegaan aan de moord op Neilsen. Reacher vertrok geen spier. Stamoran gaf geen enkele blijk van herkenning.

Roberta zette de auto in z'n achteruit en reed langzaam tussen de blinde bakstenen muren uit. Ze kwam tot halverwege en zette toen haar voet op de rem. Ze draaide zich om naar Veronica en zag dat ook bij haar het kwartje was gevallen. Veronica trok haar wapen. Roberta schakelde en reed weer naar voren, bij de weg vandaan.

Roberta draaide zich om. '"Die achtste man"?'

'Wat bedoel je?' vroeg Kasluga. 'Geef de boodschapper niet de schuld. Ik was alleen maar realistisch. Ik wil niet dat jullie teleurgesteld worden na alles wat jullie hebben meegemaakt. Drieëntwintig jaar is lang. Het is misschien niet meer mogelijk om de man te vinden die jullie zoeken.'

'Waarom zei u specifiek "die achtste"?'

'Omdat ik niet kan tellen?'

'Als de externe man de achtste is dan moeten er zeven in het gewone team hebben gezeten.'

'Dat ligt voor de hand.'

'Het waren er inderdaad zeven. Alleen hebben we u dat niet verteld.'

'Jawel.'

'Nee, hoor.'

'Ik dacht van wel. Maar goed, dat hoefden jullie me ook niet te vertellen. Ik herinner me het team waar jullie het over hebben. Ik weet dat ze met zeven man waren.'

'Bullshit. U zei dat u niet wist wie Owen Buck was. Hij zat in dat team.'

'Ik herinner me niet alle namen. Dat klopt. Maar ik weet wel dat het zeven mannen waren.'

'U wist dat er acht mannen waren. U weet wie de achtste man is. Dat kunt u ons maar beter vertellen.'

'Ik weet het niet. Hoe zou ik ook? Je redenering klopt niet. Je zei dat maar één persoon in het team wist wie de achtste man was. Ik zat niet in het team. Ergo, ik weet het niet.'

'Veronica?'

Veronica schudde haar hoofd. 'Al die idiote ontkenningen doorstaan de geurtest niet. Je slaat de spijker op z'n kop. Ze wist dat het er acht waren. Ze weet wie de achtste is.'

Kasluga stak haar handen op. 'Hoe vaak moet ik het nog zeggen? Dat weet ik níét.'

'We kunnen dit ook op een andere manier bekijken,' zei Veronica. 'Als ze echt niet weet wie de achtste man is, dan heeft ze geen nut voor ons. Niemand weet dat ze bij ons is. Niemand heeft ons samen zien vertrekken. We hebben niks aan haar. Laten we haar maar in zee gooien.'

'Je kunt wat jullie willen weten niet op magische wijze laten verschijnen door me te bedreigen, weet je.'

'O, ik heb nog een ander idee. Ze is een groot wetenschapper, toch? Wetenschappers houden van experimenten. We zouden wat experimenten op haar kunnen doen. Eens kijken wat voor invloed dat op haar geheugen heeft.'

'Je kunt zeggen wat je wilt, maar ik hap niet. Luister, ik snap dat jullie het moeilijk hebben. Je vader verliezen en denken dat hij zelfmoord heeft gepleegd en al die onzin moeten aanhoren die die druiloren over hem vertellen... dat moet zijn tol hebben geëist. Jullie ertoe hebben gebracht krankzinnige dingen te doen. Maar jullie zijn nog niet te ver gegaan. Dus laten we ophouden met die onzin over de achtste man. Mijn belofte om jullie te helpen zijn naam te achterhalen, geldt nog steeds. Wat zeggen jullie ervan? Deal?'

Charles Stamoran gaf het vel papier terug aan Reacher. 'Wanneer ik hoor dat ik een document moet bekijken, verwacht ik minstens honderd bladzijden. Vaak tweehonderd. Altijd een hoop jargon, modekreten en breedsprakigheid. Dus in zekere zin heb ik waardering voor je beknoptheid. Maar ik zal je wat gratis advies geven. De volgende keer dat je een verslag schrijft, moet je wat meer woorden gebruiken. Neem er een beredenering in op. Een conclusie. Een verzoek om actie. Dit... wat is het? Een poets? Een grap? Een kleine daad van verzet tegen je recente demotie?' Stamoran wees naar Reachers auto. 'Haal dat stuk schroot hier weg voordat mijn chauffeur eroverheen rijdt. Ga terug naar je eenheid. Je ligt uit de taskforce. Je raakt behalve je eikenbladeren misschien ook nog je zilveren strepen kwijt. Ik zal in de zeer nabije toekomst een openhartig gesprek met je bevelvoerend officier voeren.'

Susan Kasluga hing ondersteboven.
Veronica Sanson had haar gedwongen op haar handen te gaan zitten en hield Kasluga onder schot terwijl Roberta reed. Ze was achteruit tussen de bakstenen muren uit gereden en daarna naar een waterpompstation op de oostelijke oever van de Potomac. Het was een rechthoekig gebouw van zes meter hoog, dat dateerde uit de jaren dertig. Een tijdperk waarin openbare gebouwen erop waren gebouwd om heel lang mee te kunnen gaan. Sterke buizen. Dikke muren. Geluidsgolven van alle machines en andere soorten materieel kwamen er bijna niet doorheen. Evenmin als het geluid van schreeuwende mensen.
Roberta stapte als eerste uit de Suburban. Ze pakte een betonschaar en een touw uit de kofferbak en liep naar de dubbele deur van het gebouw. Ze knipte de beugel van het hangslot door en ging naar binnen. Veronica nam Kasluga mee naar een plek

ongeveer in het midden van de grote ruimte waar een buis van ruim twaalf centimeter dik aan stevige metalen steunen aan het plafond hing. Veronica maakte een lus in het touw en legde die op de vloer. Veronica manoeuvreerde Kasluga een paar stappen achteruit, zodat ze midden in de lus stond. Roberta rukte hard aan het touw waardoor Kasluga's enkels tegen elkaar klapten. Veronica gaf Kasluga een zet tegen haar borst en die viel op haar rug op de vloer. Ze schreeuwde het uit. Niet alleen van pijn, maar ook van verbazing en verontwaardiging. Om haar heen dwarrelde cementstof op. Ze probeerde zich op haar buik te draaien, maar kreeg daar de tijd niet voor. Roberta gooide het touw over de dikke waterbuis. Veronica kwam haar te hulp en samen trokken ze Kasluga omhoog tot ze met haar vingertoppen niet meer bij de grond kon.

Roberta duwde Kasluga zachtjes opzij en die begon heen en weer te zwaaien als de slinger van een bovenmaatse klok. 'Eén naam, Susan. Dat is alles wat we nodig hebben. Geef hem ons en je zult ons nooit meer zien.'

'Ik weet die naam niet.'

Roberta haalde een velletje papier uit haar zak. 'Kijk, dit is onze lijst. Zeven namen. Je kunt de achtste erbij schrijven als je wilt. Dan kun je altijd zeggen dat je hem ons niet hebt verteld.'

'Ik weet die naam niet. Alsjeblieft. Jullie moeten me geloven.'

'Waarom? Omdat je rijk bent?' Roberta stopte het lijstje terug in haar zak. 'Omdat je gewend bent dat je alles krijgt wat je wilt? Dat je problemen kunt afkopen? Oké, ik heb een idee. Stel je voor dat die achtste naam geld is. Het is het laatste contante geld op aarde. En het is het enige waarmee je jezelf vrij kunt kopen.'

'Oké. Prima. Het is Ernst. Richard Ernst. Laat me nu zakken.'

Roberta schudde haar hoofd. 'Echt, Susan, ik dacht dat je als zakenvrouw wel beter zou kunnen liegen. Denk je soms dat we geen kranten lezen? Richard Ernst heeft vorig jaar de Nobelprijs voor scheikunde gewonnen. Dus ik zal je zeggen wat we gaan doen. We laten je een poosje nadenken over wat je prioriteiten zijn. En terwijl jij dat doet, gaan wij iets voorbereiden. We dachten namelijk dat we misschien te maken zouden krijgen met iemand die wat aansporing nodig heeft. We hadden alleen niet verwacht dat dat al zo snel zou gebeuren.'

Roberta en Veronica kwamen een kwartier later terug. Kasluga zwaaide nog steeds aan het touw heen en weer. Sneller dan eerst, door haar pogingen om zich te bevrijden. Haar gezicht was rood aangelopen en ze had moeite met ademen. Veronica hield een grote viskom in haar handen. Die was gevuld met een heldere vloeistof en er rolde een olijfgroen bolvormig voorwerp over de bodem. Ze zette de kom op de vloer bij Kasluga's hoofd en stapte een flink stuk naar achteren.

'Heb je weleens van het zwaard van Damocles gehoord, Susan?' vroeg Roberta.

'Lang geleden.'

'Mooi. Dan snap je het principe. We noemen dit de granaat van Damocles. Misschien had hij ook naar Molotov vernoemd mogen worden. Aan de naam moeten we wellicht nog werken, maar ik denk dat het idee jou als wetenschapper wel zal bevallen. Zie je de vloeistof? Dat is gewone benzine. En de groene bol? Een standaard M67-granaat. Alleen hebben we de borgpen eruit gehaald en er een stuk elastiek omheen gewikkeld zodat de slagpin op z'n plaats blijft zitten. Welnu, wat gebeurt er met rubber als je het in benzine legt?'

'Dan lost het op.'

'Precies. En wanneer niets de slagpin ervan weerhoudt op het slaghoedje te slaan?'

'Dan ontploft hij.'

'Precies. Het is ons alleen niet voor honderd procent duidelijk hoelang het elastiek het zal volhouden. Het is niet erg dik, eerlijk gezegd. Geen heel goede kwaliteit. We denken iets van twintig minuten. Een halfuur, hooguit. Maar we kunnen het mis hebben, dus wij gaan nu naar de andere ruimte. Het is heel onplezierig om lichaamsdelen uit je haar te moeten wassen. Geloof me. We hebben er ervaring mee. O, en nog iets. De M67 is tot op bijna vijf meter afstand dodelijk, dus als je besluit de naam mee het graf in te nemen, zul je in elk geval niet lijden. Ongeacht hoe hoog je zwaait.'

Kasluga probeerde vanuit haar middel te buigen en zich op te trekken, maar haar buikspieren waren niet sterk genoeg. Ze probeerde haar enkels dichter tegen elkaar te drukken en een voet los te trekken, maar het touw zat te strak. Ze maakte het alleen maar erger. Ze begon weer te zwaaien en probeerde een stel verticale buizen vast te pakken, maar ze kon er niet bij. Ze boog haar hoofd op zoek naar iets wat ze als wapen zou kunnen gebruiken. Er was niets te zien. Ze zocht naar haar tas, maar herinnerde zich toen dat die nog in de Suburban lag. Daar had ze er niets aan. Ze voelde de wanhoop bezit van haar nemen, haar overweldigen. De druk achter haar ogen nam toe en werd ondraaglijk. Haar enkels leken in brand te staan. Ze hield het nog zeven minuten vol en gaf de strijd toen op. Ze riep Roberta en Veronica. 'Jullie winnen. Ik zal het jullie vertellen. Ik zal jullie de naam geven. De achtste man? Dat was Charles Stamoran. Mijn echtgenoot.'

25

Reacher verroerde zich niet. Hij bleef naast Charles Stamorans auto staan. 'Begrepen, meneer. Maar laten we nog één ding ophelderen voordat ik vertrek. Die telefoonnummers. Wilt u zeggen dat ze u niet bekend voorkomen?'

'Dat klopt. Ik herken ze niet. Waarom zou ik? Zie ik eruit als een wandelend telefoonboek?'

'Het ene is van een verdachte in een moordzaak. Het andere is van een aansluiting in uw huis. Zoals u kunt zien is er van het ene nummer naar het andere gebeld.'

Stamoran griste het vel papier uit Reachers handen en bekeek het opnieuw. 'Ik heb geen van die nummers ooit eerder gezien. Laat staan dat een van de twee van mij is of ik er een telefoontje van heb ontvangen. Je weet niet waar je het over hebt. Je hebt verkeerde informatie ontvangen. En nu, einde gesprek. Ik heb genoeg tijd aan je verspild.'

Roberta en Veronica Sanson lieten Kasluga naar de grond zakken, maakten het touw los en gaven haar een minuut de tijd om op adem te komen en haar evenwicht te hervinden. Daarna pakten ze haar ieder bij een elleboog en namen haar mee naar een vertrek aan de andere kant van het gebouw. Het was klein en rechthoekig. Aan één muur zaten allerlei peilglazen, hendels, kleppen en meters. Tegen een andere hing een rode kast. UITSLUITEND TE GEBRUIKEN IN GEVAL VAN NOOD stond er in dikke witte letters op de zijkant. Roberta opende de kast. Er zat een telefoon in.

'Bel je man,' zei Roberta. 'Zeg hem dat je gegijzeld bent en dat we je vermoorden als hij niet over dertig minuten hier is, alleen.'

Kasluga sloeg haar armen over elkaar.

'Of ik kan je door je hoofd schieten en hem zelf bellen.'

'Dat zou je kunnen doen,' zei Kasluga, 'maar ik zou het je niet aanbevelen. Hij zou elk SWAT-team aan de oostkust sturen om deze plek te bestormen. De enige manier om hem hierheen te krijgen is als ik hem bel. We hebben over dit soort situaties gesproken. Een plan gemaakt. We hebben een code.'

'Dus, ga je gang.'

'Prima. Op drie voorwaarden.'

'Je verkeert niet in de positie om voorwaarden te stellen.'

'Ik verkeer in de beste positie. Macht. Ik heb iets wat jullie nodig hebben. En zonder datgene bereiken jullie je doel niet.'

De zussen keken elkaar aan. 'Je voorwaarden?' vroeg Roberta.

'Ten eerste: jullie mogen Charles geen letsel toebrengen. Hij is een goed mens. Hij heeft jullie vader vast niet met opzet gedood, dat weet ik zeker. Het moet onderdeel van iets groters zijn geweest. Onderdeel van zijn werk. De Verenigde Staten verdedigen. Jullie moeten iets bedenken waardoor hij het een en ander kan compenseren, zonder dat er geweld aan te pas komt.'

'Oké.'

'Ten tweede wil ik niet meer ondersteboven gehangen worden. Ik wil niet dat mijn handen of mijn voeten vastgebonden worden. Als ik voor Judas moet spelen, dan wil ik dat in elk geval met enige waardigheid doen.'

'Afgesproken.'

'Ten derde moet ik naar de wc. Daarbij heb ik mijn tas nodig en die ligt nog in jullie auto.'

Stamoran trok zijn portier dicht. Maar voordat het raam helemaal dicht was gegleden, ging zijn autotelefoon. Hij nam op en Reacher ving nog net de eerste flarden van het gesprek op. 'Susie? Mijn god. Hebben ze je pijn gedaan? Waar...?'

Reacher rende naar zijn auto. Hij sprong erin, startte en reed snel achteruit om plaats te maken. Stamorans auto schoot naar voren en maakte toen een bocht naar rechts, zo scherp als met het grote, zware bakbeest mogelijk was. Reacher schakelde en reed achter hem aan. Geen sprake van dat hij nu terugging naar zijn eenheid. Hij kon zich later wel druk maken om verklaringen.

Toen Reacher Stamorans auto zag aankomen bij het vermoedelijke doel, zonk de moed hem in de schoenen. Het was een of ander industrieel gebouw aan de oever van de rivier ten oosten van de stad. Het was een vrij hoog gebouw, alsof het was ontworpen voor machines, niet voor mensen. De muren zagen er stevig uit en waren goed onderhouden. Er zaten geen ramen in. Geen lichtkoepels in het dak. En erger nog, er was maar één ingang. Een dubbele deur, zo te zien van massief hout. En hij zat dicht.

Buiten waren geen surveillanceteams. Geen ondersteuningsvoertuigen met extra troepen, wapenrusting, wapens of gasmaskers. En er waren geen helikopters in de lucht. Het was simpelweg een nachtmerriescenario. Een ramp in wording. Geen enkele bevelhebber zou een poging doen om naar binnen te gaan als de aantallen, wapens, opstelling en het moreel van de aanwezigen onbekend waren. Maar zelfs als dat wel het geval was, zou een aanval zorgvuldig gepland moeten worden en op het gunstigste moment moeten plaatsvinden met de juiste schijnbewegingen en valstrikken.

Het enige positieve was dat Stamoran nog steeds in zijn auto zat. Het leek alsof hij ruziemaakte met zijn bodyguards. Toen zakte Reacher de moed nog verder in de schoenen. Stamoran stapte uit. In zijn eentje. Hij liep naar de deur. Hij was niet alleen meedogenloos, maar ook roekeloos, dacht Reacher. En toen was hij binnen.

De bodyguards sprongen uit de auto zodra Stamoran uit het zicht was verdwenen. Ze renden naar de ingang. De ene opende de deur. De andere dekte hem. De eerste man ging naar binnen. De tweede volgde. De deur zwaaide dicht.

Reacher hoorde een schot. En een tweede. Toen stilte.

Reacher trapte het gaspedaal in en zijn auto schoot naar voren. Hij reed langs Stamorans auto en om de Suburban van de Sansons heen. Hij reed door tot hij zo dicht mogelijk bij de ingang stond. Toen stapte hij uit, trok zijn wapen, dook in elkaar en zigzagde over het laatste stukje open terrein naar de deur. Hij glipte naar binnen en zag meteen de bodyguards. Ze lagen net voorbij de ingang op de grond. Hij hoefde niet te controleren of ze nog leefden. Er was bij allebei niet veel meer van hun hoofd over. Grote stukken van hun schedel waren weggeblazen en op de vloer en de muur zaten bloed, botsplinters en glimmend grijs slijm. Iemand in het gebouw deed het vuile werk graag van dichtbij. Dat was wel duidelijk.

Reacher zocht dekking achter vier knalblauwe watertanks die aan de vloer waren vastgezet. Ondanks de afwezigheid van ramen was het binnen verbazingwekkend licht. Er zaten lange rijen lampen tegen het plafond. Ze wierpen vreemde schaduwen door het woud van blauwe en rode buizen dat uit de grond kwam en zich op allerlei hoogten en in allerlei richtingen vertakte. Er klonk een monotoon, zacht dreunend geluid van een of andere machine ergens in de buurt. Het was er benauwd en bedompt en het rook er vaag naar olie en chloor.

Reacher luisterde. Hij hoorde niets, dus hij kwam uit zijn schuilplaats, schoot naar voren en nam een positie iets verderop in, achter een grote, grijze materialenkast. Toen hoorde hij nog meer schoten. Deze keer waren het er drie. Ze weergalmden luid door de ruimte en het klonk alsof ze dicht bij elkaar waren afgevuurd. Hij hoorde metaal op beton kletteren. Er was een wapen gevallen. Daarna een zware, doffe bons. Een lichaam dat de grond raakte. Toen nog twee keer een bons. Soortgelijk, maar zachter. Een tweede lichaam. En een derde.

Een vrouwenstem gilde: 'Charles!'

De echo stierf weg en de stilte keerde terug. Reacher wierp behoedzaam een blik om de hoek van de kast. Op twaalf uur zag hij Susan Kasluga. Ze stond met een touw om haar middel vastgebonden aan een pilaar. Haar tas lag bij haar voeten. Ze had niets in haar handen. Er lag een wanhopige blik in haar opengesperde ogen.

Charles Stamoran lag op twee uur, op zijn rug op de grond, zijn rechterbeen onder zijn lichaam gebogen. Zijn shirt was doorweekt met bloed. Ook hij had niets in zijn handen, maar er lag een Ruger-pistool voor hem op de grond.

Op vier uur lag een vrouw. Ze was waarschijnlijk eind twintig. Ze was slank en haar donkere haar was strak naar achteren getrokken. Ze had een Sig Sauer in haar hand, maar ze verroerde zich niet. Ze was door een kogel in haar voorhoofd geraakt. Daar zat nu een flink gat, als een nietsziend derde oog.

Op vijf uur lag een vrijwel identieke vrouw op haar rug, onbeweeglijk en met levenloze ogen. Haar witte blouse vertoonde een diagonaal bloedspoor dat van haar hals tot haar heup liep. Precies in het midden van haar borst had een kogel een diepe wond gemaakt. Ook zij had een pistool in haar hand. Eveneens een Sig Sauer.

Reacher richtte zich op en kwam achter de kast vandaan. Voor alle zekerheid hield hij zijn wapen omlaaggericht, op de lichamen. Hij liep naar voren en schopte hun wapens weg. Daarna hurkte hij neer om aan Stamorans halsslagader te voelen. Hij voelde geen hartslag, wachtte tot hij het zeker wist en kwam toen weer overeind.

'Wacht!' riep Kasluga. 'Waar gaat u heen? Laat die anderen toch. Help Charles. U moet hem redden.'

Reacher zei niets. Hij liep naar de eerste vrouw en boog zich vooroever om zijn vingers tegen haar hals te drukken. Hij voelde absoluut niets wat erop duidde dat er bloed door de ader stroomde. Ook zij was dood. Dat was geen grote verrassing. Hij richtte zich op, klaar om zich om te draaien en de tweede vrouw te onderzoeken. Toen hoorde hij een harde metaalachtige *klik*, vlak achter hem.

'Kijk...' riep Kasluga.

Withete pijn explodeerde aan de achterkant van Reachers beide benen. Het voelde alsof er duizend volt door zijn gewrichten en gewrichtsbanden werd gejaagd. Hij zakte door zijn knieën en viel voorover. Eén knie smakte tegen de betonnen vloer. De andere tegen het borstbeen van de dode vrouw. Even ging het door hem heen dat het borstbeen niet als bot voelde, toen draaide hij snel vanuit zijn middel, zodat hij achterom kon kijken. Hij werd plotseling razend. Iemand had hem van achteren geslagen. Dat had hij niet mogen laten gebeuren. Hij kon zich de laatste keer dat dit hem was overkomen niet herinneren. En hij was niet van plan het nog eens te laten gebeuren. Verdomd als het niet waar was.

Hij hief zijn wapen terwijl hij zich omdraaide, op zoek naar een doelwit om op te schieten. Tegelijk duwde hij zich met zijn linkerhand van de grond omhoog. Hij stond half overeind toen hij iemand zag. De tweede vrouw. Ze leefde nog. Ze stond rechtop. Door een scheur in haar blouse zag hij metaal glimmen met daarachter iets ruws en zwarts. Het was een kogel, geplet tegen het kevlar. Het bloed op haar kleren moest van iemand anders zijn. Waarschijnlijk van een van de dode agenten. Ze was waarschijnlijk geraakt nadat ze hen had doodgeschoten, maar ze was alleen maar gewond. Omdat ze een kogelvrij vest droeg. Net als haar evenbeeld. Dat was wat hij onder zijn knie had gevoeld. Goed tegen een schot in de borst. Waardeloos tegen een schot in het hoofd.

De vrouw hield iets in haar rechterhand.

Het was dun, gemaakt van metaal met een geribbelde greep en een matzwarte coating. Het was zestig centimeter lang met om de vijftien centimeter een naad en de diameter werd bij elke naad iets kleiner. Het was dus telescopisch. Gemakkelijk mee te nemen en te verbergen. Gemakkelijk uit te schuiven. Een snelle polsbeweging was voldoende. En het had een afgeronde punt van ruim een centimeter doorsnee, die de kracht van de impact versterkte. Glas, hout en staal werden erdoor vernietigd. Vlees en botten werden erdoor verwoest. Een klap tegen de borst leverde je een paar gebroken ribben op. Een klap tegen de nek of tegen de zijkant van het hoofd kon fataal zijn.

De vrouw liet de wapenstok hard neerkomen. Ze mikte op Reachers rechterpols en wilde het gewricht verbrijzelen. Zodat hij zijn wapen zou laten vallen. Reacher was haar te vlug af en trok zijn arm weg, buiten het bereik van de vrouw. Net op tijd. De ronde metalen punt sneed door de lucht. Zo dichtbij dat Reacher de luchtstroom ervan op zijn huid kon voelen. De punt schoot door naar de grond en er sprong een vage blauwe vonk op. Reacher pakte met zijn linkerhand de pols van de vrouw beet. Hij kneep. Zijn vingers drukten in haar huid en in de spieren en pezen tot ze het uitgilde. Haar greep verslapte en de wapenstok kletterde op de grond. Reacher schopte hem weg. De vrouw haalde met haar vrije hand naar zijn gezicht uit. Ze hield haar wijs- en middelvinger gespreid, in een poging zijn ogen uit te steken. Tegelijk kwam haar rechterknie omhoog, op zijn kruis gericht.

Reacher liet zijn schouder dertig centimeter zakken en dook naar voren. Hij raakte de borst van de vrouw. Dat kwam hard aan. Ze viel achterover alsof ze door een vrachtwagen was geraakt, kwam met een klap op de grond terecht en gleed weg in een wolk stof.

'Wie ben je?' vroeg Reacher.

De vrouw kuchte, maar reageerde niet.

Reacher hief zijn wapen. 'Ik probeer een reden te bedenken om niet op je te schieten, maar ik moet bekennen dat me dat nog niet lukt.'

De vrouw keek hem aan.

'Wie ben je?' vroeg Reacher nog een keer.

'Mijn naam is Veronica Sanson.' Ze gebaarde met haar hoofd naar het lichaam van de andere vrouw. 'Dat...' Ze deed haar rechterarm omhoog en bedekte haar ogen. Even verroerde ze zich niet, ademde niet en maakte geen enkel geluid. Toen haalde ze haar arm voor haar gezicht vandaan en liet hem weer langs haar zij vallen. Haar ogen waren rood. Ze knipperde een traan weg. 'Dat is mijn zus Roberta. Onze vader was Morgan Sanson.'

Roberta en Veronica, dacht Reacher. Robbie en Ronnie. Twee van de vier kinderen die door mevrouw Sanson waren meegenomen naar Israël na de dood van haar man. 'Heb je in het Israëlisch Defensieleger gezeten?' vroeg hij.

Veronica knikte. 'Korps Verzameling Gevechtsinformatie.'
'Je zus ook?'
Veronica knikte weer. 'We zijn hierheen gekomen om onze vader te wreken. Maar luister, alsjeblieft. Ik was kapitein. Dezelfde rang als jij. Dus ik vraag je om een gunst aan een mede-officier, laat me opstaan. Onze omstandigheden uitleggen. Misschien kunnen we...'

'O, mijn god!' Susan Kasluga sperde haar ogen open en zag plotseling lijkwit. 'Waar is het? Wat heb je ermee gedaan? Hoelang nog tot hij de lucht in gaat? Jij – legerman – je moet iets doen.'

'Waar hebt u het over?' vroeg Reacher.

'De krankzinnige zussen. Ze hebben een bom gemaakt. Een geïmproviseerd ding. Een handgranaat, een viskom, benzine, en een stuk elastiek. Daar dreigden ze mee om me te dwingen Charles' naam te geven. Dat ding kan elk moment afgaan. Dan zijn we allemaal dood.'

Wat hij hoorde beviel Reacher niet. Hij had foto's uit Vietnam gezien. Guerrilla's slopen naar jeeps van het Amerikaanse leger en stopten granaten met een elastiek eromheen in hun brandstoftanks. De voertuigen werden daardoor rijdende tijdbommen. De resultaten waren niet mooi om te zien. En nog minder mooi als er iemand aan boord of in de buurt was wanneer het elastiek eindelijk was opgelost. Hij keek Veronica aan. 'Is dat waar?'

Veronica stak haar kin naar voren. 'Roberta heeft het bedacht. Ze noemde het de granaat van...'

'Waar is dat ding?'

'Ik zal het je laten zien. Op één voorwaarde.'

'We hebben geen tijd om te onderhandelen. Haal het nu.'

'Als het nu afgaat, zijn jullie allebei dood. Er is geen ontsnapping mogelijk. Maar hier op de grond? Ik zou het kunnen overleven. Ik wil er best op gokken. Jullie ook?'

'En als ik een kogel door je hoofd schiet? Wil je het daarop wagen?'

'Zou je een ongewapende gevangene neerschieten ten overstaan van een getuige? Hallo, krijgsraad. Bovendien zou je hier nog steeds weg moeten zien te komen. Hoeveel tijd zou je hebben voordat... *boem?*'

'Wat wil je?'

'Ik maak het ding onschadelijk, maar dan wil ik dat je naar me luistert. Ik wil dat je de waarheid weet over mijn vader. Ik wil dat iedereen het weet. Dat jij het ze vertelt.'

Reacher knikte. 'Vooruit.'

Veronica stond op. Ze liep naar een plek waar drie dikke buizen uit de grond omhoogkwamen, een bocht van negentig graden maakten en met zware bouten en flensen aan andere buizen vastgemaakt waren. Reacher hield Veronica onder schot. Ze bukte zich naar een donker gedeelte en haalde de viskom tevoorschijn. Op haar tenen liep ze naar Reacher, met de kom voor zich uit. De granaat zat er nog in. Het elastiek was intact. Toen ze nog een paar meter bij hem vandaan was, gooide ze de kom naar Reachers gezicht. Hij stapte achteruit. Er klotste benzine over de voorkant van zijn tuniek. Veronica dook naar opzij. Ze raakte de grond, rolde door, pakte de Sig die Roberta had vastgehouden op en krabbelde overeind.

Reacher ving de kom op. Hij klemde hem tussen zijn borst en zijn rechteronderarm en probeerde zijn linkerhand in de kom en de overgebleven benzine te steken. Zijn hand ging maar net door de opening heen, alsof je een honkbalhandschoen in een koektrommel probeerde te stoppen. Hij duwde harder. Graaide naar de granaat. Raakte hem met zijn vingertoppen. En brak het elastiek.

26

Reacher schudde zijn hoofd en zette de kom neer. Veronica Sanson wierp zich over een andere wirwar aan buizen en verdween uit het zicht.

Susan Kasluga begon te gillen.

'Wat doe je verdomme?' riep ze toen. 'Dat ding is alleen dodelijk van dichtbij. Breng het naar buiten. Of gooi het zo ver mogelijk weg. Of in de controlekamer. Daar verderop. Je zou…'

Reacher stapte opzij, zodat hij tussen Kasluga stond en de plek waar Veronica zich had verscholen. 'Niet nodig. De granaat is van plastic. Het is speelgoed. U bent erin geluisd.'

'Wat? Nee.' Kasluga begon te huilen. 'Ik dacht dat hij echt was. Ik geloofde hen. Dat is de enige reden dat ik Charles heb verraden. Ze hebben tegen me gelogen. Ze hebben beloofd dat hem niets zou overkomen. En nu…'

'Kwel uzelf er niet mee. Die vrouwen speelden geen spelletjes. Als u hun bluf had doorzien, zouden ze u wel op een andere manier aan het praten hebben.'

'Precies,' riep Veronica vanuit haar dekking. 'We spelen geen spelletjes. Ik in ieder geval niet. Ga opzij, kapitein. Tegen jou heb ik niets.'

Reacher nam aan dat het voor Veronica Sanson zinnig was om Kasluga te willen vermoorden. Ze had haar gebruikt om haar man in de val te lokken. Kasluga wist wat er was gebeurd. Had het waarschijnlijk zien gebeuren. Het zou stom zijn om een getuige in leven te laten. Reacher geloofde dan ook niet dat Veronica van plan was hem te laten gaan.

'Wil je het verhaal van je vader vertellen?' vroeg Reacher. 'Ik kan je helpen. Ervoor zorgen dat de mensen luisteren. Maar alleen als je je wapen weglegt. Geef je nu over.'

'Je begrijpt het niet. Ga opzij.'

Reacher verroerde zich niet.

De loop van de Sig stak tussen een paar kleppen door en Veronica loste een schot. Een decimeter voor Reachers voeten spatte stof op. De kogel ketste af, vloog langs Kasluga's hoofd en sloeg kletterend in een buis. Toen was het stil.

De loop verdween. Reacher kon Veronica niet zien. Hij kon nergens op richten. Maar zij kon hem neerschieten wanneer ze wilde. Dan zou niets haar ervan kunnen weerhouden om Kasluga te grazen te nemen. Reacher wist hoeveel mensen Veronica en haar zus hadden vermoord. Hij wist hoe meedogenloos ze waren. Hoe genadeloos. Reacher had tijdelijk met mensen van het Israëlisch Defensieleger gediend en had groot respect voor hen. Ze zou goed getraind zijn en dus veel geduld hebben. Maar daar was een grens aan. Ze had geen idee of er versterkingen onderweg waren. Elke vertraging kon haar kans op succes in gevaar brengen. En dat maakte Reacher duidelijk dat hij niet al te lang kon wachten.

Reacher hoorde geluiden achter zich. Gesis en toen gekletter. Hij keek over zijn schouder. De buis die door Veronica's afgeketste kogel was geraakt, was nu gebarsten. De buis was blauw. En er lekte water uit. Dat bracht hem op een idee.

Hij draaide zich weer om. Nog steeds geen teken van Veronica. Niets om op te richten. Zelfs geen voet, elleboog of oor. Dus koos hij een ander doelwit. Een rode buis. Hij haalde de trekker over. De buis barstte. En er spoten wolken kokendhete stoom uit.

Veronica gilde. Ze kwam tevoorschijn gedoken, rolde naar de zijkant en kwam half zittend, half geknield overeind. Ze had de Sig op Kasluga's borst gericht.

Reacher zag de spanning in de pezen in haar polsen. Hij kwam dichterbij. 'Stop. Doe het niet. Als je haar doodschiet, zal je vaders verhaal nooit worden verteld.'

Hij kon aan Veronica's ogen zien dat ze niet zou stoppen. Haar

Sig kwam iets verder omhoog. Haar pezen trokken nog iets strakker. Reacher haalde zijn trekker over. Hij kon onmogelijk missen op die afstand. De kogel ging er bij haar ene slaap in en kwam er bij de andere weer uit. Alle hersenactiviteit viel stil. De signalen naar haar zenuwen vielen uit. Haar spieren ontspanden, haar pezen werden slap en ze viel opzij. Toen lag ze als een spiegelbeeld van haar zus op de grond.

Reacher schopte Veronica's wapen weg en controleerde of hij een hartslag voelde, al was dat maar een formaliteit. Ze was niet meer te redden. Reacher liep naar Kasluga en maakte het touw om haar middel los. Ze drong langs hem heen, dook op haar man af en knielde naast hem neer. Haar tranen drupten op zijn borst en vermengden zich met het bloed op zijn shirt.

Reacher hoorde geluid achter zich. Voetstappen. Twee stel. Hij draaide zich om, zijn wapen geheven, klaar om te schieten. 'Eigen vuur,' riep een mannenstem. 'Federale agenten ter versterking van minister Stamorans beveiligers.'

'Veilig,' riep Reacher.

De agenten kwamen in het zicht en bleven stil staan in een poging het tafereel te duiden. De eerste agent vroeg: 'Stamoran?'

Reacher schudde zijn hoofd. 'Ik denk dat jullie een nieuwe minister nodig zullen hebben om te beveiligen.'

Susan Kasluga stond op. De tranen stroomden nog steeds over haar wangen en ze had moeite haar stem in bedwang te houden. 'Ik geloof dat het gevaar wel geweken is, denken jullie ook niet? Dus wil ik nu graag een moment alleen met mijn man.'

27

De afgelopen nacht was op een gegeven moment een oude tv op een groot onderstel de directiekamer binnengereden. Christopher Baglin gebruikte die om de laatste bijeenkomst van de taskforce te starten met een video-opname van de persconferentie van de vorige avond vanuit het Witte Huis. Een woordvoerder vertelde op gepast ernstige toon over de dood van Stamoran. Hij besteedde een paar minuten aan een hoeveelheid verhullende banaliteiten en rondde het toen af met een minimum aan details.

'Daar komen ze niet lang mee weg,' zei Smith. 'Er zullen vragen gesteld worden.'

'Ze zullen ook wel hopen dat de situatie in Servië snel verhit raakt,' zei Reacher. 'Niets beter dan slecht nieuws om de spotlights van je af te laten draaien.'

Christopher Baglin schakelde de tv uit. 'Ik heb me bijna de hele nacht tot aan mijn nek begraven in de foto's van de plaats delict, verslagen van de lijkschouwer en alle fysieke bewijzen waar ik de hand op heb kunnen leggen. Wat een klotesituatie. Ik neem aan dat we het zouden kunnen verkopen als een verhaal dat gaat over eerherstel. Over schande. En over, tja, ik weet het niet. Daar moet iemand anders maar over oordelen.'

'Wat Charles Stamoran heeft gedaan, was inderdaad een schande,' zei Smith. 'Het geheime programma in India waaraan hij leiding gaf. Het geld dat Pritchard en hij hebben gestolen. Het lek dat daarvan de oorzaak was en de duizend weggemoffelde slachtoffers die er het gevolg van waren. Ik hoop dat hij naar de hel gaat.'

'En wat voor waarde kunnen we hechten aan Morgan Sansons eerherstel?' vroeg Reacher.

'Zijn personeelsdossier laat zien dat hij een goed mens was,' zei Baglin. 'Hij maakte zich druk over de veiligheid, niet over lonen of promoties. Hij was geen saboteur. Hij heeft geen zelfmoord gepleegd. Ik ben blij dat de wereld dat nu weet.'

'En zijn dochters?' vroeg Reacher. 'Wat hebben die erbij gewonnen?'

'Een deel van de schuld moet aan de wetenschappers worden toegeschreven,' zei Smith. 'Als Owen Buck bijvoorbeeld destijds zijn mond open had gedaan in plaats van er tientallen jaren over na te denken en vervolgens Roberta en Veronica gedeeltelijke informatie te geven, wat tot hun krankzinnige queeste leidde, had het er allemaal waarschijnlijk heel anders uitgezien.'

'Owen Buck,' zei Baglin. 'Hij heeft denk ik het oorspronkelijke lijstje met namen geschreven. Dat zat in Roberta's zak toen ze stierf. Daar was één ding vreemd aan. Zes namen waren in hetzelfde handschrift geschreven. En de andere twee in twee andere handschriften. Heeft iemand een idee waarom dat zo zou zijn?'

'Sorry,' zei Walsh. Smith schudde haar hoofd. Reacher zei niets.

'Laat ook maar,' zei Baglin. 'Het is waarschijnlijk niet belangrijk.'

Smith stelde voor wat te gaan drinken toen de bijeenkomst was afgerond, maar Reacher zag het nut er niet van in. De enige onafgedane kwestie was de wake voor Neilsen over een dag of twee en hij had weinig zin om erheen te gaan. Hij vond dat het er meer toe deed hoe je mensen behandelde terwijl ze nog leefden. Drinken of verhalen vertellen maakte geen verschil meer wanneer iemand er niet meer was. Dus ging hij terug naar zijn hotel. Hij was van plan zijn spullen te pakken, zijn autosleutels bij de receptie af te geven en zonder veel ophef de stad te verlaten.

Het kostte Reacher twee keer zoveel tijd als normaal om zijn spullen in te pakken omdat hij zijn gala-uniform netjes moest opbergen. De broek zou wat aandacht van een kleermaker nodig hebben nadat hij die de vorige dag in het waterpompstation aan had gehad. En het hele pak moest grondig worden gereinigd omdat het doordrenkt was geraakt met benzine. Hij ritste zijn kledingzak dicht en legde hem op tafel, klaar om zijn andere kleren in zijn plunjezak te stoppen, maar toen zag hij iets op de minibar liggen. Een envelop. Het verslag dat Walsh hem even daarvoor had gegeven. Het ging over Susan Kasluga's carrière. Hij had het niet gelezen. Geen tijd voor gehad. En het deed nu trouwens toch niet meer ter zake. De zaak was gesloten. Reacher pakte de envelop op en liep ermee naar de prullenbak.

Hij bleef staan, liet de inhoud uit de envelop glijden en keek die snel door. Hij had nog tijd. Hij vermoedde dat het zou helpen om een idee te krijgen over de vrouw die hij het leven had gered. Hij las uiteindelijk elk woord en bestudeerde elke foto. En toen hij klaar was, zette hij zijn reisplannen in de ijskast.

Reacher stapte om negen uur de volgende morgen het kantoor van Susan Kasluga's assistente binnen.

De assistente met het grijze haar keek op van haar computer. 'Kapitein Reacher?' Ze wees naar de deur van Kasluga's kantoor. 'Loopt u maar door. Ze verwacht u al.' Toen zei ze een stuk zachter: 'Weet u, mevrouw Kasluga is de ruggengraat van AmeriChem, de ziel van het bedrijf. Iedereen hier is heel dankbaar voor wat u hebt gedaan om haar te redden.'

'Bedank me nog maar niet,' zei Reacher. Toen klopte hij kort op Kasluga's deur en liep door.

Susan Kasluga kwam achter haar bureau vandaan om hem te begroeten. Ze was helemaal in het zwart, zag er moe uit en had donkere kringen onder haar ogen. Ze omhelsde hem even en zei: 'Ik ben blij dat je er bent. Welkom in mijn heiligdom.'

Het merendeel van het meubilair was een mix van chroom, leer en licht Scandinavisch hout. Precies het soort sfeer die Reacher zou verwachten in het kantoor van een CEO. Maar tegen één muur zag hij een verrassend persoonlijke verzameling spullen. Op het sentimentele af. Er stond een oude laboratoriumwerkbank met een heleboel reageerbuisjes in houten rekjes erop. Er waren tangetjes en bunsenbranders en ronde glazen kolven van verschillende afmetingen. Aan de muur hingen series ingelijste foto's van experimenten in uitvoering en mensen in witte jassen met veiligheidsbrillen op. Er was ook een groepje van vijf op canvas gedrukte facsimile's van handgeschreven chemische formules, compleet met doorhalingen en erbij gekrabbelde aantekeningen. Reacher vermoedde dat het kopieën van Kasluga's eigen werk waren. Waarschijnlijk mijlpalen die om een of andere reden belangrijk voor haar waren.

Reacher richtte zijn aandacht weer op Kasluga. 'Gecondoleerd met je man.'

Kasluga haalde haar schouders op. 'Dank je. Het is een ingewikkelde situatie. Ik hield van Charles. Ik hou nog steeds van hem en zal wel altijd van hem blijven houden. Maar ik moet de feiten onder ogen zien. Hij was een moordenaar. Heb je gezien wat ze in de pers zeggen? Het lijkt wel of ze mij het recht om te rouwen willen ontzeggen. Me te schande willen maken. Ze snappen niet dat ik ook een slachtoffer ben. Maar goed, genoeg over journalisten en hun rancune. Wil je thee? Ik heb oranje hibiscus, pepermunt, citroen-lavendel of *huang ju hua*. Dat is gele chrysant. Echt heerlijk.' Ze liep naar een plank waar een kleine waterkoker, een set mokken in verschillende pastelkleuren en een stuk of vijf ronde zilveren theeblikjes op stonden.

'Nee, dank je,' zei Reacher. 'Dit duurt niet lang. Ik moet alleen een paar onvolkomenheden ophelderen. Er is kennelijk wat papierwerk kwijtgeraakt, helaas. De jongens van de administratie hebben er een zootje van gemaakt.'

'Na wat je voor me hebt gedaan, is niets te veel moeite,' zei ze. 'Zeg maar wat je nodig hebt.'

Ze nam plaats op een stoel naast een lage salontafel midden in haar kantoor. Reacher ging tegenover haar zitten.

'Het eerste is feitelijk nieuw,' zei Reacher. 'Mijn bevelvoerend officier is nogal een vernieuwer. Hij is met een studie grafologie – handschriftkunde – begonnen om te kijken of dat op een of andere manier in ons werk kan worden geïmplementeerd.'

'Oké.'

'Hij is op zoek naar voorbeelden om door zijn expert te laten analyseren. Het is volstrekt anoniem en onofficieel, maar als ik hem een handgeschreven voorbeeld zou kunnen geven, zou me dat nogal wat schouderklopjes opleveren.'

'Je wilt dat ik iets voor je opschrijf?'

Reacher pakte een notitieboekje en een pen uit een geleende aktetas en gaf die aan haar. 'Als je het niet erg vindt. Een paar woorden. *Clears marathons.* Het klinkt misschien vreemd, maar kennelijk is het belangrijk dat elk voorbeeld uit dezelfde woorden bestaat, en dit is wat onze man heeft bedacht.'

Kasluga schreef de woorden op de eerste bladzijde. 'Klaar.'

'Dank je. En nu je toch die pen vasthebt, zou je me misschien je telefoonnummer kunnen geven? Niet van je kantoor. Dat heb ik al. Een privénummer. Voor het geval ik straks nog vragen heb. Wanneer ik achterstallig papierwerk heb, werk ik vaak tot laat door.'

'Geen probleem.' Ze voegde een reeks cijfers toe op de tweede bladzijde en gaf het notitieboekje terug.

Reacher aarzelde even en zei toen: 'Ik kan me voorstellen dat het niet het geschikte moment is om het te vragen, maar hoeveel heeft je man je verteld over zijn betrokkenheid bij Project 192?'

'Geen probleem.' Kasluga nam even de tijd om haar emoties onder controle te krijgen. 'Hij heeft me niet veel verteld. Alleen dat hij vermoedde dat iemand de wetenschappers uit de jaren zestig vermoordde om een van hen te dwingen de identiteit van de achtste man in hun team te noemen, en dat hij die achtste man was. Hij wilde geen staatsgeheimen verklappen, maar hij was bang dat de moordenaars achter mij aan zouden komen. Wat natuurlijk wel is gebeurd.'

'Wat heeft hij je over Project Typhon verteld?'

'Niets. Ik weet niet wat dat is.'

'Oké, mooi, ik denk dat het dat wel zo ongeveer was.' Reacher kwam half overeind uit de stoel, maar ging toen weer zitten. 'Eigenlijk wil ik je nog iets vragen. Ik ben nogal nieuwsgierig. Ik kwam een vroeg concept tegen van een persartikel over jouw rol na het incident in '69. Daarin kwam je heel wat heldhaftiger over dan in het artikel dat werd gepubliceerd. Heldhaftig komt dichter bij de waarheid, is het niet? Te oordelen naar wat ik heb gezien kan ik me je niet voorstellen als een passieve spreekbuis.'

Kasluga sloeg haar ogen neer en glimlachte. 'Ik wist niet dat de oorspronkelijke versie nog steeds de ronde deed. Maar je hebt gelijk. Het klopte aardig. Toen het gas begon te lekken – en wat was dat een nachtmerrie, trouwens – waren er geen senior managers in de buurt. Ze staken allemaal de kop in het zand. Iemand moest iets doen, dus deed ik dat. Ik organiseerde de werkzaamheden om het gelekte gas te neutraliseren. En om de mensen die eraan waren blootgesteld te behandelen. En daarna al het besmette water te reinigen en de schade aan de bodem te herstellen.'

'En nadat jij al het zware werk had gedaan, kwamen de bazen weer boven water, gingen met de eer strijken en bagatelliseerden de rol die je had gespeeld.'

'Ik was toen echt woest. Daar zal ik niet om liegen. Het is een van de redenen dat ik die baan heb opgezegd en AmeriChem heb opgericht. Maar je weet toch wat ze zeggen? Succes is de beste vorm van wraak. En moet je me nou eens zien.'

'Ze zeggen ook dat hoogmoed voor de val komt.'

Kasluga hield haar hoofd schuin. 'Wat bedoel je daarmee?'

'Het gas dat in '69 weglekte was een product van Project Typhon. Dus daar wist je wel van.'

'Dat is niet waar. Het was een nieuw soort desinfecteringsmiddel van Mason Chemical, waar ik werkte. En kijk, er zijn zeven mensen overleden en dat maakt het...'

'Duizendzeven mensen.' Reacher haalde een foto uit zijn aktetas en legde die op tafel. Flemming had hem die de middag ervoor gegeven. Het was de panoramafoto van de vele lichamen op het desolate veld. 'Je wist welke chemicaliën je nodig had om het gas te neutraliseren. Dus wist je ook wat voor gas het was. Dat is de waarheid.'

Kasluga reageerde niet.

'In feite is het nog maar een deel van de waarheid,' zei Reacher. 'Je wist niet alleen alles van het Typhon-gas af, je hebt ook de formule gestolen. En toen je AmeriChem opzette, werd dat gas de basis voor je eerste grote kassucces. In een verdunde vorm. Je belangrijke desinfecteringsmiddel. Ik wed dat het een van de vijf formules is die daar aan de muur hangen.'

Reacher zag Kasluga naar het linker canvas kijken.

'Dat is een leugen,' zei ze. 'Ik heb de formules voor de eerste vijf producten van AmeriChem zelf ontwikkeld, en pas nadat ik het bedrijf had opgericht.'

Reacher legde een tweede foto op de tafel. Nog een van het gaslek in '69. Een close-up van het gezicht van een slachtoffer. Hij legde er een derde foto naast. Ook een close-up van een gezicht. De huid van beide gezichten vertoonde dezelfde vreemde paarse vlekken. Walsh had de foto opgeduikeld toen hij dieper in Kasluga's arbeidsverleden was gedoken. De foto zat in de envelop die hij in Reachers hotelkamer had achtergelaten.

Reacher wees naar de foto. 'Deze foto werd gebruikt als bewijs toen je voor het gerecht werd gedaagd nadat AmeriChem een gaslek had gehad.'

Kasluga keek weer naar het canvas, maar zei niets.

'Dezelfde symptomen,' zei Reacher. 'Hetzelfde gas. Geen twijfel mogelijk.'

Kasluga pakte de eerste foto uit '69 op. 'Hoe kom je hieraan?'

Reacher haalde zijn schouders op. 'Ik ben een speurder. Ik vind dingen.'

Kasluga draaide de foto om. Er zat een stempel op de achterkant, in van oorsprong lichtblauwe inkt, die in de loop der jaren ook nog was vervaagd. Kasluga bracht hem dichter bij haar gezicht en tuurde naar de letters. 'Copyright Spencer Flemming. En een postbusnummer. Interessant.'

'Doe geen moeite hem op te sporen. Dat is tijdverspilling. Hij is ergens waar je hem nooit zou verwachten.'

Kasluga stond op, liep naar een van de boekenkasten en opende een kast aan de onderkant, ter hoogte van drie planken. Er stond een apparaat in. Een papierversnipperaar. Ze stopte de foto erin en gooide toen de deur dicht. 'Oeps.'

'Daar schiet je niets mee op. Flemming heeft kopieën.'
'Dus wat ga je doen? Me arresteren? De rouwende weduwe in handboeien afvoeren? Veel succes met hoe dat over zal komen.'
Reacher stond op. 'Ik niet. Die bevoegdheid heb ik niet. Als je een militair was geweest, zou je nu al in de cel hebben gezeten. Mijn volgende bespreking is met de FBI. Ik ga ze alles geven wat ik heb. Ik weet zeker dat je snel van ze zult horen. Ik wilde alleen eerst de uitdrukking op je gezicht zien.'

28

Spencer Flemming zat op de vloer, omringd door zijn boeken, papieren en dossiermappen. Hij had een douche genomen, dus zijn haar hing nog lager op zijn rug dan gewoonlijk. Zijn kleren waren gewassen. Zijn shirt was ineens een stuk lichter en er zaten minder vlekken op zijn broek. Op het bureau stond een bord met een gigantische sandwich, boordevol tomaat, paprika, rode ui en spinazie. Dat was zijn favoriete combinatie. Gewoonlijk. Het bord stond buiten zijn bereik, maar dat was oké. Hij had er op het moment niet echt zin in. Hij had het te druk met twijfelen aan zichzelf. Er zat verandering aan te komen. Er stonden goede dingen te gebeuren, hoopte hij. Maar voor de zonneschijn kwam eerst regen. Dat had Reacher niet voor hem verzwegen toen hij Flemming om hulp had gevraagd. Het was gewoon veel gemakkelijker om dapper te zijn als je niet alleen was.

De man van de postbuswinkel was koppig. Hij zwichtte niet voor Susan Kasluga's dreigementen jegens hem en zijn zaak. Hij had geen belangstelling voor haar smeergeld. Hij gaf geen strobreed toe tot ze de foto zag die hij in een lijstje achter de toonbank had hangen. Er stond een vrouw op met twee jongetjes, allemaal lief, aardig en gelukkig. Kasluga zei dat twee van de mannen die bij haar waren het trio gemakkelijk zouden kunnen opsporen. Ze noemde een paar dingen op die de mannen met hen zouden kunnen doen wanneer ze hen hadden gevonden. Toen zong de man ineens een toontje lager. Hij gaf haar meteen Spencer Flemmings adres en waarschuwde haar zelfs dat het gebouw op het desbetreffende adres allesbehalve gewoon was. Ze moest niet denken dat hij haar probeerde te bedonderen. Hij wilde niet dat ze terugkwam. Daar was hij buitengewoon duidelijk over.

Kasluga's chauffeur bracht de Town Car aan het eind van de oprit naar het voormalige gesticht tot stilstand, precies op de plek waar Smith zes dagen eerder had gestaan. Hij zette de motor uit, stapte uit, trok zijn wapen. De andere drie bodyguards volgden met hun wapens in de aanslag. Kasluga stapte als laatste uit. De vier mannen stelden zich rondom haar op. Ze bleven even staan en keken door het hek naar het gebouw. Er hing een donkere wolk laag boven het hele perceel. Dat leek bijna een soort waarschuwing. Het bouwvallige metselwerk en de roestende schermen boven de ramen leken te schreeuwen: 'Rennen!' Kasluga stootte de beveiliger voor haar aan. 'Vooruit. Waar wachten jullie op?'

De man maakte een opening in het hek en liep voorop naar de overkapping en de reusachtige houten deuren. Met de betonschaar die hij bij zich had knipte hij het hangslot kapot en sloeg de restanten los.

Daarna waren er twee man voor nodig om de deuren ver genoeg open te krijgen om ertussendoor te kunnen. Er filterde daglicht naar binnen. Ze konden de smerige ruimte aan de andere kant van de deuren zien. Kasluga wees naar de voetafdrukken in het stof op de zwart-witte tegelvloer. 'Die kant op. Laten we gaan.'

Ze bleven dicht bij elkaar en volgden het spoor langs de kapotte balie en onder de oude kroonluchter door, helemaal tot aan de binnenplaats. Kasluga wees naar de rij campers aan de andere kant. 'Hij moet in een van die drie zitten.' De gordijnen in de camper links waren dicht, maar de deur stond open. Kasluga porde de beveiliger. 'Probeer die daar.'

De man zette zijn voet op de onderste tree, nam langzaam de volgende tree en stapte naar binnen. Hij bleef even in de deuropening staan, sloop toen verder en verdween uit het zicht. Hij bleef een minuut weg. Twee. Drie. Niets duidde erop dat hij Flemming mee naar buiten zou brengen. Of dat hij alleen terug zou komen.

'Hé, wat gebeurt daar?' riep Kasluga. 'Waarom duurt het zo lang?' Er kwam geen antwoord.

Ze porde de tweede beveiliger. 'Ga eens kijken wat er aan de hand is.'

De man liep langzaam de treetjes op en schoot toen met getrokken wapen naar binnen. En kwam niet terug.

Achter hen klonk een mannenstem. Resoluut. Bevelend. 'FBI. Laat jullie wapens vallen. Ga met je gezicht op de grond liggen. Onmiddellijk.'

De twee overgebleven bodyguards deden wat hun werd gezegd. De twee die de camper binnen waren gegaan, kwamen naar buiten, ontwapend, hun handen achter hun rug geboeid, gevolgd door twee agenten. Nog eens vier agenten stonden om de op de grond liggende mannen heen. Ze boeiden ze, trokken ze overeind en namen ze mee.

Susan Kasluga was nu in haar eentje. Ze bleef staan. Reacher en Amber Smith kwamen door de glazen deur naar haar toe. 'Je hebt het gehoord,' zei Smith. 'Ga op de grond liggen.'

Kasluga sloeg haar armen over elkaar en bleef staan.

Reacher ging voor haar staan. Hij boog zich over haar heen en fluisterde in haar oor: 'Ik heb een vrouw gedood vanwege jou. Een vrouw die ik niet had moeten hoeven doden. Dus als je denkt dat ik ook maar een moment zal aarzelen om je aan stukken te scheuren…'

Kasluga veegde met haar voet over de grond voor haar. Ze ging op haar knieën zitten, duwde een paar stenen aan de kant en liet zich verder zakken, tot ze op haar buik lag. Smith boeide haar, trok haar toen weer overeind en begon haar te fouilleren. Dat deed ze heel grondig. Ze voelde onder Kasluga's armen. Bevoelde haar borst. Haar middel. Haar bovenbenen. Onderzocht de zomen van haar kleren. Zelfs haar haar.

Kasluga drukte haar teen in de grond en sneerde: 'Nou, waar ging dit om, deze dwaze zoektocht?'

Reacher zei: 'Waar het om gaat is dat daden meer zeggen dan

woorden. Elke competente advocaat had de foto die ik je heb laten zien kunnen laten uitsluiten als bewijsmateriaal in een rechtszaak. En van de foto met al die lijken uit '69 is niet te bewijzen wanneer die is genomen. En waar. Of de mensen die erop staan wel echt dood waren, of alleen maar poseerden. Of je zelfs maar van hen op de hoogte was. Maar dat je zoveel moeite doet om de fotograaf te vinden, dat is bijna een bekentenis.'

'Niet voor een rechtbank.'

'We hebben het niet over een rechtbank. Niet meer. Ik weet niet of de gemeenschap er wel het meest bij gebaat is als je naar de gevangenis gaat. Misschien kun je het op een andere manier goedmaken.'

'Ik luister. En ik durf te wedden dat het om geld gaat. Hoeveel wil je hebben?'

'AmeriChem heeft je erg rijk gemaakt. Je zou dat geld kunnen gebruiken om voor de gezinnen van de slachtoffers te zorgen die je in India hebt achtergelaten. Voor Morgan Sansons vrouw en nog levende zoon. Voor de dochters van Kent Neilsen. Iemand van het ministerie van Financiën heeft een document opgesteld. Dat maakt het allemaal legaal. Ik adviseer je het te tekenen.'

'Ben je gek geworden? Ik ben niet verantwoordelijk voor hun dood. Ik ga die mensen niet helpen.'

'Hoeveel tijd heb je in scheikundelabs doorgebracht, Susan? Want je hersenen zijn duidelijk ergens door aangetast. Begin maar eens met India. Meer dan duizend mensen gingen dood omdat dat gas weglekte. Waardoor kwam dat?'

'Slecht onderhoud.' Ze schoof met haar voet door het vuil op de grond. 'Had ik niets mee te maken.'

'Het heeft allemaal met jou te maken. Het onderhoud was slecht omdat jij het geld had gestolen dat daarvoor bedoeld was.'

'Dat is gelogen.'

'Je stal de formule om je nieuwe bedrijf een goede uitgangspositie te geven, én je stal het geld.'

'Ik heb nooit...'

'De Kaaimaneilanden, Susan. De projectontwikkeling. Het mislukte bod. Het nepproces. We weten overal van.'

Kasluga reageerde niet.

Reacher wist van geen wijken. 'Jouw diefstal was de oorzaak van het gaslek en het lek was de reden dat je Morgan Sanson de mond moest snoeren.'

'Sanson was een zielige stakker die in een woedeaanval met het koelsysteem rommelde omdat hij niet goed genoeg was om opslag te verdienen. Er gingen mensen dood en hij kon daar niet mee leven, daarom maakte hij zichzelf van kant.'

'We hebben zijn personeelsdossier gelezen, Susan. Hij maakte zich druk om de veiligheid, niet om zijn loon.'

'Speculeer maar zoveel je wilt. Ik kan de hele dag naar die onzin luisteren en als je dan klaar bent, kan ik je dit zeggen: ik ga niet naar de gevangenis omdat een zootje arme lui zijn gestorven door een gaslek en ik ga niet naar de gevangenis omdat ik Morgan Sanson zou hebben vermoord.'

'Misschien niet,' zei Reacher. 'Maar je gaat wel naar de gevangenis omdat je je man hebt vermoord. Verdomd als het niet waar is.'

Spencer Flemming kwam moeizaam overeind. Hij stond eerst nog kromgebogen, zoals gewoonlijk, maar toen dwong hij zichzelf rechtop te gaan staan. Hij kon zich de laatste keer niet herinneren dat hij zich druk had gemaakt over zijn houding. Of hoelang het geleden was dat zijn huid niet smerig was geweest. Of dat hij tapijt onder zijn voeten had gevoeld. Hij liep door tot hij zichzelf in de spiegel kon zien. Wat hij zag beviel hem niet. Hij zag er heel anders uit dan de mensen die hem hadden geholpen sinds Reacher en Amber Smith hem naar het hotel hadden gebracht. Zijn haar. Zijn kleren. Voor hem was de tijd stil blijven staan, realiseerde hij zich. Niet zijn schuld, gezien het feit dat hij gedwongen was geweest in het verborgene te leven. En ook niet zijn keus. Maar nu kon hij ervoor kiezen te veranderen. Hij zou wel moeten als hij wilde profiteren van deze tweede kans die hem werd geboden. Als het echt zover kwam. Reacher had hem verteld dat de vrouw die hoofdverantwoordelijk was voor zijn toestand de rest van haar leven in de gevangenis zou slijten. Hij hoopte vurig dat het waar was. Maar diep vanbinnen geloofde hij er niet in. Dat kon hij niet. Hij had een voorgevoel. Zij zou de dans ontspringen en hij zou weer in het gesticht eindigen.

'Je probeert me erin te luizen.' Kasluga krijste bijna. 'Je probeert me er serieus in te luizen. Niet te geloven. Je weet dat ik Charles niet heb doodgeschoten. Je was erbij. Je weet dat Veronica Sanson hem heeft vermoord. Ze zou mij ook vermoord hebben als jij maar heel even later was gekomen.'

Reacher haalde zijn schouders op. 'En ik maar denken dat punctualiteit een deugd was.'

Kasluga wendde zich tot Smith. 'Als je me hiervoor probeert te arresteren, laat ik mijn advocaat Reacher oproepen als getuige. Dan zal hij met dit verhaal meineed plegen. En is hij degene die in de gevangenis belandt. Niet ik.'

'O, reken maar dat je wordt gearresteerd,' zei Smith.

'Probeer me maar eens uit de getuigenbank te houden,' zei Reacher.

'Dit is krankzinnig.' Kasluga sloeg haar ogen ten hemel. 'Je hebt gezien wat die vrouwen deden.'

Smith pakte haar bij haar rechterarm. 'Hou op met die komedie. We gaan.'

Kasluga trok zich meteen los. Haar rechterarm kwam vanachter haar rug tevoorschijn. Misschien had Smith de boeien niet strak genoeg gedaan. Misschien had Kasluga erg smalle polsen. Ze had zich hoe dan ook bevrijd. Haar linkerarm kwam naar voren. Ze bukte. Graaide in het vuil en kwam toen overeind met iets in haar hand. Een spijker van tien centimeter lang, krom en verroest. Kasluga draaide zich achter Smith. Ze sloeg haar rechterarm om Smiths hoofd en bedekte daarmee haar ogen. Met haar linkerhand duwde ze de punt van de spijker in Smiths nek. Ze schampte net de halsslagader. Er gleed een druppel bloed over haar hals omlaag en in haar shirt. De spijker was ondanks de roest nog scherp. Dat was duidelijk. Iets meer druk en Smith zou dood zijn.

Kasluga stapte achteruit. Ze sleurde Smith mee en trok tegelijk haar hoofd naar achteren, waardoor haar nek werd gestrekt en haar rug werd gekromd. Ze zei: 'Laat je wapen vallen.'

Smith deed wat haar werd gezegd.

Kasluga keek naar Reacher. 'Jij ook.'

Reacher hief zijn handen tot schouderhoogte, maar hield zijn wapen vast. Het wees opzij van Kasluga, met de loop naar boven gericht. Hij zei: 'Ik heb die vrouwen niets met je man zien doen. Hij was al dood toen ik binnenkwam.'

'Omdat zij hem hadden neergeschoten. De jongste had dat gedaan.'

'Is dat zo?'

Kasluga ging nog iets meer achteruit. 'Ik zei dat je je wapen moest laten vallen.'

Reacher bewoog zijn hand met het wapen naar opzij en liet het wapen iets zakken, maar hij liet het niet los. 'Ik trof de twee agenten aan, dood. Toen hoorde ik drie schoten. Vlak na elkaar. En vanaf dezelfde plek.'

Smith probeerde haar hoofd bij de spijker vandaan te trekken, maar ze kon zich niet bevrijden. De spijker werd alleen maar dieper in haar huid gedrukt.

'Veronica had de agenten al neergeschoten,' zei Kasluga. 'Charles loste twee schoten. Hij raakte Roberta en doodde haar. Hij raakte Veronica en ze viel neer, maar overleefde het door haar kogelvrije vest. Veronica schoot op hetzelfde moment terug en doodde Charles.'

Reacher schudde zijn hoofd. 'Ik hoorde drie schoten en daarna een wapen dat op de grond kletterde. Jij schoot ze alle drie neer. Je man en de vrouwen. Daarna gooide je het wapen voor de voeten van je man neer. Maar je beging een vergissing. Veronica was niet dood. En dat kostte je bijna het leven.'

'Controleer het politieverslag maar. Kijk hoeveel kogels er uit elk wapen ontbraken.'

'Dat heb ik gedaan. Twee uit jouw wapen. Eentje uit dat van Roberta. Drie uit dat van Veronica.'

'Twee uit dat van Charles. Wat bewijst wat ik zei.'

'Uit het wapen dat bij Charles' lichaam lag. Wat bewijst dat je goed bent. Voor een geïmproviseerd plan was het op diverse punten adequaat. Je vroeg of we je even alleen met je man konden laten. Dat gaf jou de gelegenheid om een kogel uit Veronica's wapen in dat van jou te stoppen. Je merkte zelfs dat het een ander merk was. Jij gebruikte Browning. Zij Federal. Dus je ontlaadde je eigen wapen en herlaadde het zo dat haar kogel onderaan in het magazijn zat.'

'Ik heb niets gedaan terwijl ik alleen was met Charles. Met zijn lichaam. Ik was veel te erg van streek.'

Smith begon met haar voeten te schuifelen in een poging zich los te rukken.

Kasluga ramde haar elleboog in haar ribben en Smith hield op.

'Je hebt een kogel verwisseld,' zei Reacher. 'De lege hulzen verwijderd. In het politieverslag stond dat ze op een vreemde plek lagen. En jij schreef de naam van je man op Roberta Sansons lijstje.'

'Dat heb ik niet gedaan. En laat nu dat wapen vallen. Ik zeg het niet nog een keer.'

Reacher liet het wapen nog iets zakken. Bracht het iets verder naar voren. 'Herinner je je de woorden nog die ik je vroeg op te schrijven? *Clears marathons*? Dat is een anagram voor Charles Stamoran. Dezelfde letters, andere volgorde. En raad eens? Het handschrift komt exact overeen.'

'Laat verdomme...'

'De grote vraag is waarom je zijn naam überhaupt hebt opgeschreven. Waarom hield je het niet bij zeven namen op de lijst? Waarom maakte je hem tot de achtste?'

'Omdat hij de achtste was. Ik heb hem niets "gemaakt".'

'O, natuurlijk. Hij was de supervisor of zoiets. Op een afstand van 12.000 kilometer. Hij maakte geen enkel verschil voor het dagelijks beleid van het project. Anders dan de negende persoon, die daar ter plaatse was en haar handen vuilmaakte. Opruimde na het lek. De familieleden en getuigen afkocht.'

'Er was geen negende persoon.'

'Die was er wel. Dat was jij.'

Reacher zag dat Kasluga's knokkels wit werden rond de spijker. Hij zag dat ze haar ogen tot spleetjes kneep. Dat de pezen in haar nek aanspanden. Dus bracht hij zijn wapen verder naar voren en omhoog. Hij was een uitstekende schutter, met een pistool of een geweer. Op dat moment was de afstand verwaarloosbaar. Er was geen wind. Geen schittering. Zijn doelwit was niet in beweging. Hij was niet buiten adem. Hij had diverse plekken kunnen kiezen, met minimaal risico voor Smith. Kasluga's hoofd. Haar schouders. Haar knieën Haar scheenbenen. Haar voeten. Reacher haalde de trekker over. Hij raakte Kasluga precies midden op de wreef van haar rechtervoet. Ze gilde, liet de spijker vallen en viel hard op haar zij.

Smith stapte achteruit en drukte haar hand tegen haar hals.

Kasluga jammerde en klemde haar tanden op elkaar.

Ze wist een gesmoord 'help me' uit te brengen.

'Je helpen?' zei Reacher. 'Zoals jij ermee instemde om die kinderen te helpen wier ouders je hebt vermoord? Om de diepbedroefde gezinnen in India te helpen?'

'Ik had het mis.' Ze hijgde, nauwelijks in staat normaal te ademen vanwege de pijn. 'Alsjeblieft. Ik smeek je.'

'Ik wil informatie. Twee vragen.'

'Wat je wilt, maar breng me verdomme naar het ziekenhuis.'

'Wie heb je gebeld om de moord op Kent Neilsen te regelen?'

'Dat was niet...'

'Wil je je hele been kwijtraken?'

Kasluga schudde haar hoofd.

'Hou dan eens tien tellen op met liegen. We weten wie Neilsen heeft gebeld om hem bepaalde vragen te stellen. En diegene heeft jou gebeld. Op het nummer dat je in mijn notitieboekje hebt geschreven.'

'Dat is omdat...' Kasluga hijgde weer. 'Hij belde Charles. We woonden bij elkaar. Zelfde huis. Zelfde telefoon.'

'Dat deed hij niet. Charles had een heleboel telefoonlijnen van het ministerie van Defensie in dat huis. Die genereren geen belgegevens. Waarom zou hij voor hem belastende telefoontjes aannemen op een dergelijke lijn?'

'Oké dan,' zei Kasluga moeizaam. 'David Sullivan. Vicepresident, klanttevredenheid, Total Security Solutions. AmeriChem is een vaste klant. Als ik een probleem heb, een rechtszaak, iemand die moeilijkheden veroorzaakt, waar dan ook... dan zorgt hij voor een oplossing.'

'Goed, ik zal hem eens bellen. Kijken of hij voor zichzelf ook een "oplossing" kan vinden. En nu, Neville Pritchard. Hoe zat het met hem?'

Kasluga kreunde langdurig. 'Het ziekenhuis. Je hebt het beloofd.'

'Eerst antwoorden. Pritchard bracht verslag uit aan Stamoran. Dat hadden we al uitgevogeld. Heeft hij je ter plaatste gerekruteerd?'

'Laat me niet lachen.' Kasluga jammerde even. 'Pritchard was een idioot. Een pennenlikker. Ik was er binnen een dag achter waar hij mee bezig was en dwong hem mij mee te laten doen.'

'Jullie stalen het geld samen. Verdeelden het later.'

'Nee, ik...'

'Daarom gaf je hem die neplningen na de zwendel met de "mislukte" projectontwikkeling. Om zijn deel van het witgewassen geld naar hem door te sluizen.'

Kasluga knikte. Haar gezicht was bleek en glom van het zweet.

'Toen je erachter kwam dat Buck alles had doorverteld aan de zussen Sanson, belde je je maatje Sullivan. En je liet Pritchard uitschakelen omdat hij de enige was die jou kon identificeren.'

Kasluga slaagde erin te glimlachen. 'Weet je wat het grappige is? Charles was degene die me vertelde dat de wetenschappers werden vermoord. Daarom belde ik Sullivan. Charles dacht dat hij me beschermde. Hij was ook een idioot.'

Reacher draaide zich om en liep naar de glazen deur.

Smith haastte zich achter hem aan en pakte hem bij zijn mouw. 'Wacht even. Je hebt haar beloofd dat we haar naar het ziekenhuis zouden brengen.'

'Ik heb niet gezegd hoe. Ze kan naar de auto kruipen als ze wil. Of ze kan hier doodbloeden. Ik vind het allebei prima.'

'Reacher, dat is keihard.'

Hij haalde zijn schouders op. 'Ze had er gewoon mee moeten instemmen die kinderen te helpen.'

29

Reacher geloofde niet in het lot, maar hij had horen zeggen dat hoe harder iemand werkt, hoe gelukkiger hij zal worden. Volgens hem kon je wel zeggen dat hij die dag hard had gewerkt. Dus toen hij bezig was zijn gala-uniform aan te trekken voor Neilsens wake en de telefoon in zijn hotelkamer ging, leken de orders die hij ontving hem wel gepast. Hij werd met onmiddellijke ingang teruggestuurd naar Illinois. Er waren onregelmatigheden aan het licht gekomen met de inventaris van de legermunitiefabriek in Joliet. Zijn recente ervaring op Rock Island werd waardevol geacht. En aangezien Joliet in de buurt van Chicago lag, zou als hij heel hard werkte de zaak zich misschien uitbreiden tot agent Ottoway...

De laatste vlucht naar vliegveld Midway vertrok over vier uur en Reacher besloot dat hij nog gerust zijn gezicht kon laten zien bij de wake. Hij zou tijd hebben om Neilsen de laatste eer te bewijzen, en zijn nieuwe opdracht zou een legitiem excuus zijn om te vertrekken als het hele gebeuren hem te triest werd. De ontmoetingsplaats was gemakkelijk genoeg te vinden. Het was een oude bioscoop, een en al neon, art-decodecoraties en ornamenten, die onlangs was omgebouwd tot concertzaal. Het bleek dat Neilsen in zijn jonge jaren een beetje aan muziek had gedaan. Zijn instrument was de bugel. Zijn enthousiasme won het van zijn techniek, volgens een vrouw die hem had gekend toen hij nog speelde. Ze maakte deel uit van een geïmproviseerd bandje dat voor die avond was samengesteld. Er zaten ook een paar van zijn oude makkers bij. Ze hadden een extra stoel in hun halve cirkel op het podium gezet en daar iets opgezet wat er in Reachers ogen uitzag als een trompet.

Reacher liep naar de andere kant van de ruimte en de eerste die hij herkende was Spencer Flemming. Al duurde het even voordat Reacher hem kon plaatsen. Zijn haar was nog steeds grijs, maar hing niet meer langs zijn gezicht. Het was nu kort en stijlvol geknipt. En hij droeg een spijkerbroek en shirt die er niet uitzagen alsof ze al tientallen jaren uit de mode waren. Reacher schudde hem de hand en hun gesprek kwam al snel op de toekomst. Flemming kende Joliet, of had het gekend in de jaren zestig. Hij had toen een artikel geschreven over een reeks ongelukken op een motorracecircuit daar in de buurt. Hij hoopte heel binnenkort weer meer artikelen te kunnen schrijven. Hij moest alleen iets regelen wat accommodatie betrof. Het hotel was niets geweest voor hem, dus hij zat weer in zijn camper. De FBI had geregeld dat die naar een rustig kampeerterrein werd gesleept. Hetzelfde als waar Pritchard was vermoord, maar dat wist Flemming niet.

Flemming hield het gesprek na een paar minuten voor gezien en even later liep Reacher Amber Smith tegen het lijf. Ze had een wondpleister op haar hals als gevolg van Kasluga's aanval met de verroeste spijker en ze droeg een zwarte jurk en hoge hakken. Reacher had haar altijd alleen in een spijkerbroek en laarzen gezien. Weer iemand die van uiterlijk was veranderd, dacht Reacher. Het hoorde allemaal bij het beëindigen van de ene klus en het doorgaan naar een andere. Een natuurlijke overgang aan het eind van een intense zaak.

'Al iets over Kasluga gehoord?' vroeg Smith.

Reacher schudde zijn hoofd. 'Heb jij al iets aan Sullivan gedaan? Haar mannetje voor het vuile werk?'

'Ik heb mijn supervisor ingelicht. Hij zei dat ik erachteraan kan gaan. Ik heb er een goed gevoel over. Een kans om weer eens iets goed te doen. Mijn carrière weer op het juiste spoor te zetten.'

'En buiten het werk?'

Smith haalde haar schouders op. 'Wel oké, denk ik. Dit is de eerste uitvaart die ik bijwoon sinds Philip. Ik wist niet hoe het zou gaan, maar ik kan het aan. Misschien heb ik echt alleen maar tijd nodig.'

Vrij snel daarna besloot Reacher dat het wel genoeg was geweest en hij liep langzaam naar de uitgang. Hij kwam Christopher Baglin en Gary Walsh tegen. Hij hoorde het bandje aan een tweede sessie beginnen. Hij zag een man en een vrouw met een gespannen blik in hun ogen naar de balie van de parkeerservice lopen. En toen hij de foyer had bereikt liep hij bijna tegen een paar mannen in zwart pak op die duidelijk een of andere hoge ome escorteerden.

De hoge ome keek Reacher aan, stopte en liep naar hem terug. 'Kapitein Reacher? Ik dacht wel dat ik u hier zou vinden. Mijn naam is Jon Essley. Waarnemend minister van Defensie. Ik wil u graag bedanken voor wat u voor mijn voorganger hebt gedaan. Het feit dat we om hem kunnen rouwen als een man die zijn plicht deed, zij het in overeenstemming met de gevoeligheden van vroeger tijden, in plaats van als een koelbloedige moordenaar, is voor mij persoonlijk, en voor de natie, een grote troost. Als ik deze functie permanent mag gaan bekleden, kan ik u gerust zeggen dat het niet lang zal duren voordat u uw zilveren strepen kwijt bent en uw eikenbladeren terugkrijgt.'

Reacher zei niets. In zijn ervaring was een mondelinge belofte van een politicus het papier niet waard waarop die geschreven was.

De Jack Reacher-thrillers van Lee Child zijn:

1 *Jachtveld*
In een stadje in Georgia stapt Jack Reacher uit de bus. En wordt in de gevangenis gegooid voor een moord die hij niet gepleegd heeft.

2 *Lokaas*
Jack Reacher zit in een vrachtwagen opgesloten met een vrouw die beweert dat ze van de FBI is. Hij komt in een heel ander deel van Amerika terecht.

3 *Tegendraads*
Terwijl Jack Reacher een zwembad graaft in Key West, komt een detective allemaal vragen stellen. Later wordt die dood gevonden.

4 *De bezoeker*
Twee naakte vrouwen liggen levenloos in een bad. Het daderprofiel van de FBI wijst richting Jack Reacher.

5 *Brandpunt*
Midden in Texas ontmoet Jack Reacher een jonge vrouw. Zodra haar echtgenoot uit de gevangenis komt, zal hij haar doden.

6 *Buitenwacht*
Een vrouw in Washington roept Jack Reachers hulp in. Haar baan? Ze beschermt de vice-president van Amerika.

7 *Spervuur*
Een ontvoering in Boston. Een politieagent sterft. Heeft Jack Reacher zijn gevoel voor goed en kwaad verloren?

8 *De vijand*
Er was een tijd dat Jack Reacher in het leger zat. Eens, toen hij wachtliep, werd er een generaal dood aangetroffen.

9 *Voltreffer*
Vijf mensen worden doodgeschoten. De man die beschuldigd wordt van moord, wijst naar Jack Reacher.

10 *Bloedgeld*
Het drinken van koffie op een drukke straat in New York leidt tot een schietpartij vijfduizend kilometer verderop.

11 *De rekening*
In de woestijn van Californië wordt een van Jack Reachers oude maten dood aangetroffen. De legereenheid van toen moet weer bij elkaar gebracht worden.

12 *Niets te verliezen*
Jack Reacher gaat de onzichtbare grens tussen twee steden over: Hope en Despair, hoop en wanhoop.

13 *Sluipschutter*
In de metro van New York telt Jack Reacher af. Er zijn twaalf aanwijzingen voor een zelfmoordterrorist.

14 *61 uur*
In de vrieskou staat Jack Reacher te liften. Hij stapt uiteindelijk op een bus die regelrecht op de problemen afrijdt.

15 *Tegenspel*
Een onopgeloste zaak in Nebraska. Jack Reacher kan de vermis-

sing van een kind niet van zich afzetten.

16 *De affaire*
Een halfjaar voor de gebeurtenissen in Jachtveld is Jack Reacher nog in dienst van het leger. Hij gaat undercover in Mississippi om een moord te onderzoeken.

17 *Achtervolging*
Na anderhalf uur wachten in de kou van Nebraska krijgt Jack Reacher eindelijk een lift, en komt in heel fout gezelschap terecht.

18 *Ga nooit terug*
Jack Reacher gaat terug naar zijn oude hoofdkwartier in Virginia. Hij wil de nieuwe commandant wel eens ontmoeten – maar ze is spoorloos.

19 *Persoonlijk*
Iemand heeft op de Franse president geschoten. Er is maar één man die dat gedaan kan hebben – en Jack Reacher is de enige die hem kan vinden.

20 *Daag me uit*
Jack Reacher belandt in het vreemde plaatsje Mother's Rest en treft een vrouw aan die wacht op een vermiste privédetective. Weglopen zou tegen Jack Reachers principes zijn.

21 *Onder de radar*
Hamburg, 1996. Jack Reacher is naar Duitsland vertrokken voor een zeer geheime missie. Een jihadistische cel daar heeft een boodschap gekregen: de Amerikaan wil honderd miljoen dollar. Wat is er gaande?

22 *Nachthandel*
Toevallig ziet Jack Reacher een bijzonder sieraad liggen in de etalage van een pandjeshuis, een damesring van de militaire academie West Point. Jack Reacher gaat op zoek naar de eigenaresse...

23 *Verleden tijd*
Jack Reacher maakt een ommetje naar de geboortestad van zijn vader. Daar is geen spoor van een Reacher te bekennen. Wel stuit hij op een dodelijk tijdverdrijf.

24 *Blauwe maan*
Als Jack Reacher een medereiziger redt die slachtoffer dreigt te worden van een straatroof, raakt hij verwikkeld in de meedogenloze machtsstrijd tussen Albanese en Oekraïense gangsters.

25 *De wachtpost*
Jack Reacher loopt in Nashville een groep muzikanten tegen het lijf die zijn afgezet door een gewetenloze cafébaas. Hij voelt zich genoodzaakt in te grijpen...

26 *Liever dood dan levend*
De tweelingbroer van oorlogsveteraan Michaela Fenton is verdwenen in een grensdorpje in Arizona, na contact met een stel gevaarlijke mensen. Tijd voor Jack Reacher om deze ongure types een bezoekje te brengen.

27 *Geen plan B*
Jack Reacher is in Gerrardsville, Colorado wanneer hij getuige is van een ogenschijnlijk dodelijk ongeluk. Maar Reacher ziet wat niemand anders ziet: er was opzet in het spel. Reacher zet de achtervolging in en komt er al snel achter dat de aanval deel uitmaakt van een sinistere samenzwering.

28 *Het geheim*
Chicago, 1992. Reacher wordt gevraagd het leger te vertegenwoordigen in een onderzoek naar een reeks moorden. Dan komt hij op het spoor van een geheim dat al 23 jaar teruggaat.

29 *In de val*
Reacher wordt vastgebonden wakker in een bed. Hij is gewond

aan zijn rechterarm, zijn eigendommen zijn weg, en hij weet niet hoe hij hier terecht is gekomen. Hij kan zich alleen herinneren dat hij een lift kreeg en van de weg werd afgereden. De bestuurder overleefde het ongeluk niet. Zijn ontvoerders denken dat Reacher de handlanger van de chauffeur is en ze zijn van plan om hem aan het praten te krijgen. Dit plan zal ze duur komen te staan…

De Jack Reacher-verhalen zijn:

1 *James Penney*
Uit wraak steekt James Penney zijn huis in brand nadat hij is ontslagen en hij slaat op de vlucht. Dan komt hij iemand in een groene Chevrolet tegen. Het blijkt Jack Reacher.

2 *Heethoofd*
In een hete zomernacht ziet de bijna 17-jarige Jack Reacher dat een jonge vrouw in het gezicht wordt geslagen. Als dappere zoon van een Amerikaanse marinier besluit hij in te grijpen.

3 *Tweede zoon*
Op de nieuwe school van de 13-jarige Jack Reacher is iets aan de hand. Wat volgt is keiharde actie van de jongen die ooit de beroemdste thrillerheld zonder vaste verblijfplaats zal zijn.

4 *Iedereen praat*
Een rechercheur raakt aan de praat met het slachtoffer van een schietincident. Het blijkt Jack Reacher te zijn. Hij is ernstig gewond, maar een paar uur later is hij verdwenen.

5 *3 kogels*

Jack Reacher doet onderzoek naar de executie van een kolonel. Hoe meer hij te weten komt, hoe sterker hij het vermoeden krijgt dat zijn broer meer met de zaak te maken heeft.

6 *Uit Rusland*
Jack Reacher loopt een bar in New York binnen. Meteen wordt zijn aandacht getrokken door een jong Russisch meisje, dat in gevaar lijkt te zijn. Hij is vastbesloten haar te helpen.

7 *Diepgang*
Jack Reacher moet ontdekken wie van de vier MI-stafofficieren vuil spel speelt. Het zijn alle vier vrouwen, en het leidt tot een diepgaand onderzoek.

8 *Geen oefening*
Jack Reacher neemt een lift richting de Canadese grens en strandt in het stadje Naismith. Daar wemelt het opeens van de militairen en niemand lijkt te weten waarom...

9 *Traditie*
Het sneeuwt te hard om door te lopen. Op goed geluk klopt Jack Reacher aan bij een groot huis; daar komt hij als geroepen voor een merkwaardig karweitje.

10 *Eenzaam*
Jack Reacher is in hartje New York. De straten zijn leeg en stil, ongewoon voor zo'n warme zomeravond. Dan houdt een vrouw hem staande. Tijd voor Reachers goede daad van de dag.

11 *Witte kerst*
Het is kerstavond. Jack Reacher wil nog wel wat eten en ergens onderdak, en kiest het motel dat er het goedkoopst uitziet.

12 *Te veel tijd*

Jack Reacher is getuige van een diefstal. Hij gaat mee naar het bureau, maar daar wordt hij gearresteerd wegens medeplichtigheid. Uiteindelijk grijpt hij terug op een van zijn vuistregels.

Alle Jack Reacher-verhalen zijn gebundeld in *Op doorreis*, verschenen als paperback en als e-book. De afzonderlijke verhalen zijn als luisterboek en als e-book beschikbaar.